26.9.14

„Ich dacht die Welt
  sei rund;
doch ist sie voller
    Unterschiede –
ich seh sie ist berau-
    bernd bunt –
drum mach ich aus
den vielen St
einen Regenb
   unseres Frieden."
Alles Liebe Deine
   Roswitha Madeleine.

Roswitha Madeleine

Der gläserne Rubin

Roman

Die Handlung und die handelnden
Personen sind frei erfunden.
Jede Ähnlichkeit mit lebenden oder bereits
verstorbenen Personen ist zufällig.

Bibliografische Information der Deutschen Nationalbibliothek
Die Deutsche Nationalbibliothek verzeichnet diese Publikation in
der Deutschen Nationalbibliografie; detaillierte bibliografische
Daten sind im Internet über http://dnb.d-nb.de abrufbar.

1. Auflage 2014

ISBN 978-3-944264-49-3

Jede Verwertung des Werkes außerhalb der Grenzen des Urheberrechtsgesetzes
ist unzulässig und strafbar. Dies gilt insbesondere für Übersetzungen, Nachdruck, Mikroverfilmung oder vergleichbare Verfahren sowie für die Speicherung in Datenverarbeitungsanlagen.

© undercoverbooks, Stuttgart 2014
Alle Text- und Bildrechte liegen eigenverantwortlich bei der Autorin.

Titelfoto: luxorphoto / www.shutterstock.com
Satz und Umschlaggestaltung: Julia Karl / www.juka-satzschmie.de

Druck und Bindung: E. Kurz + Co., Druck und
Medientechnik GmbH, Stuttgart, www.e-kurz.de
Dieses Buch wurde auf chlor- und säurefreiem Papier gedruckt.

www.swb-verlag.de

Es geschah an einem sonnigen Morgen, als ich am 2. August 1953 das Licht der Welt erblickte. »Grausam«, sagte meine Mutter, »grausam ist die Nonne in der St. Anna Klinik mit mir umgegangen. Ich dachte immerzu an meinen Jesus, der an der Wand gegenüber von meinem Bett hing, den Kopf vor Erschöpfung hängend am Holz und Qualen erleidend, so wie ich.«

Meine Mutter ernährte sich ausschließlich von Karotten während der Schwangerschaft, weswegen ich untergewichtig war und braune Haut hatte. Ich sah aus wie ein Indianerbaby. Mein Vater gab meiner Mutter vor der Arbeit DM 5,– für ein gutes Vesper. Meine Mutter sparte das Geld für eine goldene Armbanduhr für meinen Vater. Er hat sich nicht sehr gefreut darüber. Er wollte, dass sie sich gut ernährte, denn sie hatte einen schweren Job. Sie hatte ihre Gesellenprüfung als Gärtnerin bestanden und war nun Friedhofsgärtnerin im Steinhaldenfriedhof in Stuttgart Bad Cannstatt. Sie musste schwer schuften. Schon damals beschloss ich, nicht zu sterben, sondern zu kämpfen für meine Existenz: von der Dunkelheit des Mutterschoßes ins Licht der Welt voller Überraschungen.

Meine Eltern lebten in einer kleinen 1-Zimmer-Wohnung. Die Vermieterin war eine böse Frau, die an allem etwas auszusetzen hatte. Meine Mutter war unglücklich dort, weshalb meine Eltern eine neue Unterkunft in Stuttgart Heslach suchten.

Ich schrie Tag und Nacht. Meine Mutter stillte mich, es kam jedoch keine Milch. Nur Wasser von dem Brennnesseltee, den die Nonnen ihr empfohlen hatten. Ich schrie um mein Leben, und mein Vater, der auch schwer arbeiten musste – er war Landschaftsgärtner im städtischen Park in Cannstatt – wiegte mich nachts, um mich zu beruhigen, und wiederum beschloss ich, nicht zu sterben, sondern laut zu brüllen, damit ich gehört würde. Und tatsächlich, meiner Oma klingelten die Ohren, und eines Tages stand sie vor der Tür, und sie sah die Misere: Sie sah ihre abgemagerte, völlig genervte Tochter, die gerade dabei war, das

Kind zu wickeln. Meine Großmutter war eine beherzte Frau, die während ihres harten Lebens viel arbeitete. Ohne viele Worte zu machen, drehte sie sich um in Richtung Haustüre und war verschwunden. Nach einer halben Stunde war sie wieder da und ich schrie aus Leibeskräften. Sie bereitete ein Fläschchen mit Milupa aus der Apotheke. Sie war schon damals mein Star, denn sie rettete mein Leben.

Von da an schlief ich durch, Gott sei Dank. Fünf Wochen später fuhren meine Eltern mit mir mit dem Zug nach Saulgau zu meinen Großeltern. Sie packten mich in einen Waschkorb, Geld für einen Kinderwagen hatten sie nicht. Sie gaben mich also weg. Sie konnten mich nicht brauchen, weil sie ein Blumengeschäft aufbauen wollten. Wieder einmal beschloss ich, nicht zu sterben, sondern abzuwarten, was auf mich zukam.

Ich war der Sonnenschein im kargen Leben meiner Großeltern. Mein Opa, so hörte ich aus Erzählungen, formte Kugeln aus Zeitungspapier, und ich strampelte wie wild mit den Beinen. Mein Opa amüsierte sich und lachte aus voller Kehle. Ab da wusste ich, dass dies meine Heimat war, und ich bereute es nicht, dass ich noch am Leben war.

Meine Großeltern wohnten unter einem Dach mit ihrem ältesten Sohn Karl und seiner Frau Klothilde. Sie hatten eine Tochter, Susanne, die drei Jahre jünger war als ich. Nach dem Krieg baute Karl die alte Hütte, in der meine Großeltern wohnten, um und verwandelte sie in ein schmuckes Häuschen. Mein Onkel war handwerklich sehr begabt und intelligent, aber er blieb bescheiden, und er hatte ein gutes Herz. Er war für mich wie ein geistiger Vater; ab und zu machte er Spaziergänge mit mir auf die Schillerhöhe, wo er mir den Bussen, einen Berg bei Riedlingen, zeigte. Er sprach das Wort Bussen mit einem weichen s mit voller Hingabe aus. Ich hätte den Bussen gern von Nahem gesehen, doch es kam nie zu einem größeren Ausflug. Onkel Karl war im Tierkreiszeichen Zwillinge geboren, nahe am Stier, am 24. Mai. Auch Klothilde war eine Zwillingsgeborene, sie hatte am 8. Juni Geburtstag. Die beiden waren sehr pragmatisch, mit beiden Beinen auf dem Boden. Sie ergänzten sich wunderbar. Klothilde war für den Haushalt und die Finanzen zuständig, Karl war Gärtner im Stadtpark und verdiente das Geld. Ich glaube, sie liebten sich. Was mich als Kind und junge Frau faszinierte, war die außerordentliche Sauberkeit und Hygiene meiner Tante Klothilde. Bei Oma und Opa war es nicht so sauber, das kleine Wohnzimmer roch muffig und alt. Samstags wurde bei Klothilde geputzt, und in der Küche roch es nach Bohnerwachs. Obwohl Tante Klothilde äußerlich nicht gerade attraktiv war – sie wirkte etwas grob – war sie eine Hausfrau aus dem Effeff. Sie kochte, buk, legte Gemüse vom eigenen Garten in Einmachgläser ein, strickte, häkelte Tischdecken, stickte und umhäkelte kleine Deckchen. Sie wurde nicht sehr geschätzt in der Verwandtschaft, weil sie so direkt und einfach war und – wie ihr Mann Karl – nichts von der Kirche hielt, weswegen es viel Streit gab mit meinen Großeltern. Einmal an Weihnachten, ich war etwa zehn Jahre alt, sagte Onkel Karl, er wolle in die Kirche gehen. Er ging nicht in die Kirche, sondern zu einem Nachbarn zu Besuch. Mein Opa hatte ihn beobachtet und verpetzte ihn bei Oma. Diese machte ein furchtbares Theater und schalt ihn aus, so dass er einen epileptischen Anfall bekam. Tante Klothilde weinte den ganzen Tag, es war ein trauriges Weihnachtsfest. Als Kind mochte ich Tante Klothilde nicht, ich hatte Angst vor ihr, sie hatte den bösen Blick, doch irgendwo hatte sie Liebe. Diese Liebe zeigte sich, wenn mein Onkel einen epileptischen Anfall bekam, zum Beispiel beim Tod seines Vaters. Da weinte sie bitterlich, sie war eine Art Mutter für ihn. Die Epilepsie meines Onkels brach aus, weil er sich überarbeitete und nach dem Krieg Tag und Nacht das Haus seiner Eltern umbaute. Unter dieser Krankheit litten auch meine Mutter und meine anderthalb Jahre jüngere Schwester Isabell. Ich habe noch eine Schwester, die dreizehn Jahre jünger ist als ich, sie heißt Franzi. Ich ließ meine Tochter auf den gleichen Namen taufen, weil ich meine Schwester genauso liebte wie mein eigenes Kind. Ich war eine Art Mutter für sie, weil meine Mutter sich nicht um sie kümmerte und sie der Hausbesitzerin Tante Braun überließ.

Jetzt zurück zu Oma und Opa, Karl und Klothilde. Die beiden Parteien waren zerstritten, sie sprachen nur das Nötigste miteinander. Ich spürte die eisige Kälte, die auf mich überging. Etwas Bedrohliches lag in der Luft. Bei meinen Großeltern spürte ich viel Wärme, bei meiner Oma fand ich Zuflucht vor den bösen Blicken meiner Tante. Warum mochte sie mich nicht? Ich war das Kind der gefallenen Tochter Resi, dies war der Kosenamen meiner Mutter Theresia. Warum »gefallen«? Weil meine Mutter mit einem Mann verheiratet war, der vom Krieg traumatisiert war, gern Alkohol trank, jähzornig war und meine Mutter schlug.

Als junge Frau – ich hatte schon meine drei Kinder – fing ich an, Tante Klothilde zu lieben. Onkel Karl liebte ich sowieso, er war warmherzig und gutmütig. Ich liebte Klothilde, weil sie die besten Pommes zubereitete, die ich je in meinem Leben aß. In der kleinen Essküche roch es wunderbar nach frischem Kokosfett, die Fensterscheiben trieften vom Dampf der Kartoffeln. Die Pommes wurden von eigenen Kartoffeln hergestellt, gewaschen, geschält, in Schnitze zerteilt, wieder gewaschen, mit zwei sauberen Küchentüchern getrocknet, dann in das sprudelnde Fett getaucht, aus dem Fett geholt, abtropfen lassen, nochmals in das Fett getaucht, bis sie eine goldgelbe etwas bräunliche Farbe hatten. Da Liebe bekanntlich durch den Magen geht, fing ich an, Tante Klothilde zu lieben, ihre Sorgfalt, ihre Sauberkeit und ihre radikale Ehrlichkeit. Das liebte auch ihr Mann an ihr.

Meine Großeltern waren nicht sehr sauber. Mich ekelte vor vielem. Wenn sie von der Toilette kamen, wuschen sie ihre Hände nicht. Ich erinnere mich nicht, dass sie sich irgendwann die Hände wuschen. Sie waren arm, und meine Oma kochte dementsprechend einfach. Es gab kaum Gemüse, ab und zu eine Blumenkohlsuppe und grünen Salat aus dem Krautland meines Opas. Dieser Salat schmeckte mir besonders. Er wuchs auf Moorboden, nicht zu vergleichen mit dem Salat aus dem Supermarkt. Als Nachtisch gab es oft Tomaten aus dem eigenen Garten mit Zucker, Obst und Gemüse gab es fast nie, jedoch stand vor dem Haus ein Birnbaum mit köstlichen Hirtenbirnen, wo ich essen durfte, so viel ich wollte. Sie schmeckten köstlich. Es gab oft Kartoffelsalat mit Zwiebeln – dies war die Leibspeise meines Großvaters – mir wurde jedes Mal schlecht davon. Ich bat meine Oma, mir einen Kartoffelsalat ohne Zwiebeln zu bereiten, sie weigerte sich und sagte: »Zwiebeln sind gesund.« Als ich einmal wieder Kartoffelsalat essen musste, ging ich – meine Oma war gerade in der Küche – mit vollem Mund zur Toilette. Ich wollte den Kartoffelsalat ausspucken. Da saß mein Onkel Karl auf der Kloschüssel. Als er mich sah, lachte er laut, und vor lauter Schreck schluckte ich den Kartoffelsalat. Mir wurde schlecht. Ein anderes Mal hetzte Oma den Opa gegen mich auf, weil ich mich weigerte, den Kartoffelsalat zu essen. Ich bekam Schläge von meinem Opa. Er schrie dabei und spuckte in den Salat, ich musste das essen. Mir wird heute noch schlecht, wenn ich daran denke.

Mein Opa schlug mich nur das eine Mal, und jedes Mal, wenn ich es ihm vorhielt, schämte er sich. Mein Opa hatte ein weiches Wesen, er ist im Zeichen Krebs geboren, er war ein Träumer, ein Romantiker.

Meine Oma wiederum war hartgesotten und gewalttätig, aber andererseits auch sehr weichherzig, sie war Steinbock und die sind eigensinnig und moralisch, haben feste Grundsätze. Wegen Vitaminmangels und zu wenig Sonne und frischer Luft bekam ich Rachitis und die Scheuermannsche Krankheit. Mein Rückgrat war krumm und beim Spaziergang boxte mich Tante Klothilde von hinten in den Rücken und schrie: »Lauf aufrecht!«

Dies war eine Demütigung für mich. Ich hatte nicht nur wegen des Vitaminmangels einen krummen Rücken, sondern ich war seelisch schon zerbrochen, weil ich so oft bei kleinen Vergehen von meiner Großmutter mit der Holzlatte geschlagen wurde und ich Todesängste ausstehen musste, wenn sie festen Schrittes zum Kleiderschrank ging, wo die Latte hing.

Ich mochte die sterilisierte Milch nicht – Oma hatte kein Geld für Frischmilch – und ich schüttete oft den Milchkrug um, mich ekelte die haltbar gemachte Milch. Sie schlug mich jedes Mal erbarmungslos. Einmal zog sie mir die Hosen runter und schlug mich auf den nackten Po. Das war schlimmer als alle Schläge, die ich zuvor erhalten hatte, ich schämte mich, etwas in mir zerbrach. Ich fühlte Schuld und Scham. Ab jetzt beschloss ich zu sterben für eine gute Sache, für meinen innig geliebten Jesus, für die Wahrheit. Ich hatte das Zeug zum Leiden und zum Lieben. Ich wollte die Welt retten. Der Größenwahn bahnte sich an, ich war auf dem besten Weg psychisch zu erkranken.

Meine Oma hatte einen Kropf, genannt das »Allgäuer Sportabzeichen«, weil im Oberland das Wasser nicht jodhaltig war und viele Leute einen Kropf bekamen. In ihrer Jugend war sie eine schöne Frau, im Alter hatte sie einen krummen Rücken und offene Beine. Sie wickelte morgens und abends ihre Beine und stöhnte unter den Schmerzen. Außerdem hatte sie Gicht von der schlechten Ernährung, ihre Finger waren ganz krumm. All ihre Schmerzen opferte sie Jesus auf und sie ertrug alles tapfer. Sie hatte Gefühl und war ehrlich und fromm – darum mochte ich sie, ja, ich liebte sie abgöttisch. Sie sollte mein Vorbild sein.

Sie bereitete mir den schweren Weg der Entsagung, der Demut, der Hingabe an Jesus, der Liebe zum Nächsten. Ich wollte mit aller Kraft mit dem Eifer eines Glaubenden meinem Gott dienen. Ich hatte solches Mitleid mit ihr, weil sie so litt unter dem Verlust ihrer beiden Söhne Onkel Konrad und Onkel Hans, die im Krieg gefallen waren. Es hingen zwei Fotos von den beiden im

Wohnzimmer an der Wand. Ich hatte unbeschreibliches Mitleid mit den beiden, und ich beschloss, ihren Tod zu rächen. Ich wollte Hitler begegnen, um ihn zu bekehren. Hitler waren für mich all die kleinen Hitler, Untertanen, die nicht auf der Seite der Wahrheit standen, die zuschauten wie Unrecht geschieht und die dastanden am Unfallort und nicht halfen, nur gafften.

Im Advent sangen wir das Lied: »Tauet Himmel den Gerechten, Wolken regnet ihn herab. Rief das Volk in bangen Nächten, dem Gott die Verheißung gab. Einst den Mittler selbst zu sehen und zum Himmel einzugehen, denn verschlossen war das Tor, bis ein Heiland trat hervor.« Ich sang lauthals »Einst den Hitler selbst zu sehen und zum Himmel einzugehen«. Es wurde oft über Hitler geschimpft und von Adenauer geredet, den meine Großeltern verehrten.

Advent und Weihnachten war eine schöne Zeit. Meine Oma holte die Krippe mit Hirten, Schafen, Maria und Josef und dem Jesuskind von der Bühne. Am Heiligen Abend waren meine Großeltern und ich bei Tante Klothilde, Onkel Karl und Susanne eingeladen. Klothilde bereitete eine selbstgemache Sülze, die köstlich schmeckte, das hartgekochte Ei mochte ich besonders. Susanne bekam viele Süßigkeiten, ich dagegen nur ein paar Schokoladenfläschchen. Ich wünschte mir zu Weihnachten ein paar rote Stiefel, die ich im Schaufenster des Schuhgeschäftes Salamander sah. Sie waren so schön rot. Stattdessen bekam ich braune Soldatenstiefel mit Haken zum Binden. Ich war so enttäuscht, und ich schämte mich, als ich mit ihnen zur Schule und zur Kirche gehen musste.

Tante Klothilde nähte mir Röcke und eine Schürze. Ich musste jeden Tag mit dieser orangefarbenen Schürze zur Schule, ich schämte mich, alle anderen Schüler hatten jeden Tag neue Kleider an. Meine Oma – es hieß sie habe Arterienverkalkung – nähte mir einen ungefähr 20 cm breiten grauen Stoff an meine schönen Röcke. Es passte farblich nicht zusammen, es sah schrecklich aus.

Ich schämte mich so sehr. Sie machte mit mir was sie wollte, ich wurde nie gefragt, was ich will. Permanent wurden mein Wille und mein inneres Kind gebrochen.

Mit etwa fünf Jahren kam ich in den Kindergarten und ich hatte Angst vor den vielen Kindern, besonders vor den Jungen. Ich war so schüchtern und saß oft in einer Ecke mit einer Puppe. Eines Tages flüchtete ich, und ich wurde in einem anderen Kindergarten angemeldet. Dort gefiel es mir etwas besser. Ich ging mit Jürgen, einem Jungen aus der Nachbarschaft, und seinem Opa jeden Tag in den Kindergarten. Jürgen war etwa zwei Jahre jünger als ich, und an einem Wintertag – es lag viel Schnee – seifte ich ihn mit einem Schneeball ein. Er schrie heftig, und ich rannte davon, denn ich hatte Angst vor seinem Opa. Gott sei Dank gab es keine Strafe von meiner Oma, Herr Rothacher – so hieß der Opa von Jürgen – verpetzte mich nicht. Ich genoss die Macht, wenigstens dieses eine Mal, die ich über diesen Jungen hatte.

Ich hasste Jungen. In der Nachbarschaft war einer namens Hans. Er war zwei Jahre älter als ich und geistig zurückgeblieben. Man sagte über ihn, er sei ein Depp. Die Familie, aus der er stammte, war schmuddelig. Katzen liefen auf dem Küchentisch herum. Ich hätte dort nicht essen wollen. Dieser Hans – er war ein Schläger – verfolgte mich, wo er nur konnte und schlug mich. Ein paar Mal konnte ich ihm entwischen. Einmal passte er mich ab und befahl mir, ich solle meine Hose herunterziehen, dann würde er mich nicht mehr schlagen. Zwei Mal machte ich dieses Spiel mit, er gaffte lüstern auf meinen Unterleib. Ich wurde ganz steif vor Scham, und ich beschloss, meiner Oma davon zu erzählen und mich nicht weiterhin dieser Demütigung zu unterwerfen. Ich dachte, auch wenn sie dich schlägt und dich womöglich noch schuldig spricht, ich lasse mir dies nicht mehr gefallen. Als ich ihr mein Leid klagte, hörte sie aufmerksam zu und schickte mich zum Beichten. Wiederum schämte ich mich und fühlte mich zutiefst verletzt, musste ich doch einem mir fremden Pfarrer von diesem peinlichen Vorfall erzählen. Mein Herz pochte wild, als ich in dem dunklen Beichtstuhl saß und still und verängstigt die Beichte ablegte. Der Pfarrer legte mir auf, zwei Vaterunser und ein Ave Maria zu beten. Meine Oma hat diesem üblen Spiel mit Hans ein Ende bereitet, und ich wurde nicht mehr belästigt. Einmal ging meine Oma mit der Latte auf die Straße und schwenkte sie hin und her, die Kinder sprangen davon, vor Frau Flick hatten sie Respekt. Damals dachte ich, warum schlägt sie mich eigentlich?

Meine Angst vor Jungen und Männern blieb bestehen. Mit 14 Jahren hatte ich Depressionen, damals wusste ich noch nichts von dieser Krankheit, ich spürte etwas Dunkles und Bedrohliches in mir und um mich, und ich bildete mir ein, ich würde schwanger werden von Hans. Ich hatte niemanden, dem ich meine Not erzählen konnte, ich schämte mich zutiefst; die psychische Krankheit nahm ihren Lauf. All diese Dinge trugen dazu bei, dass alle Beziehungen, die ich zu Männern hatte, einschließlich meiner Ehe, scheiterten.

Im Kindergarten wurde einmal ein Ratespiel gemacht. Man bekam eine Binde um die Augen gebunden, ein Kind schob eine Frucht oder ein Stück Gemüse in den Mund desjenigen, der seine Augen verbunden hatte. Es lag da eine Zwiebel, und als ich an der Reihe war, mir meine Augen verbinden ließ und den Mund aufmachen sollte, presste ich ganz fest meine Lippen zusammen, so dass es nicht möglich war, mir ein Stück Zwiebel in meinen Mund zu stecken. Wenn ich nur eine Zwiebel sah, wurde mir schlecht. Die Erzieherin konnte nichts machen, ich schwieg und biss auf die Zähne. Immer wieder war es mir möglich, den strengen Regeln der Erwachsenen zu entkommen und für meine Bedürfnisse einzustehen und sie zu verteidigen, ja ich nahm Schläge und Todesangst in Kauf.

An Fasching durfte ich mich als Hexe verkleiden. Ich wollte so gern ein »Blumennärrle« sein. Das war ein weißes Kostüm mit bunten Blüten, die in der Mitte ein Glöckchen hatten. Wenn sie umhersprangen, gab dies ein fröhliches Gebimmel. Die Maske war so freundlich. Ich war so verliebt in diese Blumennärrle, die mit ihrem Federwisch die Gesichter der Zuschauer streichelten. Aber ich durfte nur eine Hexe sein. Ich dachte, wenn schon eine Hexe, dann eine richtige, eine böse. Aber auch das durfte nicht sein. Das Geld reichte gerade für eine langweilige Maske aus Pappe. Meine Oma gab mir zum Anziehen einen schwarzen weiten Rock, ein schwarzes Kopftuch und einen Besen. So ausgestattet rannte ich die Straße auf und ab, fuchtelte mit dem Besen und schrie aus voller Kehle. Ich hatte plötzlich keine Angst mehr vor den Gassenkindern, die mich zuvor immer belästigt hatten. Als sie mich sahen, ergriffen sie die Flucht und stieben auseinander. Dies war ein herrliches Gefühl, ich spürte wiederum Macht über Menschen, was sich in meinem späteren Leben niederschlug. Mit etwa sieben Jahren verliebte ich mich in einen Jungen. Er hieß Werner, und er behandelte mich mit Respekt, ganz im Gegensatz zu den anderen Gassenkindern, die mich verfolgten, wann immer sie mich erblickten. Ich war schüchtern und konnte mich nicht wehren, das nutzten sie aus. Werner war ganz anders. Er hatte ein vornehmes Wesen und eine liebenswerte Ausstrahlung. Später, als ich einmal wieder Urlaub machte in Saulgau, erfuhr ich, dass Werner an Leukämie gestorben war. Das war ein Schock für mich.

Ich hatte eine Freundin, Gabriele, sie hatte einen schönen langen Zopf und dichtes Haar. Sie war ein Jahr älter als ich, wir gingen zusammen zur Schule, wir hatten den gleichen Stundenplan. Ihre Mutter war psychisch krank. Ich hörte wie die Erwachsenen erzählten: »Frau Lauter ist wieder in der Heilanstalt.« Einmal sah ich, wie sie mit weit aufgerissenen Augen auf die Straße sprang und laut schrie. Meine Oma äußerte sich abfällig über Frau Lauter und über die schönen Haare von Gabriele. Meine Oma war körperfeindlich eingestellt. Sie sagte oft: »Hoffart muss leiden, und Hochmut kommt vor dem Fall.« Wenn ich in den Spiegel schaute, sagte sie: »Der Teufel schaut aus dem Spiegel.« Meine Oma wurde belächelt und als bigott hingestellt, sie wurde nicht ernst genommen wegen ihrer übertriebenen Frömmigkeit. Ich liebte sie, weil sie nicht geliebt wurde. Sie war eine Frau mit Zivilcourage, deshalb hatte man auch großen Respekt vor ihr. Im dritten Reich verbot sie ihren Kindern in den Weltanschauungsunterricht zu gehen, der anstatt dem Fach Religion gelehrt wurde. Sie hätte dafür ins KZ kommen können, ihr ist nichts passiert, sie hatte ein großes Gottvertrauen. Als Kind war ich angetan von der absoluten und tiefgründigen Frömmigkeit und ihrer Hingabe an Gott, dem sie den ersten Platz in ihrem schweren Leben einräumte. Sie ging jeden Sonntag mit mir ins Klösterle zur heiligen Messe, nachdem es ein einfaches Frühstück gab. Es bestand aus einem Kaba und einem Weißbrötchen mit Langnese Honig. Das schmeckte mir besser als das Frühstück am Werktag. Da gab es ein Schüsselchen warme Milch mit Brotstückchen darin. Als sie große Schmerzen in ihren Beinen hatte, konnte sie nicht mehr zur Kirche gehen. Sie sagte: »Roswithale, man kann die heilige Kommunion auch geistig zu sich nehmen.« Ich hatte eine solche Achtung vor ihr. Ihr Glaube war phänomenal. Ich dachte, der Papst sowie alle Kardinäle, Pfarrer und Kirchenmänner können einpacken neben der Heiligkeit meiner Großmutter.

Außer Gabriele hatte ich keine Freundinnen, und Kindergeburtstag gab es nicht, nur Namenstag wurde gefeiert. Ich bekam zum Namenstag ein Heiligenbildchen. Mir gefielen die Bildchen von Jesus, den Aposteln und anderen Heiligen. Ich liebte diese Welt der Heiligkeit. Diese Welt war strahlend, hell und warm.

Meine Oma sammelte die Aluminiumverpackung von der Butter, sie zog die Plastikfolie von der Aluminiumfolie ab, und wenn sie genügend gesammelt hatte, schickte sie mich ins

Klösterle zu den Patern. Einer hieß Bruder Martin. Wenn ich klingelte, ging eine Klappe auf und Bruder Martin begrüßte mich. Er freute sich über das Aluminium, der Erlös ging an die dritte Welt. Als Dankeschön schenkte er mir ein Heiligenbildchen, und ich freute mich riesig. Ich erinnere mich an ein Bild mit Jesus am Kreuz, daneben sein Lieblingsapostel Johannes und seine Mutter Maria. Voller Stolz zeigte ich es meiner Oma, die sich mit mir freute. Ich wollte meine armen Großeltern glücklich machen, aus diesem Grund spielte ich oft mit meinem Opa Mühle und ließ ihn gewinnen. Besonders freute er sich, wenn er eine Doppelmühle hatte, er sagte dazu »Doppelficke«, und er lachte laut. Dabei dachte ich, dass der Opa nicht ganz so anständig war wie ihn meine Oma gerne gewollt hätte.

Von ihrer kleinen Rente spendete meine Oma für Brot für die Welt. Sie war ganz verliebt in die armen Afrikanerkinder mit ihren großen traurigen Augen und den aufgeblähten Bäuchen. Einmal ging sie – es war ein Werktag – mit mir ins Klösterle. Es war ganz still in dem kleinen Gotteshaus. Nur wir beide und der liebe Gott in Gestalt von Kerzen, Gemälden und Heiligenfiguren. Ich war ergriffen von dieser Atmosphäre, und meine Oma zeigte mir das ewige Licht, das rechts vom Altar an der Wand hing, es war eine Kerze in einem roten Glas. Sie sagte: »Dies ist das ewige Licht, das nie ausgeht.« Damit meinte sie das Licht des Geistes und die Unsterblichkeit der Seele. Neben dem Altar befand sich ein Opferstock mit einem kleinen Negerkind. Sie gab mir 50 Pfennig – für sie war das nicht wenig. Ich durfte die Münze einwerfen und das Negerkind nickte dankbar. Diese Szene hat sich in mein Herz eingegraben, nun war der Grundstein gelegt für meine Liebe zu den Armen, Gebrochenen – gebrochen war ich schon – und ich wollte eine von ihnen sein, besser gesagt ihre Anführerin. Ich wollte berühmt werden für Gott, ich wollte das schwere Kreuz mit Jesus, der mein großer Bruder war, tragen. Wollte dem Bösen widersagen und das Böse mit Gutem überwinden. Öfters standen Bettler vor der Tür und bettelten um Gaben. Meine Oma ging in den Keller, holte einen Laib Brot und Kläräpfel. Nie wies sie arme Menschen ab. Sie wusste aus eigener Erfahrung, was Hunger und Armut bedeuteten. Das Leben meiner Großmutter hat meinen Lebensweg stark geprägt.

Einmal war Muttertag. Ich wollte meiner Oma etwas schenken. Ich fragte sie, was sie sich wünschen würde. Sie sagte, sie wolle nichts von mir. Ich hatte ja auch kein Geld. Da fand ich zufällig auf dem Gehweg einen blauen Anstecker in Form eines Enzians und schenkte ihn ihr. Sie freute sich darüber. Ich glaube, dass sie nichts vom Muttertag hielt, lag an der Tatsache, dass dies kein kirchlicher Feiertag war. Er wurde von Hitler eingeführt. Als ich sechs Jahre alt war, schickte sie mich zum Bier holen zur Familie Müller. Montags war Waschtag, meine Oma musste von Hand waschen, sie hatte kein Geld für eine Waschmaschine. Sie gönnte sich jeden Montag eine Flasche Bier zur Stärkung. Meine Oma trank nachts, wenn sie aufwachte und nicht mehr einschlafen konnte, Wein. Er hieß »Zwölf Apostelwein«, und er stand neben dem Bett. Das Weintrinken war legitim unter einem solchen Namen.

Ich möchte an dieser Stelle noch einmal auf die Ernährung zurückkommen. Es gab jeden Sonntag Hasenbraten, den ich nicht sehr mochte. Opa hatte viele Hasen im Krautland, und er schlachtete sie selbst. Einmal sah ich, wie mein Opa einem Hasen das Fell abzog, ich fand das grausam und das Bild, das ich von meinem Opa hatte, wurde erschüttert.

Sonntags gab es zum Vesper ein paar Wurstscheiben, manchmal auch Salami. Die Haut, die man nicht essen konnte, zog meine Oma ab, und sie schickte mich zu einer Familie, die einen schwarzen Mischlingshund hatte, er hieß Bürschle, und er liebte die Salamihaut. Ich hatte Angst vor ihm, er sah so gefährlich aus. Er tat mir aber nichts, und ich überwand jedes Mal, wenn ich ihn besuchte, meine Angst. Die Angst vor Hunden ist mir bis heute geblieben. Es gab schon Zeiten, als ich, wenn ich einen Hund mit Hundehalter erblickte, auf die andere Straßenseite wechselte, ich hatte feuchte Hände vor Angst.

Manchmal gab es Makkaroni mit brauner Soße. Ich liebte diese Nudeln, sie hatten ein Loch und ich saugte aus ihnen die Soße heraus. Was ich besonders mochte, waren Bratkartoffeln mit Zwiebeln und Caro-Kaffee. Gebratene Zwiebeln mochte ich, nur nicht die rohen Zwiebeln im Kartoffelsalat.

Meine Großeltern liebten sich auf ihre eigene Art. Meine Oma bereitete manchmal meinem Opa ein köstliches Vesper. Das hätte mir auch geschmeckt. Es war Backsteinkäse mit Essig und Öl und Zwiebelringen. Die Zwiebeln hätten mir sogar geschmeckt. Das war stimmig für mich, nur zu den weichen Kartoffeln passten die grobgeschnittenen Zwiebeln nicht. Ich wollte auch so ein gutes Vesper, aber meine Oma weigerte sich, sie sagte, das bekomme nur Opa. Sie wollte Unterschiede machen, sie wollte mich zur Einfachheit erziehen und durch das Essen meinen Opa erfreuen und ihm zeigen, dass sie ihn liebt. Montags gab es braune Nudelsuppe von der übrigen Soße vom Sonntag. Dies schmeckte mir nicht. Sonntags gab es eine klare Nudelsuppe. Ich durfte bei meinem Opa auf den Schoß sitzen. Er schabte mit einem Messer das Suppenfleisch von den Knochen ab. Er teilte sein Essen mit mir. Das war ein sehr schönes Gefühl der Geborgenheit und des Angenommenseins. Mein Opa lachte und freute sich, das ging auf mich über, und die Suppe schmeckte mir besonders.

Ich hatte eine Patentante Sofie, ich mochte sie sehr. Sie durfte studieren, weil sie so gescheit war. Onkel Karl finanzierte ihr Studium. Er erhielt keinen Dank dafür, ja sie und ihr Mann schauten auf ihn herunter, weil er »nur« Gärtner war. Tante Sofie hatte einen Verlobten, Onkel Oskar. Immer wenn er uns besuchte, schickte mich meine Oma zum Metzger, um ein Stück

Schinkenwurst zu kaufen, die mochte er sehr. Bei uns zuhause gab es nur sonntags etwas Wurst. Onkel Oskar war sehr liebenswert. Ich sagte »Papa« zu ihm. Einmal schenkte er mir eine Knetmasse. Ich freute mich riesig, ich hatte kaum Spielzeug. Es waren so schöne Farben. Es kam Besuch mit einem mir fremden Mädchen. Die machte sich über meine Knetmasse her und die schönen klaren Farben vermischten sich zu einem dunklen Knäuel. Meine Oma lachte dazu, und ich weinte. Dies nahm ich ihr sehr übel.

Auf dem Fenstersims tummelten sich oft Spatzen und Meisen, und sie pickten die Sonnenblumenkerne auf, die meine Oma dort ausgestreut hatte. Mir gefiel das Schauspiel sehr, und voller Interesse sah ich den Vögeln zu, wie sie sich über das Futter hermachten.

Meine Oma gab mir ein paar Blätter, die sie vom Kalender abriss, und ich begann zu malen. Ich malte einen Vogel ab, es ist mir gelungen, meine Oma freute sich. Aber dann malte ich wieder bunte Kringel, es war ein Wirrwarr und Oma war enttäuscht, und sie nahm mir das Papier wieder weg. Nun durfte ich nicht mehr malen. Ich war traurig.

Tante Sofie war Grundschullehrerin. Sie war so frisch und lachte viel. Das gefiel mir außerordentlich. Ansonsten gab es bei uns nicht viel zu lachen. Tante Sofie brachte frischen Wind mit. Sie besuchte uns öfters mit dem Zug. Sie wohnte, nachdem sie geheiratet hatte, mit ihrer Familie in Altshausen. Sie spielte mit mir im Bett »Peter und der Wolf«, das war sehr lustig. Einmal brachte sie mir ein kleines Fläschchen farblosen Nagellack mit, das war eine große Freude für mich. Sie nahm mich öfters mit dem Zug nach Althausen mit. Die Hausbesitzerin war eine nette Frau, und sie wollte mir eine Freude machen. Ich sollte Pralinen mit Zuckerwasser kosten. Ich hatte eine solche Lust auf die Pralinen, aber ich weigerte mich, davon zu essen. Ich sagte, dass mir Oma es nicht erlauben würde, Schnapspralinen zu mir zu nehmen. Tante Sofie versicherte mir, dass dies nur Zuckerwasser sei und kein Schnaps. Ich glaubte ihr nicht, bald hatten sie mich so weit, ich biss in eine Schnapsbohne, fühlte für einen kurzen Moment wie es schmeckte, nach dem ersten Versuch – es schmeckte köstlich – ließ ich die Flüssigkeit aus meinem Mund laufen und vergeudete so den himmlischen Genuss. Tante Sofie und die Hausbesitzerin waren sehr enttäuscht, ich machte mir nichts draus. Ich war froh, zu meiner Oma gehalten zu haben.

Ihr Mann, Onkel Oskar, war sehr begabt, er war Organist, Oberschullehrer, später Rektor. Er hielt Vorträge und war im Kirchenbeirat, er schluckte Lexotanil, ein Beruhigungsmittel, bevor er einen Vortrag hielt. Tante Sofie und Onkel Oskar liebten sich, das spürte ich. Onkel Oskar war sehr humorvoll, er machte viele Witze. Zu »Breakfast« sagte er »Dreckfest«, das fand ich ungeheuer originell. Ich wollte, dass sie mich adoptirten, aber das durfte nicht sein. Mir gefiel das Intellektuelle. Ich durfte, wenn ich bei ihnen in den Ferien war, Bücher lesen, diskutieren und philosophieren. Wenn mich mein Vater am Ende der Ferien abholte, war ich jedes Mal sehr traurig und weinte. Einmal an Silvester, als ich 12 Jahre alt war und einmal wieder bei ihnen zu Besuch, überkam mich eine unsagbare Traurigkeit und ich weinte bitterlich, als alle anderen lachten und fröhlich waren. Ich wurde übergangen, dies war für die anderen peinlich und störend. Oft musste ich weinen, wenn alle anderen um mich herum lachten und fröhlich waren.

Aber jetzt zurück zu meinen Großeltern. Ich war ein schüchternes Mädchen, und ich war lieb und brav, so wie es meine Oma wollte. Ich wurde von Klothilde und Karl ausgelacht, weil ich kaum sprach. Ich wurde autistisch und sprach ein Jahr lang mit niemandem mehr. Wenn Besuch kam, versteckte ich mich hinter der alten Nähmaschine meiner Oma. Meine Oma abonnierte die Zeitschrift »Gong«. Ein Junge brachte uns jede Woche die Zeitschrift, er war sehr nett zu mir, und ich verliebte mich in ihn. Jedes Mal wenn er kam, versteckte ich mich hinter der alten Nähmaschine meiner Oma. Er lachte, aber dieses Lachen war nicht abfällig wie das von Onkel Karl und Tante Klothilde. Ich konnte schon als Kind unterscheiden, was echt und unecht war. Ich hatte Angst vor den Erwachsenen. Meine Eltern kamen an den Feiertagen an Weihnachten und Ostern. Ich versteckte mich unter der Schürze meiner Oma. Ich spürte, dass sie mich nicht mochten. Mein Vater sagte über mich – ich war etwa sieben Jahre alt: »Die ist ein Depp.« Bevor ich mit sieben Jahren eingeschult wurde, wollte mir Onkel Karl das Sprechen beibringen. Er sagte: »Du kommst jetzt in die Schule, und du musst deinen Namen sagen.« Er redete unaufhörlich auf mich ein, bis ich mit der Sprache rausrückte und herauspresste: »Ich heiße Roswitha Flick.« »Nein. Du heißt Roswitha Müller.« Flick hießen meine Großeltern. Ich dachte bisher, meine Großeltern wären meine Eltern. Onkel Karl lachte mich aus. Wiederum schämte ich mich, war verwirrt und traurig. Ich sollte also das Kind dieser beiden Personen sein, die uns zweimal im Jahr besuchten und die Fremde für mich waren und vor denen ich Angst hatte. Ich war geschockt. Wieder zerbrach etwas in mir.

Meine Grundschullehrerin Frau Hücheler war eine sehr liebenswerte Person. Sie hatte so ein weiches Wesen. Sie liebte mich und schätzte mich. Im Zeugnis der ersten Klasse stand: »Roswitha ist gewissenhaft und fleißig, im Lesen ist sie ein Vorbild für die ganze Klasse.« Lesen machte mir sehr großen Spaß, und ich lernte es leicht. Mit Rechnen hatte ich Probleme. Bevor ich eingeschult wurde, wollte meine Oma mir das Rechnen beibringen. Sie fragte mich: »Was ist 3 mal 3?« Ich wusste es nicht. »3 mal 3 ist 9«, sagte sie. Ich konnte absolut nichts damit anfangen. Rechnen und Zahlen waren für mich eine kalte Welt, zu der ich keinen Zugang hatte. Anders mit der Sprache. Wir sollten einen Aufsatz schreiben. Ich setzte mich auf Opas Schoß und er sprach einen Aufsatz von der Natur. Das gefiel mir sehr gut. Er hatte eine so wunderbare, romantische Ausdrucksweise und Blumen, Sonne, Wiesen und Wälder tanzten vor meinem geistigen Auge. Von meinem Opa erbte ich meine Sprachbegabung. Wenn Krämermarkt war, freute ich mich riesig, weil mein Opa mir für zehn Pfennig einen Ring kaufte mit einem roten Stein. Rot ist meine Lieblingsfarbe, denn ich bin eine Löwin im Tierkreiszeichen, denen die Farbe Rot zugesprochen wird. Ich liebte meinen Opa dafür, dass er mir von seinem wenigen Geld einen wunderschönen Rubin aus Glas schenkte. Ich fühlte mich stolz und selbstbewusst. Ja, ich fühlte mich wie eine kleine Prinzessin. Aus diesem Grund wählte ich zuerst den Titel dieses Buches: »Der Rubin aus Glas.« Ich habe im Internet recherchiert, und dieser Titel ist schon vergeben.

Mein Opa war ein sehr liebenswerter Mensch, er nahm mich öfters im Sommer mit in sein Krautland, da gab es schöne Blumen, Bienen, die sich am Blütenstaub labten, Tomaten, Salat, Hasen und einen Riesenkäfig mit allerlei Vögeln, Sittiche und Kanarienvögel. Dies war ein Gezwitscher und ein Lärm, alles war so lebendig. Es roch muffig, und die alte Hütte stand voller Antiquitäten, die mein Opa bei Auktionen ersteigerte: Friseurspiegel, alte Kommoden, Schränkchen, ein altes Sofa, Garderoben. Es war ein heilloses Durcheinander, gerade das Gegenteil von der Ordnung meiner Tante Klothilde. Es gab Perlenketten in lila und rot, lauter Kitsch, mir gefiel das. Dieses Refugium war das krasse Gegenteil von dem Geist, der zuhause herrschte. Es lagen dort Ausgaben vom Stern, der damals als links verpönt war, und andere Zeitschriften mit nackten Frauen herum. Mein Opa rauchte Salem. Zuhause durfte nicht geraucht werden. Meine Oma war nie mit im Krautland, sie konnte nicht viel laufen mit ihren offenen Beinen, und außerdem interessierte sie sich nicht für diese Welt. Sie hatte ihre eigene

Welt in ihrem kleinen Wohnzimmer mit Heiligenfiguren und der Statue von der heiligen Maria. Ich war ein liebes Kind. Meine Oma wollte eine Heilige aus mir machen, stattdessen wurde ich psychisch krank.

Meine Großeltern waren erzkatholisch. Meine Oma erzog mich im strengen Glauben. Bereits mit sechs Jahren schickte sie mich zur Frühbeichte und zur Frühkommunion. Sie wollte mich mit Jesus verbinden; jeden Abend vor dem Zubettgehen sprach sie mit mir das kleine Geheimnis, das so lautete: »Jesulein, ich hab dich lieb, Jesulein, ich will dir Freude machen.« Dieses kleine Geheimnis begleitete mich durch mein trauriges Leben und bescherte mir auch zwischendurch ein kleines Glück und viele kleine Highlights im Sumpf, der mich in Stuttgart erwarten sollte. Schuldgefühle und ein großes Über-Gewissen wurden permanent kultiviert, die psychische Erkrankung nahm immer mehr Form an in Gestalt von schlechtem Gewissen bei kleinen Delikten, Schüchternheit, Hemmungen beim Sprechen mit Menschen, Angstzuständen. Meine Oma las mir Geschichten vor, die für ein kleines Kind nicht gerade aufbauend waren. Obwohl ich Heiligengeschichten in mich aufsog – und besonders liebte ich die Märtyrer – gab es ein Thema, das ich absolut nicht gut fand. Da war die Geschichte von einem Mädchen, das die Todsünde begangen hatte und ohne zu beichten zur heiligen Kommunion ging, ohnmächtig wurde und umfiel. Die Todsünde war die Sünde der Unkeuschheit. Unkeuschheit war das am meisten gebrauchte Wort in meiner Kindheit. Oma brachte mir bei, dass Unkeuschheit die Wurzel allen Übels sei.

Mit sieben Jahren entdeckte ich mein Geschlecht. Eine neue Welt, etwas ganz Eigenes, Unverfälschtes tat sich mir auf. Als ich mich mit meiner Hand dort unten berührte, wurde es mir ganz warm ums Herz. Ich spürte eine tiefe Liebe zu mir. Das Liebste, was ich hatte, wollte ich meinem Jesus opfern, nie mehr berührte ich mich, auch nicht in der Pubertät, als die Triebe erwachten.

Als junge Frau hatte ich oft Lust mich zu befriedigen, aber ich legte nie Hand an mich, weil ich keine Todsünde begehen wollte – ich betete so lange, bis die Versuchung vorüber war – mein Psychiater verdrehte die Augen, als ich ihm davon berichtete. Außerdem wollte ich nicht mehr bei einem mir fremden Pfarrer die Sünde der Unkeuschheit beichten. Ich fand, dass in der Institution Kirche etwas faul war. Der Missbrauch fängt an dieser Stelle schon an, tatsächlich stattgefundener Missbrauch ist die Fortsetzung von geistigem Missbrauch. Ich finde es unerhört und pervers, wenn eine junge Frau zu einem Kleriker geht, der auch nur ein Mensch ist, und bei ihm beichtet, sie habe unkeusche Gedanken gehabt, schlimmer noch, sie habe sich selbst befriedigt. Was für ein krankmachendes System! Die Spaltung zwischen Körper, Seele und Geist war vollbracht und die in meinem späteren Leben auftretenden psychischen Probleme begannen in meiner leibfeindlichen Kindheit. Ich sollte mit 39 Jahren mit genau diesem Problem an einen Psychiater geraten, bei dem dieser Konflikt sichtbar, jedoch in meinen Augen nicht sauber gelöst wurde. Aber davon später.

In der heiligen Messe beim Bußgebet schlug man sich an die Brust und bereute seine Sünden mit den Worten: »Ich habe gesündigt in Gedanken, Worten und Werken, durch meine Schuld, durch meine Schuld, durch meine übergroße Schuld.« Ich war fest entschlossen, die Schuld Deutschlands und Hitlers auf mich zu nehmen. Ich wusste, dass mein Herz rein war und ich beschloss immer und zu jeder Zeit das Böse mit den Waffen der Liebe zu schlagen. Da ich ein sehr sensibles Kind war, bildete sich bei mir ein Über-Gewissen, und die Liebe zu mir, zu meinem Körper ging verloren und ich begann, mich als junge Frau in viele Männer zu verlieben, besonders in Ärzte, und wurde jedes Mal depressiv, weil ich die moralischen Gesetze nicht übertreten wollte. Mein Bett stand in einer dunklen Schlafkammer, Mäuse raschelten im Gebälk, mir war oft unheimlich zumute.

Eines Abends stand vor mir neben meinem Bett ein Clown, der ganz bunt angezogen war und der mich angrinste. Er sprach kein Wort, und plötzlich war er verschwunden. Schon damals hatte ich Halluzinationen. Ich hatte solche Angst. Davon erzählte ich nichts meiner Oma. Ein anderes Mal hatte ich einen Alptraum, ich sah wie Hirschgeweihe aus der Wand wuchsen, ich schrie fürchterlich , und Tante Sofie, die gerade zu Besuch war, stürzte ins Zimmer, saß an meinem Bett und hielt mich ganz fest, ich war schweißgebadet.

Meine Oma machte mir so oft Angst vor dem Teufel und der Hölle. Ich hatte Halluzinationen vom Teufel – er war klein, schwarz, hatte einen roten Schwanz und stapfte die Treppe hoch. Gott sei Dank kam er nicht in mein Zimmer. Einmal sagte meine Oma zu mir: »Opa will, dass ich in die Hölle komme.« Ich dachte oft darüber nach, was sie wohl damit meinte. Ich fand es heraus. Opa wollte mit Oma kuscheln, Oma wollte das nicht. Sie ließ sich von Pfarrern beraten und die sagten, Geschlechtsverkehr ohne Kinder zu zeugen sei Sünde. Meine Oma hatte auch keine Lust auf Sex, weil sie noch unter dem Verlust ihrer beiden Söhne litt, sie wollte sich keinem Mann hingeben, ihre Liebe gehörte Jesus. Diese Einstellung prägte sich tief in mein Herz und mit dieser Prägung hätte ich eigentlich ins Kloster gehen sollen. Stattdessen heiratete ich, weil ich so gerne Kinder wollte, und wurde immer unglücklicher. Ich hatte einen unstillbaren Liebesdrang, ja ich entwickelte einen Liebeswahn, der nie gestillt werden konnte aus moralischen Gründen. Depressionen und eine furchtbare Angstneurose waren die Folge. Ein hierzu passendes Gedicht, das ich als junge Frau verfasste:

Ich liebe sie, ich liebe Sie,
es bleibt mir nur die Poesie,
um diesen Zustand zu beschreiben.

Ich liebe Euch, ich liebe Dich.
Ich schau ins menschliche Gesicht
und muss darüber leiden.
Ich liebe Euch so wie ihr seid
in Eurer fröhlichsten Gebärde,
in Eurer innersten Verletzlichkeit.
Gern wollte ich Euch fühlen,
doch um den Wunsch da wissen nur die Sterne;
bin ich etwa geboren damit ich lerne,
die Glut für Euch
durch tausend Tränen abzukühlen?

Mein Schicksal war, dass ich jeden Menschen, dem ich begegnet bin, mit Hingabe liebte und immer ein offenes Ohr für die Sorgen meiner Mitmenschen hatte. Geprägt durch meine Kindheit, hatte ich kein Gefühl zu mir selbst und, um überhaupt leben zu können, verliebte ich mich in die Menschheit, ich betete für andere, tröstete sie, half wo ich nur konnte, packte Pakete und schickte sie in das arme Polen, sammelte Kleider für die armen Menschen, buk Osterhasen für ein Kinderheim, spendete für terre des hommes und das SOS Kinderdorf und wählte die Grünen. Aber die Erkrankung nahm ihren Lauf, und das Leben trieb mich in eine Sackgasse, aus der es kein Entrinnen geben sollte. Aber jetzt zurück nach Saulgau.

Mit etwa zehn Jahren bekam ich Rollschuhe von meinen Eltern. Als ich wieder einmal in den Ferien war in Saulgau, verfolgten mich Jungen aus der Nachbarschaft mit Spinnen. Ich hatte Todesangst vor Spinnen, und ich rannte so schnell ich konnte mit meinen Rollschuhen davon. Mein Adrenalinspiegel stieg an, mein Herz pochte bis an den Hals, ich rannte um mein Leben. Mein Leben lang hatte ich Angst vor Spinnen. Besonders vor den schwarzen Jägerspinnen, die so schnell rannten. In der ersten Klasse hatte ich Schwimmunterricht. In der Dusche saßen drei fette schwarze

Spinnen. Als ich sie erblickte, ergriff mich Todesangst. Ich habe gehört, die Spinnenphobie hätte Bezug zur Macht der Mutter auf das Kind. Ich wurde von mehreren »Müttern« unterdrückt. Die Angst vor Spinnen ist mir bis heute geblieben, und die Macht der Welt will mich heute noch zermalmen. Aber mein Lieblingswort heißt »trotzdem«. Auch wenn ich mich wie Brei fühle, ich lebe und ich »bin« Tag für Tag. Meine Oma wusste, dass ich Angst vor Spinnen hatte. Als meine Schwester Isabell einmal in den Ferien nach Saulgau kam, saßen wir mit unserer Oma auf der Bank im Garten, die Bank stand dicht an der Wand. Unter dem Fenstersims hockten Spinnen, Weberknechte mit dünnen langen Beinen, und mich ekelte vor ihnen. Meine Oma nahm eine Spinne, zerrieb sie zwischen den Fingern und warf sie in den Garten. Mir wurde übel, ich spionierte ihr nach und stellte fest, dass sie ihre Hände nicht wusch. Das Frühstück, das sie uns am folgenden Morgen zubereitete, ließen wir stehen. Gott sei Dank gab es keine Schläge.

Ich liebte meinen Opa, doch er war ein Weichei. Er verteidigte mich nicht und sah zu wie ich verprügelt wurde. Er stand nicht für mich ein. Schlimmer als die Schläge jedoch war, dass ich, wenn ich etwas angestellt hatte, einen ganzen Tag lang im Wohnzimmer auf dem Sofa sitzen musste, ganz alleine, schuldbeladen. Wenn Opa abends nach Hause kam, sah er das traurige Kind und sagte nur, wenn die Oma über mich schimpfte: »Das ist doch nur ein Kind.« Ich hätte mir gewünscht, dass er für mich einsteht. Das war nicht der Fall. Aber ich liebte ihn trotzdem.

Was mir besonders an ihm gefiel war, dass er mir Blumen pflückte, wenn wir zusammen spazieren gingen. Mein Opa hatte einen Sichelfuß von Geburt an. Er war ein so schönes Kind, dass ihn ein Arzt adoptieren und den Fuß umsonst operieren wollte, aber seine Eltern gaben ihn nicht weg. Als er mir das erzählte, hatte er Tränen in den Augen. Er lernte den Beruf Schuhmacher, weil er sich teure orthopädische Schuhe nicht leisten konnte. Mit diesem Fuß ging er die Böschung hinunter und holte mir einen

Bund Schlüsselblumen. Dafür liebte ich ihn. Er wollte das, was meine Oma an mir kaputtschlug, wieder gutmachen. Ich hatte Mitleid mit ihm wegen seines Fußes, und das Mitleid ging so weit, dass ich jetzt auch einen Sichelfuß habe. Aber davon später. Als ich wieder einmal im Krautland war, hatte ich Lust auf Johannisbeeren. Sie waren noch grün. Ich bekam, nachdem ich ein paar davon gegessen hatte, solche Bauchschmerzen und musste auf die Toilette, aber es war keine da. Opa sagte, ich solle hinter die Hütte, ich genierte mich sehr vor ihm und ich befahl ihm er solle wegschauen. Nacktheit war für mich etwas Schlechtes.

Ich hatte die körperfeindlichen Glaubenssätze meiner Oma und der Kirche verinnerlicht, der Schaden war groß, mir sollte Schreckliches widerfahren. Ich dachte Opa ist ein Weichei, doch meine Oma erzählte mir von einem Vorfall mit ihrem Sohn Hans. Hans hatte eine Hirnhautentzündung und war infolgedessen lernschwach. Eines Tages kam er von der Schule und war am Boden zerstört. Er bekam Schläge von seinem Lehrer mit der Peitsche, sein Rücken war blutig mit lauter Striemen. Fest entschlossen ging mein Opa zu dem Lehrer und verprügelte ihn. Diese Geschichte hat mich fasziniert und das Bild, das ich bislang von ihm hatte, wurde korrigiert. Ich liebte Opa für seinen Mut und seine Zivilcourage.

Im Winter durfte ich nicht mit den anderen Kindern Schlitten fahren. Ich durfte nur am »Haugebergele« – der kleine Hügel führte an der Familie Haug vorbei – Schlitten fahren. Die anderen Kinder fuhren vom anderen Berg, der viel steiler war und länger. Meine Oma hatte immer Angst, dass mir etwas passieren könnte, dies war auch nicht unrealistisch, denn es gab Gegenverkehr. Sie wollte auch nicht, dass ich mit den wilden Kindern zusammenkomme. Sie sprach immer von der »Affenliebe«. Damit meinte sie die verweichlichte Liebe zu den Kindern. Sie erzog mich nach dem Bibelwort: »Wer sein Kind liebt züchtigt es.«

Jetzt wieder zum Schlittenfahren. Einmal gingen Tante Klothilde und Onkel Karl mit mir zum Schlittenfahren auf die Schillerhöhe. Sie waren sehr autoritär und befahlen mir, von einer Anhöhe hinunterzufahren. Ganz unten fuhr der Zug. Ich hatte solche Angst, dass ich nicht rechtzeitig bremsen könne, und fuhr mit dem Schlitten geradewegs auf einen Baum zu; es war genügend Platz zwischen den Bäumen, aber der Baum zog mich magnetisch an. Ich zog mir eine Platzwunde am Kinn zu und blutete stark. Tante Klothilde und Onkel Karl lachten mich aus: »Roswitha, da ist so viel Platz zwischen den Bäumen, wieso bist du ausgerechnet auf einen Baum gefahren?« Ich sprach kein Wort, die Platzwunde machte mir nichts aus. Ich dachte, jetzt bist du noch einmal davongekommen und bist gottlob nicht unter den Zug gekommen. Daheim wurde ich dann mit Jod versorgt, das machte immer Tante Klothilde. Sie ging zum Arzneischränkchen und holte das Fläschchen mit der Tinktur heraus und tröpfelte sie auf die Wunde. Das tat höllisch weh, aber wenn ich vor Schmerzen schreien wollte, hieß es hart: »Stell dich nicht so an.« Sie war nicht zimperlich, und wenn ich auf der Gasse hingefallen bin und meine Knie aufschürfte, versorgte sie mich jedes Mal mit Jod. Sie war eine sehr gewissenhafte Person. Schon früh hatte ich Angst vor dem Sterben – es starben so viele alte Leute in meiner Umgebung –, da fragte ich Tante Klothilde, ob man, wenn man zum Zahnarzt gehe, sterben müsse. Sie gab mir zur Antwort: »Ja, das kann schon sein.« Schon wieder war ich geknickt und mit meiner Angst alleine gelassen. Sie war eine böse Stiefmutter für mich, und in ihrer Nähe war es kalt. Ganz anders bei meiner Oma, trotz der Schläge liebte ich sie, sie hatte eine warme Ausstrahlung und vor allem hatte sie Humor, was ja eine göttliche Gabe ist.

Ich musste, ob Winter oder Sommer, abends um 19 Uhr ins Bett. Nur am Wochenende durfte ich bis 20 Uhr aufbleiben. Dann machte meine Oma das Radio an, es kam Volksmusik. Sie schnippte mit den Fingern dazu und stieß Pfeiftöne aus, und ich tanzte wie wild in meinem Gitterbett, das im Wohnzimmer stand. Ich freute mich riesig. Ich liebte Musik über alles, sie brachte

Licht in diese Welt voller Strenge, Armut und Kirchenleben. Als junge Frau tanzte ich für mein Leben gern, Musik war ein Ventil, und ich vergaß alles um mich herum. Bei den ersten Klängen sprang ich auf, stürzte auf die Tanzfläche und tanzte ganz alleine – ohne Mann. Dies war der Anfang meines Lieblingsmärchens der Gebrüder Grimm, Die zertanzten Schuhe, von dem ich Dr. Schrott, meinem späteren Therapeuten, erzählte.

Es war Sommer und ich musste wieder um 19 Uhr schlafen gehen. Aber ich wollte noch nicht ins Bett, die Sonne schien, und die Vögel zwitscherten, ich schaute aus dem Fenster. Da sah mich Tante Klothilde, sie sagte: »Ich gehe jetzt zu deiner Oma und sage ihr, dass du nicht im Bett bist.« Ich hatte solche Angst, und als ich sie hörte, wie sie die Treppe heraufkam, betete ich zu Gott: »Lieber Gott, lasse nicht zu, dass sie mich schlägt.« Und tatsächlich, sie stand mit der Holzlatte vor mir und prügelte mich windelweich. Nicht mal der liebe Gott hatte eingegriffen. Ich habe es hingenommen und mit ihm das Kreuz getragen. Er war mein Bruder, der schwer leiden musste. Ich war ihm gleich. Ich war zufrieden, und ich sah meine Bestimmung.

Meine Oma hatte trotz allem einen wunderbaren Humor. Sie schlug Opa mit der Gabel auf die Finger, als dieser beim Mittagessen mit dem Deckel des Topfes Krach machte. Mein Opa hat laut gelacht, und ich habe mich mitgefreut. Solche Szenen kamen leider nicht so oft vor. Mein Opa liebte meine Oma, er war zufrieden mit seiner Frau, die ihn nicht körperlich lieben konnte.

Ich bekam kaum Süßigkeiten, einmal kam Besuch von einer Freundin meiner Tante Sofie, sie schenkte mir eine Packung Bonbons. Sie waren rot, gelb und grün. Ich freute mich riesig. Gabriele wollte auch ein Bonbon. Ich wollte ihr keines geben – da schlug mich meine Oma windelweich draußen vor dem Haus und vor Gabriele, ich schämte mich zutiefst und traurigen Herzens gab ich ihr gleich ein paar. Die Bonbons schmeckten köstlich, so frisch und säuerlich nach Apfel, Erdbeere und Zitrone.

Wenn ich im Sommer morgens ins Wohnzimmer kam, war die kleine Stube so hell von der Morgensonne, und die beiden Vögel, ein Kanarienvogel Jaköble und der Wellensittich Bubi lieb, zwitscherten um die Wette. Bubi konnte sprechen. Er konnte die beiden Wörter sagen:»Bubi lieb.« Mein Opa lachte laut. Wir hatten so viel Freude an den Vögeln. Manchmal machte meine Oma die Tür des Käfigs auf, und Bubi durfte in der Stube umherfliegen. Ab und zu flog er auf meinen Kopf, und die Krallen gruben sich in meine Kopfhaut ein, ein Frösteln lief mir über den Rücken. Was mir nicht sonderlich gefiel war, dass der Vogel sein Geschäft auf dem Tisch verlor. Überall lagen kleine braune Häufchen, dies war sehr unappetitlich. Opa nahm mich mit zu seinem Freund, der mit Vögeln handelte. Bei ihm kaufte er Bubi. Opa steckte Bubi in seine Jackentasche und hielt die Hand drauf, damit er nicht fortfliegen konnte. Ich sagte:»Opa, tu deine Hand weg, Bubi kriegt doch keine Luft.« Er war verärgert und drohte mir:»Du wirst dein blaues Wunder schon noch erleben.« Im Nachhinein wusste ich, was er damit meinte, er meinte Stuttgart damit, meine Eltern, zu denen ich kommen sollte und was mich dabei erwartete.

Einmal ging mein Opa mit mir in den Zirkus. Es war ein kleiner Wanderzirkus, ohne wilde Tiere. Da war ein kleines Pony, das mit seinen Hufen Rechenaufgaben auf Sand löste, z.B. 2 + 2 = 4, etc. Mein Opa lachte schallend, ich musste schmunzeln. Ich fand das gar nicht so großartig, mir gefiel die Welt meiner Oma besser, sie war interessanter. Mir gefiel das naive Wesen meines Großvaters, seine romantische Art.

Es wurden tagtäglich Tischgebete gesprochen, nach dem Mittagessen wurde ein ganzer Rosenkranz gebetet, das dauerte so etwa 20 Minuten, ich saß dabei auf einem harten Holzstuhl, die anderen Kinder durften draußen spielen. Ich hatte keine Freunde außer Gabriele, die aber nie bei mir zuhause war, wir spielten nie miteinander. Auch wurde nie Geburtstag gefeiert, nur der Namenstag, wo ich aber niemanden einladen durfte. Ich und Gabriele gingen oft zusammen zur Schule, wir hatten so ungefähr den gleichen Stundenplan. Meine Großmutter brauchte eine Menge Gottvertrauen, da sie so schlecht zu Fuß war, sie konnte mich nicht zur Schule bringen und dort abholen. Sie machte mir jedes Mal, wenn ich aus dem Haus ging, ein Kreuz mit Weihwasser auf die Stirn und betete: »Im Namen des Vaters und des Sohnes und des heiligen Geistes. Amen.« Wenn ich einem Pater begegnete, musste ich einen Knicks machen und ihn begrüßen mit den Worten: »Gelobt sei Jesus Christus.« Er erwiderte: »In Ewigkeit Amen.« Dabei hatte ich kein gutes Gefühl. Der Pater schaute finster drein, so, als wäre ihm diese Geste zuwider. Mit etwa sieben Jahren besuchte ich in der Stadtpfarrkirche die heilige Messe. Gabriele und ich saßen ganz vorne in der ersten Reihe, wir flüsterten während der Predigt und ich zog mein weißes Kleid hoch, so dass die Oberschenkel zu sehen waren. Dies sah der Kaplan, der auf der Empore war und seine Predigt hielt; plötzlich hielt er inne, hörte auf zu predigen und sah mich und meine Freundin strafend an. Als es auf einmal so still war, hörten wir auf zu reden, ich kann mich heute noch an diesen bösen Blick erinnern.

Jeden Morgen kämmte mir Oma die Haare mit einer Drahtbürste, die Kopfhaut tat mir sehr weh. Aber ich durfte nicht schreien. Dann tat sie Brennnesselwasser auf meine Kopfhaut, das mit Alkohol versetzt war und dies brannte höllisch. Danach ölte sie meine Kopfhaut mit Birkinöl ein und flocht mir zwei Zöpfe, die wie bei Pippi Langstrumpf, die ich gerne gewesen wäre, abstanden. Ich verdanke dieser Behandlung meine schöne Haarpracht, ich hatte wunderschönes dichtes Haar bis zu dem Zeitpunkt, als ich Tabletten, Psychopharmaka, zu mir nehmen musste.

Als ich in die zweite Klasse kam, hatte ich eine ältere Klassenlehrerin, Fräulein Sertl. Sie hatte eine Ausstrahlung wie eine alte Jungfer, ganz das Gegenteil von meiner geliebten Frau Hücheler. Plötzlich konnte ich nicht mehr gut lesen und Fräulein Sertl war ganz erstaunt und meinte: »Ich dachte du seist die

Beste im Lesen, das stimmt ja gar nicht.« Ich mochte sie nicht, deshalb konnte ich nicht mehr gut lesen. Als ich das Zeugnis nach der ersten Klasse bekam, war ich stolz. Ich zeigte es meinem Opa. Opa hatte immer schmutzige Hände, und das Zeugnis war so schön weiß. Ich hatte Angst, dass es schmutzig würde, und ich schimpfte mit ihm. Tante Klothilde kam dazu und schalt mich: »Sei nicht so frech zu deinem Opa.« Ich wunderte mich, sie war doch sonst so für Sauberkeit. In der ersten Klasse hatte ich eine Schiefertafel. Wir mussten Buchstaben des Alphabets untereinander schreiben und als Hausaufgabe jeweils die Linien zur Übung vervollständigen. Ich hatte keine Geduld und malte lauter Kringel. Dies war eine Trotzreaktion, genauso wie bei der verschütteten Milch. Ich wunderte mich, dass ich nicht verprügelt wurde, und auch die Lehrerin Frau Hücheler schimpfte mich nicht. Ich war ein Löwenkind, die ja sehr lebendig sind, und wenn sie unterdrückt werden, kann man an ihnen viel kaputtmachen.

Einmal, als ich morgens aufwachte, spürte ich, dass ich Fieber hatte. Mir war nicht gut, ich sagte zu meiner Oma, dass ich nicht in die Schule gehen könne. Sie schimpfte mich aus, und sie drohte mir: »Wenn du heimkommst, werde ich dich verprügeln!« Schweren Herzens ging ich zur Schule, und als es mir immer schlechter ging, ging ich zu Fräulein Sertl und klagte ihr mein Leid. Mitleidig schaute sie mich an, fasste an meine Stirn und sagte: »Kind, du bist ja krank, geh nur heim ins Bett.« Ich war gottfroh, dass Fräulein Sertl mich bedauerte und heimschickte, ich dachte, mehr als totschlagen kann sie dich nicht. Und tatsächlich, als ich zu Hause ankam mit hohem Fieber, schickte mich meine Oma gleich ins Bett. Sie pflegte und hegte mich, und sie war sehr gütig.

Als ich schreiben konnte, wollte meine Oma, dass ich meiner Mutter einmal im Monat einen Brief schreiben sollte. Zuvor machte sie das selbst. Sie berichtete darin wie es mir geht und was ich so mache. Ich wartete sehnsüchtig auf eine Antwort, aber es kam keine. Als meine Mutter wieder einmal Ferien in Saulgau machte, sprach ich sie darauf an. Ich fragte sie, ob sie meine Briefe nicht erhalten habe. Sie gab mir kalt zur Antwort: »Du hast ja viele Fehler gemacht.« Mehr sprach sie nicht, keine Liebe, keine Wärme, kein Dankeschön. Ich war unsagbar traurig und fühlte, dass ich nichts wert war, mein weiterer Lebensweg war ein Weg des Versagens. Diese Mutter war wie die Stiefmutter bei Schneewittchen. Sie hat mich in meinem Leben schwer gedemütigt, mich verfolgt und runtergemacht wo sie nur konnte. Schon wieder eine Mutter wie Tante Klothilde. Immer mehr trieb es mich in die Arme Gottes, wo ich mich warm und geborgen fühlte und mit dem ich mich ständig unterhielt, ihn um Rat fragte wenn Entscheidungen anstanden, und von dem ich immer eine Antwort bekam. Überall lauerte der Verrat, mein Gefühl wurde permanent verletzt, und so sollte es immer weiter gehen. Es war, als ob ich das Unglück magisch anziehen würde.

Einmal kamen meine Eltern wieder zu Besuch, meine Schwester Isabell und ich bekamen beide ein Geschenk. Meine Schwester bekam ein Negerpüpplein, und ich bekam eine Mundharmonika. Ich wollte auch ein Püppchen haben, ich habe mich über die Mundharmonika nicht gefreut. Meine Mutter reagierte enttäuscht, und sie war beleidigt. Wieder einmal schwappte eine dunkle Wolke auf mich über. In meinem weiteren Leben sollte ich Nacht und Kälte im Übermaß erleben. Einmal lag ich in meinem Bett, meine Mutter kam herein, ging an den Kleiderschrank. Sie wollte sich umziehen, weil sie noch ausgehen wollte. Dabei schimpfte sie heftig über meine Oma und sagte: »Jetzt soll ich noch zuhause bleiben, die Alte will, dass ich bei ihr herumhocke und sie unterhalte.« Ich war so traurig und empört, wie kann man so böse sein zu seiner Mutter, zu einer so armen Frau, die immer so einsam ist. Ich fing heimlich an, meine Mutter zu hassen. Dieser Hass endete jedes Mal, wenn meine Mutter einen epileptischen Anfall bekam, da hatte ich großes Mitleid mit ihr. Ich verzieh ihr ihre ganze Lieblosigkeit, als sie bettlägerig und handlungsunfähig wurde. Ihre Macht war gebrochen, sie konnte nicht mehr schimpfen – so wie sie es immer tat. Ich verfasste folgendes Gedicht und las es ihr vor:

An meine Mama
Es war halt so wie's war.
Und heute ist mir klar,
es kam wie's kommen musste,
Vergebung und Verzeih'n,
macht weich die harte Kruste;
die Liebe ist am Grund,
wir halten fest den Bund,
wir halten fest zusammen –
die Herzen sie entflammen;
die Nacht sie ist vorbei
und nun ist's einerlei,
wer, wo, warum und wann
wir sind zusammen dann,
kann kommen was da wolle,
es sind der Tage volle,
die neue Zeit ist dran.

Diese dominante Frau, die Macht über mich hatte während meines ganzen Lebens, war nun gebrochen, und hilflos und unbeweglich lag sie da, die müden Augen an die Decke gerichtet.

Nun wieder zurück zu einer Episode aus meiner Kindheit.

An einem Sommertag stellte Tante Klothilde eine Wanne mit Wasser in den Garten, ich und meine Cousine sollten uns ausziehen. Ich schämte mich so sehr, als ich nackt war. Verängstigt schaute ich zu meiner Oma, und die warf mir einen bösen Blick zu. Einmal untersuchte ich meine Cousine am Bauch. Tante Klothilde kam hinzu, und mit einem strengen Blick drohte sie mir: »Das sage ich deiner Oma.« Die Angst stieg in mir hoch, aber Gott sei Dank passierte nichts.

Schon als Kind wurde der natürliche Zugang zu meinem Körper blockiert, und ich sollte als junge Frau am Leben scheitern. An einem Frühlingstag saßen Tante Klothilde und ich auf der Gartenbank, plötzlich tauchte eine Zigeunerin auf, Tante Klothilde flüsterte: »Sei ganz ruhig, sonst wenn sie dich sieht, nimmt sie dich mit.« Schon wieder wurde mir Angst gemacht.

Meine Großmutter erzählte mir oft, dass die Welt in 30 Jahren unterginge. Dies nahm ich angstvoll auf, und als ich schon ein Kind hatte, überkam mich jedes Mal eine panische Angst, wenn sich der Himmel verdunkelte und ein Gewitter aufkam. In der Schwangerschaft mit meinem ersten Sohn entwickelte ich Phobien verschiedenster Art. Ich hatte Angst über eine Brücke zu gehen, wenn Wind aufkam, dachte ich, er blase mich fort, bei Schneefall hatte ich das Gefühl, der Schnee würde mich erwürgen, ich hatte Angst vor dem Aufzugfahren etc.

Jetzt ein Gedicht, das ich als junge Frau schrieb:

Warum packt mich zur Zeit so oft die Angst,
es wär der letzte Tag den ich gelebt?
Die Luft ist volldurchdränkt
vom Atmen erster Frühlingsblumen.
Ich höre sanftes Bienensummen
und alles ist durchwebt durchdrungen
von einem dunklen Traum
der mich umschwebt.
Wenn ich die Kinder so betrachte,
wie sorglos sie sich ganz dem Spiel hingeben,
möcht lautlos ich und sachte
in ihre Welt eintauchen,

ihr Unbeschwertsein miterleben.
Die Luft um mich herum
ist voll durchtränkt von Frühlingsregenduft.
Auf einmal holt mein kleiner Sohn
mich aus dem bangen Grübeln.
Er sagt: »Mama, warum hat dieser Käfer
denn Punkte auf den Flügeln?«

Noch einmal zurück zu Tante Klothilde. Sie stellte wunderbare Marmeladen her. Im Sommer ging sie in den Wald und pflückte Brombeeren und Holunder. Die Marmeladen schmeckten köstlich. Im Schlafzimmer stand ein Regal, wo die vielen Marmeladengläser in Reih und Glied standen. Als ich schon meine drei Kinder hatte und wir sie besuchten, bekamen wir jedes Mal einige Marmeladen sowie Äpfel, Kraut, Salat, Blumenkohl, Obst, alles vom eigenen Garten. Mein Onkel hatte einen großen Baumgarten mit vielen Obstbäumen, Beeren und Gemüse. Von diesem Garten hatte ich einen Traum, von dem ich später erzähle.

Meine Oma hatte regen Kontakt zu Pfarrern. Eines Tages ging sie mit mir zum Stadtpfarrer. Sie fragte ihn, ob ich in den Himmel komme. Ich weiß nicht, was er geantwortet hat. Ich überlistete meine Oma und fragte sie vor dem Pfarrer – weil ich wusste, dass sie vor ihm nicht nein sagen konnte –, ob sie mir Geld für eine Brezel geben könnte, ich hätte so Hunger. Sie gab mir zehn Pfennige, und ich ging zur Eisdiele und kaufte mir eine Kugel Vanilleeis. Das schmeckte köstlich. Zufrieden ging ich wieder zurück ins Pfarrhaus und sagte: »Oma, die Brezel hat gut geschmeckt.« So kam ich wenigstens einmal zum Stillen meines Bedürfnisses. Ich hatte keine Angst vor dem lieben Gott, er strafte mich nicht, zufrieden sah er zu wie das leckere Eis seinem geliebten Kind schmeckte. Er half mir dabei, meine Oma zu überlisten. War das ein schöner Tag!

Im Religionsunterricht bastelte ich einen kleinen Tempel aus Pappe als Spardose. Immer wenn Besuch kam und ich Geld bekam, tat ich es in die Spardose. Ich hatte 21,– DM zusammen, genau der richtige Betrag für ein Patenkind. Nie mehr habe ich eine Antwort bekommen. Ich hätte so gern ein Patenkind gehabt. Ich war so enttäuscht von dem Pfarrer, und ich dachte, dass Pfarrer Diebe sind. Meine Oma hat auch nichts unternommen. Wieder war ich sehr traurig.

Schon früh entwickelte ich ein großes Muttergefühl, ich spielte gern mit meiner Puppe, die ich Roswitha nannte. Tante Braun schenkte mir als ich zehn Jahre alt war eine kleine Puppe mit blonden Haaren. Ich riss ihr die blonde Marilyn-Monroe-Frisur herunter, wie eine Besessene und mit aller Kraft zog ich an dem Blondschopf, bis keine Haare mehr auf dem Kopf waren, mit Kugelschreiber malte ich ihr eine Kurzhaarfrisur. Auch schlug ich die Puppe, die ein Ebenbild von mir sein sollte. Ja, ich schlug sie so lange auf das Hinterteil, bis sie einen roten Hintern hatte. Ich lehnte meine Weiblichkeit vollkommen ab, der Weg in den Untergang war geebnet. Der Hass auf Männer wurde immer größer, aber dessen war ich mir nicht bewusst. Der Hass auf Dr. Schrott, meinen Therapeuten, war vorgegeben. Ich wollte denen alles heimzahlen, was sie an mir zerbrochen hatten, ja in mir war ein gewaltiger Hass, der sich in Eigenhass umwandelte.

Meine Oma jammerte viel, weil sie Schmerzen in den Beinen hatte, und oft sagte sie: »Roswithale, du musst bald zu deinen Eltern, ich habe keine Kraft mehr.« Ich wuchs ihr über den Kopf. Schon als Kind fühlte ich, dass ich eine Last war.

Ich hatte einen langen Schulweg, ich kam an einem großen Kino vorbei, das hieß »Oberland Theater«. Mich interessierten die Fotos nicht, die ausgestellt waren – ich las nur immer das Schild: Demnächst in diesem Theater. Ja, ich bewegte mich auf der Welt wie in einem großen Theater. Auf meinem Schulweg ging ich tagtäglich an einem Haus vorbei mit einem Schild, worauf stand »Heinrich Klein Rechtsanwalt«. Und ich dachte, dem wirst du einmal begegnen und gegen ihn ankämpfen. Schon als kleines Mädchen fühlte ich eine Bestimmung in mir, mich gegen die weltliche Macht zu stellen. Dies trug dazu bei, dass sich in meinem späteren Leben der Größenwahn entwickelte.

Bald sollte ich mein blaues Wunder erleben, wie es mir mein Opa prophezeite. Meine Oma bestellte Pfarrer und fragte sie in meinem Beisein, ob sie mich nach Stuttgart zu meinen Eltern schicken könne, sie wäre schon zu alt, und ich wäre ihr zu viel. Ein Missionar, der Sohn einer Freundin, sagte: »Kinder gehören zu ihren Eltern.«

Ich stand dabei, wurde aber nicht gefragt. Meine Oma machte es sich nicht leicht mit ihrer Entscheidung, mich nach Stuttgart zu schicken. Wochenlang ging die Debatte hin und her, und eines Tages war es dann so weit. Mein Vater kam mit seinem grünen VW Käfer und holte mich ab. Meine Großeltern standen am Gartenzaun und winkten ganz traurig, als das Auto anfuhr. Meine Großeltern taten mir so leid, dass ich so laut brüllte und weinte, dass mein Vater umdrehte und mich wieder zurückbrachte. Gott sei Dank, mir fiel ein Stein vom Herzen, endlich wieder in meiner Heimat.

Sechs Wochen später wurde es ernst. Da kam mein Vater wieder. Ich war innerlich bereit, die große Reise anzutreten. Onkel Karl sagte: »Roswitha, jetzt kommst du nach Stuttgart in die Großstadt.« Ich war ganz stolz, und ich ahnte, dass eine große Aufgabe auf mich wartete, und ich dachte, dass ich alles schaffen werde. Ich war auf sehr schwierige Aufgaben gefasst. Die strenge Erziehung meiner Großmutter hat mich auf die Härten des Lebens vorbereitet. Ich nervte meinen Vater, dauernd fragte ich ihn, wann wir endlich in Stuttgart ankommen, ich hatte keine Angst mehr vor ihm. Endlich war es so weit. Wir parkten in Stuttgart Heslach in der Burgstallstraße.

Meine Mutter, die Hausbesitzerin und meine Schwester standen am eisernen Gittertor und erwarteten mich. Die alten Backsteinhäuser gefielen mir nicht – was für ein Unterschied zu den kleinen Häusern und den überschaubaren Straßen in Saulgau. Die strengen Blicke der Hausbesitzerin und meiner Mutter erschreckten mich. Ich fühlte psychische Kälte. Es herrschte ein rauer Ton – ganz im Gegenteil zum Ton bei meinen Großeltern. Bald schon sollte die Hausbesitzerin, Tante Weiss, Macht über mich gewinnen. Ich wollte, dass meine Mutter daheimbliebe, ich brauchte sie so dringend. Zwei Tage hielt sie es aus daheim, dann wollte sie wieder im Laden sein. Sie war eine geschäftstüchtige Frau, die sehr gerne mit Menschen umging. Sie war mit Leib und Seele Gärtnerin und Blumenverkäuferin.

In Stuttgart kam ich in die dritte Klasse, ich war keine gute Schülerin und musste oft nachsitzen im Rechnen. Meine Mutter tadelte mich oft und schimpfte mich aus, sie schämte sich meinetwegen.

Die Hausbesitzerin Tante Weiss benutzte mich als Hausmagd. Ich musste bei ihr putzen und wenn Besuch kam, musste ich die Gäste unterhalten, sie bedienen und wurde Marie genannt. Ihr Neffe, der Prokurist bei einem Möbelhaus war, tadelte mich und sagte: »Die hat ja Hemmungen und kann nicht gut sprechen.« Das war schlimm für mich, von allen Seiten wurde mir das Leben schwer gemacht, und ich kämpfte wie eine Löwin gegen die verschiedenen Übergriffe.

Mit zehn Jahren fasste mich der Verlobte von Tante Weiss an meine kleinen Brüste und sagte, ich solle ja nichts meinen Eltern sagen. Dieser Onkel war ein kalter Mensch und ich denke, er war sexsüchtig – ich fühlte wiederum Kälte. Ich erzählte meiner Mutter von dem Übergriff, sie war ganz entsetzt und ich glaube, sie setzte sich für mich ein.

Tante Weiss war dominant. Sie hatte viel Macht, und ich hatte viel Angst vor ihr; aber auch sie hatte etwas Mütterliches, dafür mochte ich sie. Sie hat die besten Pfannkuchen gebacken, und ich aß mir den Bauch voll.

Zum Thema Aufklären: Schon als 14-Jährige wurde mir Sexualität als etwas Schmutziges beigebracht. Tante Weiss erzählte von einem Liebespaar, das sich im Wald auf einer Bank im Winter vergnügte, die Frau bekam einen Scheidenkrampf, und die beiden kamen nicht mehr voneinander los. Der Notarzt musste kommen und die beiden trennen. Es gab noch mehr solcher Geschichten, und ich nahm mir fest vor, niemals zu heiraten.

Meine Eltern kauften ein Haus und zogen weg von der Burgstallstraße. Das Haus war schief und ich schämte mich wegen der alten Hütte. Ich schämte mich sehr oft. Als ich einmal – ich war gerade zwölf – eine ganze Nacht durchweinte, nahm sie mich bei sich auf. Von nun an bekam ich mittags eine warme Mahlzeit. Meine Mutter kochte nicht gerne, sie verkaufte lieber im Laden. Ich hatte so Heimweh nach meinen Großeltern und weinte jeden Abend im Bett. Mein Vater kam oft hinzu und tröstete mich, wenn er vom Wirtshaus kam. Mein Vater war oft betrunken und er kam zu uns ans Bett und weckte uns. Ich konnte nicht mehr einschlafen und war in der Schule so müde. Tante Weiss machte mir und meiner Schwester das Frühstück, meine Mutter war schon im Laden. Tante Weiss machte uns ein Vesper, das ich gar nicht mochte: Knäckebrot mit Schokolade und viel Butter. Ich verschenkte es meistens einer Schulkameradin, die kein Vesper bei sich hatte.

Mit zehn Jahren hatte ich Erstkommunion. Die Frühkommunion hatte ich schon mit sechs Jahren bei meinen Großeltern. Ich freute mich riesig, weil ich den Heiland empfangen durfte und meine Großeltern kamen. Die Geschenke waren mir nicht wichtig, nur mein Heiland, den ich in meinem späteren Leben verriet. Ja, ich habe dich verraten, vergib mir, ich fühle mich schuldig, ich kann ohne dich nicht mehr leben. Sei nicht ewig zornig mit mir und führe mich wieder an deiner Hand. Wie konnte ich es zulassen dich zu verraten und der Welt zu folgen, obwohl ich als Kind mit Inbrunst sang: »Mir nach ihr Christen alle, verleugnet euch verlasst die Welt, folgt meinem Ruf und Schalle, nehmt euer Kreuz und Ungemach auf euch, folgt meinem Wandel nach. Ich bin das Licht ich leucht euch für mit heiligem Tugendstreben, wer zu mir kommt und folget mir darf nicht im Finstern leben, ich bin der Weg ich weise wohl wie man wahrhaftig wandeln soll.« Dies habe ich vergessen und mich in eine Therapie begeben, die mir nicht geholfen hat, sondern nach der ich Selbstmord begehen wollte. Der Teufel und Gott waren in diesem Praxiszimmer existent. Unzählige Träume, die in den Abgrund führten, wurden von mir geträumt, Holocaust pur, und ich dachte nicht mehr an meinen Gott, sondern gab mich der puren Sinnlichkeit hin, »nur« geistig, nicht wirklich. Gott vergib mir. Diese Zeilen liest das Universum oder Gott und ich bitte das Universum um allumfassende Vergebung. Ich habe gesündigt in Werken, Gedanken und Worten durch meine Schuld, durch meine Schuld, durch meine übergroße Schuld. Möge Gott, von dem ich abgefallen bin, mir alles aber auch alles vergeben.

Jetzt zurück zu meiner ersten heiligen Kommunion. Der Heiland war mir so wichtig und ich durfte in die erste Reihe mit einem Mädchen, dessen Eltern ein Juweliergeschäft hatten. Ich war so stolz, dass ich an erster Stelle sein durfte. Warum habe ich dich vergessen, mein Heiland, es wäre so leicht gewesen, dir zu folgen, stattdessen habe ich einen gottlosen Menschen zu meinem Gott gemacht. Ich weiß, dass die Sünde gegen den Heiligen Geist nicht vergeben wird. Wie oft habe ich gesündigt, sogar nachts in meinen Träumen. »Lieber Gott, bitte vergib mir und sei nicht auf immer zornig. Ich will meine Schmerzen dir aufopfern, so wie es meine Oma tat.«

Als ich zehn Jahre alt war, es war nach meiner Kommunion, gingen meine Schwester und ich in die heilige Messe. Der Pfarrer predigte von Jesus, der für die Sünden der Welt gestorben ist. Ich machte mir meine eigenen Gedanken, und meine Schwester und ich gingen nach der Messe ins Pfarrbüro, ich sprach mit dem Pfarrer und sagte: »Was ist das Besondere daran, dass Jesus gestorben ist; jeden Tag, jede Minute müssen Menschen sterben?« Der Pfarrer wusste keine Antwort, und mir war klar, dass ich das schwere Kreuz mit Jesus tragen wollte. Leider kam die Welt mir dazwischen, und ich habe klein beigegeben, was normalerweise nicht meine Art ist, ich bin eine Kämpferin, eine Löwin. Ich wollte den heiligen Kampf auf mich nehmen. Jetzt, wo ich diese Zeilen schreibe, fühle ich eine große Schuld. Gestern war Karfreitag, wo Jesus gekreuzigt wurde, ich habe ihn ans Kreuz geschlagen. Jesus vergib mir! Nimm die schwere karmische Schuld des geistigen Ehebruchs und auch des tätigen Ehebruchs von mir, mache mein Herz rein von aller Schuld. Bewahre meine Kinder und nimm dich unser an.

Du, nur du kannst uns retten, führe uns an Stellen, die uns guttun und passe auf uns auf, der Herr ist gnädig und barmherzig, geduldig und von großer Güte. Herr, sei mir armen Sünderin gnädig. Lieber Vater, willst du eigentlich noch meine Gebete? Oder willst du nichts mehr von mir wissen? Täglich klagt mich mein Gewissen an, ich leide wie David, der zu Gott in schwerer Not schrie. Aber David hat nicht so gesündigt wie ich, ich habe drei Jahre lang Gottes Wort verdreht. Es ist so schrecklich ohne Gott. Alle sagen, Gott ist da. Auch bei dir. Ich fühle ihn nicht mehr, warum? Weil ich ihn fortgestoßen habe, weil ich nicht auf die kleinen Hinweise achtgegeben habe, auf bestimmte Warnträume, die er mir geschickt hat. Ich bin gerade dabei, mein Manuskript zu überarbeiten, und es sind schon ein paar Wochen vergangen, seitdem ich das mit den Schuldgefühlen geschrieben habe. Ich spüre, dass ich geführt werde, dass Gott bei mir ist und dass er mir alles vergeben hat.

Kurz vor der Abreise von Saulgau nach Stuttgart gab ich meinen Großeltern mein Poesiealbum und bat sie, mir ein paar Zeilen zu schreiben. Meinem Opa drängte ich ein Gedicht auf, er zögerte, er wollte es nicht schreiben, aber ich bat ihn inständig, es doch zu tun. Es heißt: »Vergesse nie die Heimat, wo deine Wiege stand, du findest in der Ferne kein zweites Heimatland.« Traurig schrieb er es nieder, aber mein Wille geschah. Er hatte ein warmes Wesen. Meine Oma schrieb: »Mein Herz das ist ein Bienenhaus, darinnen sind die Bienen, sie fliegen ein, sie fliegen aus, grad wie in einem Bienenhaus.« Ich war ziemlich enttäuscht und dachte, was gibt sie mir eigentlich mit auf meinen Lebensweg, sie ist doch sonst so heilig.

Um meine Kindheit hier zu beenden, nun zwei Gedichte von mir:

Vorbei Du Kindheit
Du zerbrechlich-zarte,
Du schaurig-schönes Märchenschloss.
Wo Freude, Traurigkeit und Tränen
sich zart verschmelzen in Großmutters Schoß;
wo Wunsch und enge Welt
zum Teppich sind gewebt,
worauf die bloße Angst sich wärmt,
zergeht,
und Tropf um Tropf durchs Netzwerk
in Traumes Tiefen untergeht.
Wärmende Farben lassen das Eis der Angst
sich zu Wasser ergießen,
scheu blinzeln hervor rot und gelb,
Feuerfarben, die kraftvoll ineinander fließen,
der Freude Glut, die jede Kinderseele nährt.
Ach kleine Seel, bewahre deine Träume
bis Dich Erkenntnis hüllet ein als Schutz,
wo denkend Du nicht fühlend nur erfüllst die Räume
und weiter tastend ahnest Sinn und Nutz,
das Fühlen Deiner Kinderseele, lass es leben,
verschütt' es nicht mit Lebens harter Pflicht,

wenn späte Jugendseel will weiterstreben,
erst dann wird enge Welt ganz weit –
und Kinderträume werden Licht!

Wenn sich die Angst will reduzieren,
sich in mir drinnen expandieren,
steh' ich gefügig ihr zu Diensten,
lass mich so gern von ihr verführen,
bin fasziniert von ihren Künsten.
Und plötzlich bin ich halb erlegt
und spüre, wie mein Lebensnerv sich regt:
»Du bist gebückt, steh' doch gerade,
es ist doch wirklich viel zu schade,
Dich mit der Angst so abzugeben,
ersticken will sie dir Dein Leben.
Nimm' keinen Maßstab an den andern,
die scheinbar immer gerade wandeln!
Die Pläne in die Zukunft lass vergessen,
denn nur am Winkel kannst Du messen
den momentanen Lebenswert;
und auch an ihm ist abzulesen,
wenn Du Dich bückst, stehst, fällst, wie es Dir geht.

Gib acht, dass dieser Winkel – es möge dir gelingen –
ein rechter bleibt,
lass Dich nicht von der Angst, die Dich nach unten treibt,
bezwingen.

Noch einmal zurück zu meiner ersten heiligen Kommunion. Ich freute mich riesig, dass meine Großeltern kamen. Die Geschenke interessierten mich nicht. Es gab Handtücher, Taschentücher mit feiner Spitze und Sammeltassen. Ich war mit meinem Heiland verbunden, von dem ich als junge Frau abgekommen bin. Gott möge mir verzeihen. Meine Oma, die auch sehr viel Humor hatte, flirtete während des Mittagessens mit einem Gast und sie sagte: »Sie sind meine Augenweide.« Die Kinder wurden links liegengelassen, Tante Sofie ging mit ein paar Kindern in die Wohnung in der Burgstallstraße und sie spielte mit uns Halma und Mensch ärgere dich nicht. Ich liebte meine Tante Sofie sehr, weil sie humorvoll war, geistreich und liebevoll. Das änderte sich, als ich in die Pubertät kam. Vielleicht war sie neidisch, weil ich so hübsch war. Meine innig geliebte Patentante hat mich verlassen.

Als ich noch ein Kind war, wollte ich unbedingt, dass sie mich auf den Arm nehmen sollte. Sie weigerte sich, weil sie als Lehrerin gelernt hatte, Kinder nicht zu verweichlichen. Ich war so traurig. Dann passierte etwas: Vor dem Haus lagen spitze Steine und ich fiel hin und schlug mir das Knie auf, ich blutete heftig. Ich schrie laut und meine Tante kam hinzu, nahm mich auf den Arm und trug mich die Treppe hoch. Ich war so getröstet, das Blut machte mir nichts aus, endlich hatte ich, was ich mir sehnlichst gewünscht hatte. Immer wenn ich in den Ferien bei Tante Sofie war, duschte ich mich manchmal drei bis vier Mal am Tag. In Stuttgart gab es keine Dusche. Ich wollte rein sein. Auch wenn ich Grashalme berührte oder pflückte wusch ich mir wie besessen die Hände, ich dachte die Pflanzen seien giftig. Ich liebte Sauberkeit, außerdem wollte ich rein sein vor Gott.

Als ich etwa sieben Jahre alt war, war ich wieder einmal in den Ferien bei Tante Sofie. Sie suchte ihre Brosche und fand sie nicht. Dann verdächtigte sie mich und schloss mich zur Strafe im Schlafzimmer ein. Ich war dort mehrere Stunden eingeschlossen. In der Zwischenzeit hatte sie ihre Brosche gefunden und sie entließ mich aus meinem Gefängnis mit einem sehr schlechten Gewissen. Sie entschuldigte sich bei mir. Sie erzählte mir noch oft von diesem Vorfall.

Meine Mutter hatte sich verlobt mit einem 15 Jahre älteren Mann. Er hieß Bill. Ihr Bruder Karl schlug seine Schwester, packte sie an den Haaren und bezeichnete sie als Hure. Wahrscheinlich gab meine Großmutter ihm den Auftrag, sie zu schlagen. Daraufhin hat Bill sie verlassen, nie mehr tauchte er auf. Aus Trotz und Mitleid heiratete sie meinen Vater, der aus einer asozialen Familie stammte, sie lernten sich in einer Gärtnerei kennen, wo sie beide arbeiteten. Mein Vater hatte zehn Geschwister, drei davon nahmen sich das Leben.

Meine Großmutter väterlicherseits wurde in Grafeneck vergast, sie hatte die Diagnose Schizophrenie, so wie ich. Mein Vater war sieben Jahre alt, als seine Mutter starb. Er trug schwer unter diesem Verlust, auch er war schwermütig. Dies alles wurde an mich weitergegeben. Ich war ein sehr sensibles Kind, und meine Ohren lauschten immer, ich war hellwach. Ich erfuhr so nebenbei, dass sich Onkel Anton mit seiner Familie vor den Gasofen legte und starb. Onkel Ludwig, der in Ostdeutschland lebte, fuhr mit seinem Motorrad in einen fahrenden Zug aus Liebeskummer. Onkel Benjamin erhängte sich als er 17 Jahre alt war auf Geheiß seines Vaters. Dies alles bekam ich mit schon als Kind, und ich war fest entschlossen dafür zu kämpfen, dass dieser Fluch meine Familie nicht tangierte. Und doch hat es uns schwer getroffen. Lieber Gott, vergib mir.

Schon als Kind war ich schwermütig. Meine Oma las mir aus einem Gebetbuch vor, dass Gotteskinder fröhlich seien. Sie schaute mich an und sagte: »Du bist doch fröhlich, oder nicht?« Ich nickte traurig. Ich wunderte mich, dass sie so ambivalent war. Sie machte mich traurig, sie schlug mich und züchtigte mich, und da sollte ich fröhlich sein?«

Als ich zwölf Jahre alt war, hatte ich bereits Depressionen. Ich weinte die ganze Nacht. Da nahm mich Tante Weiss bei sich auf. Ich war so dankbar, ich bekam jeden Tag eine warme Mahlzeit, und ich fühlte mich geborgen, was ich von meiner Mutter nicht kannte. Sie war kalt, sie schimpfte mich oft aus, und ich hatte Angst vor ihr. Bei Tante Weiss musste ich arbeiten wie Aschenputtel und ihr nachmittags Gesellschaft leisten, mit ihr reden und Kaffee trinken. Viel lieber wäre ich zu einer Freundin gegangen, dies durfte ich sehr selten. Wenn ich im Sommer ins Freibad wollte, musste ich daheim bleiben und die Wohnung putzen. Ich durfte auch nicht bei einer Freundin übernachten.

Jetzt zum Thema Aufklärung. In der Pubertät kauften sich meine Mitschülerinnen das Heft »Bravo«, gingen in die Oswald-Kolle-Filme. Ich hielt von all dem nichts, ich ging in einen Kinofilm über Thomas Morus, einen Heiligen, der um der Wahrheit willen in den Kerker geworfen wurde. Leider weiß ich nichts mehr über ihn. Es wird einmal Zeit, dass ich wieder etwas von ihm in Erfahrung bringe. Ich verdrängte meine Sexualität permanent und las statt dessen immer mehr Bücher; ich widmete mich vollständig dem geistigen Leben. Ja, dies war eine Hybris; ich wollte besser sein als die breite Masse, wollte mich mit nichts Niedrigem abgeben. Dabei fällt mir Hildegard Knef ein, die sang: »Für mich soll's rote Rosen regnen, mir sollten sämtliche Wunder begegnen…« Ich wollte ohne Onanie durchs Leben kommen, was laut meinem Therapeuten ein Unding war.

In Stuttgart kam ich in die dritte Klasse in die Lerchenrainschule. Die Räume waren groß, ganz ungewohnt. Die Schule in Saulgau war kleiner. Ich hatte Angst vor Jungen, und ich war froh, dass Mädchen und Jungen getrennt waren. Es tanzten Mädchen auf dem Schulhof. Ich stand in der Ecke und traute mich nicht, mitzutanzen. Da holten mich zwei Mädchen, ich verlor meine Scheu und tanzte mit. Ich tanzte für mein Leben gern, und auch als junge Frau hüpfte ich auf, wenn fetzige Musik kam.

Meine Mutter hatte Männerbekanntschaften. Mein Vater bekam das mit, und er war rasend eifersüchtig. Er bezeichnete meine Mutter als Negerhure. Es kamen afrikanische Studenten in den Blumenladen, und meine Mutter hatte erotische Beziehungen zu ihnen. Da waren ein Herr aus Casablanca, ein Togolese und ein Student aus Ghana, der mir in Englisch Nachhilfeunterricht gab. Er hatte starken Mundgeruch, ich ekelte mich vor ihm, außerdem aß man bei ihnen mit den Händen. Oft wurde ich aufgefordert mit ihnen zu essen, aber ich sagte jedes Mal, dass ich keinen Hunger hätte.

Mister Tagoe hatte eine Frau aus Berlin. Sie war sehr schön, groß und schlank und hatte kurze Haare. Ihr Sohn David wurde getauft und wir waren eingeladen. Ich war sehr schüchtern und redete nicht, meine Mutter schämte sich meinetwegen, und sie schalt mich, weil ich so traurig war. Sie war die Patentante von David und hielt eine Rede. Ich dachte bei mir: »Warum ist meine Mutter so fröhlich mit anderen und zuhause ist sie böse und kalt?«

Zu meinem Geburtstag – ich wurde acht Jahre alt – schenkte mir Tante Sofie ein Märchenbuch mit Grimms Märchen. Ich las selber darin, und mir gefielen die Märchen, weil es immer gut ausging. Mir gefielen Dornröschen und Schneewittchen, ja ich fühlte selber wie diese. Auch ich hatte nicht nur eine, sondern einige böse Stiefmütter, die mir nach dem Leben trachteten. Ich durfte nicht leben. Alles, aber auch alles war vergiftet, ich durfte nicht wachsen und mich entwickeln. Ich sollte nur immer anderen helfen, um mein Glück kümmerte sich niemand, ja, ich durfte nicht glücklich sein, glücklich sein war gleichbedeutend mit Egoismus. Mir war ein langer Leidensweg vorgegeben und das Schneewittchen, das sich so nach Erlösung sehnte, durfte nicht leben, es wurde getötet und es wartet heute noch, erlöst zu werden. Beinahe hatte es geklappt mit der Erlösung, aber dann kam wieder eine Welle der Depression, die alles Leben zunichte machte. Die Depression kam durch eine Spritze in der Psychiatrie. Die Nebenwirkung war Niedergeschlagenheit, ich weinte ständig, und mein kostbares Seelenkleid war zerrissen. Dabei wollte ich doch mein Seelenkleid flicken, das so durchlöchert war und in dem ich fror. Dazu ein Gedicht, das ich vor 25 Jahren schrieb:

Löchrig ist mein Seelenkleid,
und manchmal friert es mich darin,
dann flattert es um mich ganz wild,
der Wind treibt uns wer weiß wohin.
Ich will, dass bis zur Winterszeit
mein liebstes Kleid ich reparier,
damit ich dann beim ersten Schnee
nicht gnadenlos erfrier.

»Das böse Kind im Winterwald.« So nannte ich ein Märchen und ich fügte diesen Titel ins Inhaltsverzeichnis meines Märchenbuches; so fühlte ich schon als Kind. Ich fühlte starke geistige und psychische Kälte, die, als ich meine Therapie abbrach, mit voller Wucht zuschlug und mich über 20 Jahre in mehreren Psychiatrien gefangen hielt. Ich glaube die Hölle ist nicht heiß, nein, sie ist eiskalt.

Nun wieder zu der Achtjährigen: Mit acht Jahren nahmen mich meine Eltern mit zu einem Italienurlaub. Der Ort hieß Jesolo. Das Hotel war noch im Rohbau. Wir hatten Vollpension, aber das Essen war schrecklich. Es gab die ganze Zeit Spaghetti mit Tomatensauce und viel zu wenig. Wir hatten so Hunger, nachdem wir den ganzen Tag lang gebadet hatten. Auch funktionierte die Dusche nicht, es kamen nur ein paar Tropfen Wasser aus der Dusche. Wir sammelten Wasser, das auch nur tröpfchenweise aus dem Wasserhahn kam, und wuschen uns der Reihe nach mit einem Waschlappen. Als meine Schwester und ich ins Bett machten, reichte es meinen Eltern, wir packten die Koffer und verließen das Hotel ohne zu bezahlen und fuhren heim und zwar nachts. Zuvor besuchten wir noch Venedig, dort gefiel es mir gar nicht. Ich fand es schrecklich, dass Wasser vom Canal Grande in die Häuser floss. Ich dachte, dass sich dort Ratten oder sonstiges Ungeziefer aufhielten. Beim Metzger hingen große Fleischstücke an Fleischerhaken und unzählige Fliegen klebten daran. Wie kann man so etwas essen, dachte ich bei mir. Ich war froh, wieder nach Hause zu meinen Großeltern zu kommen.

Im Alter von zehn Jahren ging ich alleine ins Kino in alle drei Winnetoufilme. Old Shatterhand, Lex Barker, gefiel mir besser als Winnetou. Pierre Brice hatte ein weiches Gesicht, das mir nicht so imponierte. Ich war hell begeistert von der innigen Freundschaft zwischen einem Indianer und einem Weißen. Als ich den 3. Teil sah, wo Winnetou in den Armen von Old Shatterhand starb, konnte ich die ganze Nacht nicht schlafen und ich weinte bitterlich. Mir gefiel die Idee von Frieden zwischen den Nationen, und ich wollte alles für den Frieden tun, gab es doch so viel Streit in meiner Familie. Im Schreibwarenladen kaufte ich für 25 Pfennige Fotos von Winnetou, Old Shatterhand und ihren Frauen. Ich war begeistert von Indianern, und an Fasching durfte ich eine Indianerin sein. Tante Sofie bastelte eine Perücke aus Nylonstrümpfen, die wir schwarz färbten.

Meine Eltern hatten einen Blumenladen. Dies war eine alte Hütte, und das Klo stank fürchterlich. Ich war ein sehr heikles Kind. Einmal kochte meine Mutter eine Tomatensuppe aus dem Päckchen und einen Himbeerpudding, der ganz künstlich schmeckte. Ich ließ es stehen, meine Mutter schimpfte mit mir. Das Essen bei meinen Großeltern war nichts Besonderes, es war sehr einfach, jedoch wenn es Bratkartoffeln und Carokaffee gab oder auch Makkaroni mit brauner Soße, war es doch nichts aus dem Päckchen, sondern mit Liebe selbst hergestellt.

Nach der Grundschule wechselte ich in die Schickhardt Mittelschule, wo Jungen und Mädchen getrennt waren, Gott sei Dank, denn immer noch hatte ich Angst vor Jungen. In der Schule ging es zu wie beim Militär. Wir wurden mit dem Nachnamen angesprochen. Ein Lehrer, Herr Eckert, war – so empfinde ich es heute – psychisch krank. Er schrie so sehr, wenn er einen mit Namen ansprach und er hatte eine nasse Aussprache. Die Mathelehrerin, Frau Grünschnabel, war eine Jüdin, die uns mit ihrer rauen Art das kleine und große Einmaleins beibrachte. Vor ihr hatten alle Angst. Mit ihr unterhielt ich mich einmal ganz gut und ich sagte ihr, dass ich ins Gymnasium überwechseln wollte, weil es da humaner zuginge. Sie fand das sehr gut, und hinter ihrer rauen Schale war ein weicher Kern verborgen. Niemand sonst hat sich mit ihr unterhalten, und sie freute sich, dass ich mich mit ihr privat unterhielt. Ich mochte diese Frau, weil sie eine Jüdin war und die bestimmt durch Deutschland viel erlitten hatte. Meine Vision vom Weltfrieden wollte durch mich erschaffen werden. Hierzu ein Gedicht:

Ich dacht, die Welt sei rund,
doch ist sie voll von Unterschieden;
ich seh sie ist bezaubernd bunt,
nun mache ich einen Regenbogen
für unseren Frieden.

Ich möchte noch einmal zurückblicken zu meiner Großmutter mütterlicherseits. Sie hatte einen Verlobten, der im ersten Weltkrieg gefallen war. Sie selber war ein uneheliches Kind und wurde von einer Pflegemutter großgezogen, die sehr böse war. Schon früh hatte sie eine große Liebe zu Jesus und zu Gott. Sie wollte ins Kloster gehen, doch die Äbtissin sagte, sie solle eine Familie gründen, da könne sie Gott besser dienen. Sie erzählte diese Geschichte oft, und jedes Mal antwortete ich: »Oma, wenn du ins Kloster gegangen wärst, würde es ja mich nicht geben.« Schon damals fühlte ich eine Bestimmung für mich, nämlich die Schuld Deutschlands auf mich zu nehmen. Einmal fuhr ein Lastwagen mit ein paar Soldaten auf der Straße, meine Oma winkte ihnen und sagte zu mir: »Roswithale, dein Onkel Hans und Onkel

Konrad waren auch solche Soldaten.« Freudig winkte ich auch, und die Soldaten winkten zurück. Ich liebte Menschen so sehr, und obwohl mir so viel Härte von den Menschen entgegenkam, liebe ich sie, weil auch sie ihre Vorgeschichte hatten, und ich hatte sehr viel Mitleid in meinem Herzen und wollte sie glücklich machen.

Tante Weiss hatte einen Neffen, Giselher. Er war homosexuell, und er konnte mich nicht leiden. Er hatte einige Freunde, die es auf mich abgesehen hatten. Einer sagte einmal zu mir: »Nimm dir doch einen Kerl ins Bett, dann geht es dir besser.« Giselher – er war von Beruf Konditor, Kellner und Koch – lachte mich einmal aus und sagte: »Du mit deinem dicken Arsch.« Einmal schimpften er und sein Freund: »Du bist ja so verklemmt, du tust nur immer so frei und bist so unfrei.« Die ganze Nacht konnte ich nicht schlafen, ich habe so geweint. Es war für mich schrecklich, dass Tante Weiss, meine Mutter und ihre Freundin Claire immer sagten: »Die hat ja Komplexe, die hat ja Hemmungen, die tut ihr Maul ja nicht auf.« Da beschloss ich, anstatt zu sterben, meinen Mund zu schulen und mich privat weiterzubilden. Ich holte mir Bücher aus der Bücherei und beschäftigte mich mit Psychologie, Philosophie und ähnlichen Themen. Ich wollte meine Mutter übertrumpfen, und anstatt meine Weiblichkeit zu erleben in der Pubertät, entwickelte ich eine starke Redekunst. Damals spielte sich alles im Kopf ab, und es entwickelte sich eine Angstneurose, die mich mein ganzes Leben begleitete.

In der Grundschule gefiel es mir nicht. Im Rechnen war ich nicht gut. Die Textaufgaben zu lösen fiel mir schwer. Wir hatten einen Mathelehrer, Herr Eisele, der mich oft auslachte, weil ich oft vor Verlegenheit rot wurde. Immer wenn ich vorne an der Tafel stand, hatte ich ein Brett vor dem Kopf. Der Deutschlehrer sprach Aufsätze aus dem Stegreif, und er forderte die Schüler auf, ihren Eltern zu sagen, was für wundervolle Aufsätze er auswendig rezitierte. Damals dachte ich: »Was für ein Angeber.« Als ich elf Jahre alt war, wechselte ich in die Schickhardt Mittelschule, dort gefiel es mir gar nicht. Außer der Französischunterricht. Ich war fasziniert von dem schönen Klang dieser wundervollen Gefühlssprache. Ich war verliebt in diese Sprache. Dies war der Grundstein für meine Berufswahl: Fremdsprachensekretärin für Englisch und Französisch. Im Fach Biologie und Erdkunde hatten wir eine Lehrerin, Frau Lindner. Sie sah aus wie ein Mann, sie hatte ganz kurz geschorene Haare, und sie war sehr streng. Auf mich, das schüchterne Mädchen, hatte sie es abgesehen. »Müller«, sagte sie, »wie viele Blütenblätter hat eine Tulpe?«, und ihre Nase triefte. Ich war ganz verdattert und wusste die Antwort nicht. Dann gab sie mir eine Hausaufgabe: »Müller«, sagte sie, und ihre Nase triefte immer noch, »Müller, am Montag frage ich dich über Afrika ab.« Ich lernte stundenlang am Wochenende und studierte den ganzen Kontinent mit allen Flüssen, Seen, Bergen und Hauptstädten. Am Montag hatten wir Erdkunde bei ihr, und ich musste nach vorne zur Landkarte. Ich hatte einen Stock in der Hand und hielt einen Vortrag über Afrika. Ich bekam eine glatte eins. Gott sei Dank war es überstanden. Wenn ich einen Stock in der Hand hatte, fühlte ich keine Angst da vorne zu stehen, ja, ich war regelrecht stolz auf mich.

Mit 14 Jahren wechselte ich ins St. Agnes Gymnasium. Dort gefiel es mir gut, die Lehrer, meistens Nonnen, waren sehr freundlich, mit einigen Ausnahmen. Es war eine gute Atmosphäre, mir gefiel Bildung, wuchs ich doch in einem sehr bildungsfeindlichen Milieu auf. Ich musste eine Aufnahmeprüfung ablegen. Ich sollte einen Aufsatz schreiben über ein Bild mit Jesus und Maria Magdalena und dem Paradies. Ich freute mich so sehr beim Schreiben, und ich wurde sofort aufgenommen.

Wenn Ferien waren, wurde ich sehr traurig, ich musste daheim bleiben und im Haushalt arbeiten. Auch hatte ich keine schönen

Kleider, und ich durfte meinen Pullover nicht waschen, obwohl er nach Schweiß roch, weil angeblich sonst die Wolle abgenützt würde. Ich schämte mich so sehr wegen meiner Kleider. Ich musste alte abgetragene Kleider tragen, ich nahm es hin, so wie in Saulgau, wo mir meine Oma auch alte Kleidung verpasste. Meine Mitschülerinnen waren angezogen wie aus dem Effeff. Die Schule war ein Gymnasium für höhere Töchter. Es waren Töchter von Fabrikanten, Lehrern und Akademikern. Ich war nur eine Gärtnerstochter, und das Schulgeld von 10 Mark monatlich wurde nie bezahlt. Schwester Fridgart, die Sekretärin, wies mich mehrmals darauf hin, aber meine Eltern zahlten nie. Wiederum schämte ich mich. Das Kostgeld für mich, das meine Oma von meinem Vater verlangte, es waren 30 DM, wurde auch öfters nicht bezahlt. Schon früh erfuhr ich, dass ich nichts wert war. Leider hatte ich keine Zeit zu lernen und Hausaufgaben zu machen. Bei Tante Weiss lief immer der Fernseher, und das Zimmer, in dem ich lernte, war nur durch einen Vorhang getrennt vom Wohnzimmer, wo der Fernseher lief. Ich las heimlich unter dem Tisch, und wenn ich dabei erwischt wurde, hieß es: »Bei mir wird nicht gelesen, jetzt wird geputzt.« Ich denke da an ein Buch von Heinrich Böll, »Ansichten eines Clowns«.

Jeden Morgen während des Frühstücks hielt sie mir eine Standpauke, zum Beispiel sagte sie: »Du hast nur Stroh im Kopf.« Meine Mutter sagte immer: »Du kannst nicht logisch denken, du denkst nicht für fünf Pfennige.« Diese Glaubenssätze setzten sich tief ins Unterbewusstsein, und sie wirkten. Ich war sehr schlecht in Mathematik, und ich bekam regelmäßig 5er und 6er. Wenn wir eine Arbeit schrieben, weinte ich, weil ich nichts kapierte. Weinend kam ich morgens in der Schule an, weil Tante Weiss mich so fertiggemacht hatte. Meine Mitschülerinnen meinten, ich solle mich doch wehren, aber ich traute mich nicht. Sie war so dominant. Ich hätte so gerne die Hausaufgaben gemacht, aber ich musste fast täglich Blumen austragen und zwar in ganz

Stuttgart. Meine Eltern hatten einen Fleuropdienst, und sie waren zu geizig, sich eine Kraft anzuschaffen, und ich musste winters wie sommers arbeiten. Ich bekam manchmal eine Mark Trinkgeld, ich sparte das Geld für Geschenke. Einmal wollte ich mir einen Rock kaufen von dem Geld, das ich hinzuverdiente. Ich putzte bei Giselher und bekam pro Monat 20 DM. Der Rock war sehr schön. Es war ein Wollrock mit bunten Karos. Ich wollte auch einmal etwas Neues und etwas, das ich mir selber aussuchen durfte. Tante Weiss erlaubte es mir nicht. Ich war sehr traurig. Warum habe ich mir das alles gefallen lassen? Weil ich vorgeprägt war von den Schlägen meiner Großmutter. Ich musste immer gehorchen, ich wurde zum Untertan geprügelt. Dieses Den-Rücken-Hinhalten zog sich wie ein roter Faden durch mein ganzes Leben. Es wurde mir verboten, glücklich zu sein.

Giselher hatte einen Hund, es war ein Spaniel, er hieß Wutz. Er wurde kaum gebadet und stank fürchterlich. Er hatte ein verklebtes Fell und mich ekelte vor ihm. Es ging unappetitlich zu bei Tante Weiss. Sie wusch, nachdem sie auf der Toilette war, sich nicht die Hände mit Seife. Es störte mich, dass es keine Dusche gab, ich musste mich in der Küche in einer Wanne waschen.

Jeden Morgen weinte ich in der Schule, weil Tante Weiss mich so fertiggemacht hatte. Sie sagte auch: »Wenn du 18 Jahre alt bist, kommt die Pille auf den Tisch.« Das passierte nicht, ich brauchte auch keine Pille, weil ich mit meinem Freund Jürgen nicht schlief, obwohl er es gerne gewollt hätte. Er hatte einen Onkel, der Frauenarzt war und der mir die Pille hätte verordnen können, aber ich wollte es nicht, eigentlich liebte ich ihn gar nicht. Wir lernten uns auf einer Party kennen. Ich gefiel ihm, und ich dachte: »Probier's halt mal.« Er hatte lauter Pickel und eine krumme Nase, und er küsste mich dauernd auf der Straße. Ich genierte mich, und ich schalt ihn, dann ließ er von mir ab. Damals war ich 18 Jahre.

Als ich so etwa 10 Jahre alt war, wollte ich unbedingt Blumen verkaufen. Ich sagte: »Tante Weiss, ich kann auch Blumen verkaufen wie meine Mutter.« Sie erwiderte: »Du Rotznase, das kannst du nicht.« Dieser Satz traf auf mich wie ein glühendes Schwert, und war wiederum ein Schlag gegen mein Selbstbewusstsein. Ich wollte unbedingt ein Junge sein, denn meine Eltern wünschten sich einen Jungen. Von meiner Schwester Isabell hieß es: »An der ist ein Junge verloren gegangen.« Sie war viel lustiger und fröhlicher als ich, und sie wurde geliebt, weil sie so war wie sie war. Ich tauschte meine Weiblichkeit ein gegen ein Jungendasein. Ich ließ mir die Haare kurz schneiden, und ich befahl meinen Mitschülerinnen, mich »Stemme« zu nennen. Woher ich den Namen hatte, weiß ich bis heute noch nicht. Meiner Puppe riss ich – wie schon erwähnt – die Haare aus.

Als ich 13 Jahre alt war, kam meine Schwester Franzi zur Welt. Ich wollte für sie sorgen wie eine Mutter, aber Tante Weiss übernahm die Mutterrolle, sie selbst war kinderlos. Ich durfte ihr nicht einmal das Fläschchen geben. Wir wuchsen zusammen auf, und ich fühlte mich wie eine Mutter zu ihr. Meine Mutter gab mich zu meiner Großmutter, und meine Schwester Franzi kam zur Hausbesitzerin Tante Weiss. Franzi war ein liebes, fröhliches Kind, ich liebte sie heiß und innig, so wie sie mich. Ich verteidigte sie oft vor meiner Mutter, die oft böse zu ihr war. Als Franzi etwa vier Jahre alt war, mussten ich und Franzi an den Wochenenden zu meiner Mutter nach Stuttgart Vaihingen. Dort hatte meine Mutter eine Wohnung von einer Bekannten, die mit einem Freund nach Afrika übersiedelte. Mit diesem Mann, er hieß Celestin, hatte meine Mutter ein Verhältnis. In diese Wohnung zog sie mit einem neuen Freund zusammen, er hieß Sammy, er war aus Ghana und ich fand ihn ekelhaft. Er flirtete mit mir, aber ich machte da nicht mit. Einmal befahl er, wir beiden Schwestern sollten ihn am Kinn kraulen, das taten wir nicht. Er war ein Despot. Er fertigte meiner Schwester und mir ein ghanesisches Gewand, befestigt mit ein paar Sicherheitsnadeln, und so mussten wir zur Kirche gehen. Die Leute schauten komisch und dies war mir mehr als peinlich. Er spielte auf heile Familie, er wollte uns um sich scharen, zum Beispiel wenn wir samstags grillen gingen und Picknick machten. Jedes Mal wenn wir nach Vaihingen mussten, bekam ich einen Heulanfall. Ich weinte auch vor meiner Mutter, die sah mich dann immer böse an, es war ihr unangenehm.

Einmal stellten meine Eltern einen jungen Amerikaner ein, er hieß Marc. Er trug Blumen aus, und nachdem er ein paar Monate gearbeitet hatte, verdiente er sich ein Fahrrad. Ich war neidisch, er durfte sich ein Fahrrad kaufen, ich jedoch durfte mir nicht einmal einen Rock von meinem verdienten Geld kaufen. Meine Eltern waren ganz begeistert von Marc, weil er Amerikaner war, sie lachten und redeten mit ihm. Er konnte ein wenig deutsch. Mit mir hat niemand geredet. Ich war traurig. Mit all meinen Sorgen und Nöten kam ich zu meinem Heiland, bei ihm fand ich Zuflucht, aber ich kam immer mehr von der Erde weg. Ich war körperlos, ich fühlte meinen Körper nicht mehr, und alles spielte sich bei mir im Kopf ab, weil ich immer mit Probleme lösen beschäftigt war, es gab keinen Platz fürs logische Denken. Meine Mutter hat das schon richtig erkannt, als sie sagte: »Du kannst nicht mal für fünf Pfennig denken.« Die psychische Erkrankung nahm ihren Lauf. Ich sehnte mich mit meiner ganzen Kraft nach einem Heim, in dem ich lernen konnte. Ich wollte endlich meine Ruhe haben vor der Bedürfnisbefriedigung anderer.

Noch einmal zurück zu Sammy: Jeden Sonntagmorgen mussten wir – die heile Familie – zur Kirche, meistens kamen wir zu spät. Zuvor gab es ein opulentes Frühstück mit Eiern, Schinken, Toastbrot und Fisch. Sammy war auch katholisch, so wie wir, und er genoss es, das Familienoberhaupt zu sein und mit seiner »Familie« zu glänzen. Meine Mutter wurde schwanger, und ich hatte furchtbar Angst.

Ich dachte: »Die gibt das Kind an mich ab, geht wieder in ihren Laden, und ich muss mit ihm spazieren fahren, dann schauen Neugierige in den Kinderwagen und fragen, ist das Ihr Schwesterchen?« Ich hatte panische Angst und ich flehte zu Gott: »Lieber Gott, bitte mach, dass das Kind tot auf die Welt kommt.« So war es denn auch, das Kind wurde tot geboren. Sammy schrie im Krankenhaus meine Mutter an, sie habe das Kind abgetrieben. Mir fiel ein Stein vom Herzen, und ich hatte kein schlechtes Gewissen, weil ich Gott auf meiner Seite sah.

Als ich aufs Abitur lernen wollte, hörte ich von meinem Zimmer aus ein lautes Geschrei. Sammy tobte sich aus und beschimpfte meine Mutter aufs Übelste. Da ich ja im Tierkreiszeichen Löwe bin – die ja sehr mutig sind – nahm ich meine ganze Kraft zusammen und ging in die Küche, wo sich der Streit abspielte. Ich schmiss ihn hinaus und sagte, ich würde die Polizei rufen, wenn er nicht schleunigst gehen würde. Er hatte Angst vor mir und er kam nur, wenn er wusste, dass ich nicht da war. Ich verachtete meine Mutter, weil sie ihm gegenüber so schwach war, aber zu mir so böse.

Einmal befahl mir meine Mutter, ihn in seiner Wohnung zu besuchen, weil er angeblich so einsam war. Ich hatte ein ungutes Gefühl, aber ich traute mich nicht, nein zu sagen. Als ich zur Türe hereinkam, legte er eine Platte auf und forderte mich auf, mit ihm zu tanzen. Ich tanzte mit. Aber als er mich aufforderte, mit ihm im Bett zu liegen und laut zu atmen, kehrte ich um und verließ die Wohnung. Ich erzählte das meiner Mutter, obgleich ich damit rechnete, dass sie mir die Schuld zuschob. Sie war ganz entsetzt und war dankbar, dass ich ihr den Vorfall erzählte. Sie hat Sammy zur Rede gestellt und er hat sich nie mehr getraut, mich zu verführen. Ich schämte mich so sehr, dass meine Mutter einen Afrikaner zum Freund hatte, der mit der Schwester meiner Freundin, sie war damals 18 Jahre alt, ein Verhältnis hatte. Ich schimpfte regelrecht mit ihr. Sie schämte sich nicht.

Ihre Schwester Sigrid war meine Freundin. Die Familie war asozial. Sigrid hatte starken Mundgeruch, sie war sehr nervös. Ich glaube, ihr Vater schlug sie mit der Peitsche. Er war ein Tyrann. Bei ihnen roch es nicht gut, es ging sehr unappetitlich bei ihnen zu. Sie luden mich oft zum Essen ein, aber ich verweigerte das Essen. Meine Freundin hatte Lurche und Feuersalamander, das begeisterte mich nicht, es war so ein übler Geruch in der Wohnung. Sigrid war sehr fromm, sie wollte Religionslehrerin werden. Einmal war sie zu meinem Geburtstag eingeladen. Die Sahne war sauer. Ich traute mich nicht, dies Tante Weiss zu sagen, weil sie mich bestimmt geschimpft hätte. Sigrid traute sich, obwohl sie damit rechnen musste, dass sie geschimpft wurde. Das war auch der Fall, beleidigt zog sich Tante Weiss in die Küche zurück. Wir gestalteten den Geburtstag alleine. Dies tat sehr gut.

Als ich zehn Jahre alt war, kam eine Frau vom Gesundheitsamt in unseren Blumenladen und untersuchte meine Schwester und mich. Sie stellte fest, dass wir unterernährt seien, und wir sollten ins Kindererholungsheim nach Kressbronn am Bodensee gehen. Ich war ein sehr heikles Kind, und ich ekelte mich oft vor den Speisen, so zum Beispiel vor einem Reissalat mit gekochten Möhren.

Nach dem Mittagessen mussten wir einen Mittagsschlaf machen. Wir bastelten Marionetten aus Pappmaché für ein Theaterstück. Ich hatte solche Angst vor dem Vortragen, dass ich kurzerhand hohes Fieber bekam und das Bett hüten musste.

Dort war eine Erzieherin, Fräulein Mundry, die sich liebevoll mit mir beschäftige, bei ihr musste ich mich nicht schämen wegen meiner Schüchternheit, nein, gerade weil ich so schüchtern war, kümmerte sie sich liebevoll um mich. Ich blühte richtig auf, gerne hätte ich sie als meine Mutter gehabt. Fräulein Mundry brachte uns ein schönes Lied bei und begleitete uns mit der Gitarre, es hieß: »Ein Scherenschleifer sitzt am Weg, er dreht sein Rad und schleift, er schaut vergnüglich in die Welt und singt ein Lied und pfeift, tra la tralala la trala tralalala la es dreht sich alles rund, wer heute glaubt sich obenauf ist morgen auf dem Hund. Wenn einer stumpfe Scheren hat dem schleif ich sie aufs neu, und ob ich morgen weiterzieh, das ist mir einerlei, tra la trala tralala la es dreht sich alles rund, wer heute glaubt sich oben auf ist morgen auf dem Hund.« Meine Patentante Sofie hatte ein so ähnliches Temperament wie Fräulein Mundry, sie war auch sehr lustig, lachte viel, und sie gab sich mit mir ab. Aus solchen wenigen positiven Mutterfiguren nahm ich meine Kraft, und ich füllte meinen Tank mit Liebe wieder auf.

Auch hatte ich eine Nachhilfelehrerin in Mathematik in der Realschule, Barbara Lieger. Sie war sehr erfrischend, sie rauchte, und ich rauchte meine erste Zigarette bei ihr. Sie wohnte bei ihren Eltern, die auch sehr nett zu mir waren. Ihr Vater hatte eine Kriegsverletzung an einem Bein, und er wurde von Jugendlichen oftmals ausgelacht und gehänselt. Fräulein Lieger ließ oft Platten laufen mit schönen Schlagern wie zum Beispiel von Udo Jürgens. Sie hatte einen Freund, und sie nahm die Pille. Ich hatte ein wunderbares Verhältnis zu ihr, auch sie war lustig, und es wehte ein frischer Wind bei ihnen. Plötzlich hatte ich eine Eins in einer Mathearbeit.

Ich hatte einige Mütter, die ich als Hexen empfand, so zum Beispiel Tante Stoll und Tante Kläre. Tante Stoll hatte einen Bart, sie nahm mich und meine Schwester öfters zu sich nach Hause und lud uns zum Essen ein. Ich ekelte mich vor ihr und verweigerte das Essen. Tante Kläre hatte fast eine Glatze, sie war die Freundin meiner Mutter, und sie mischte sich andauernd in die Erziehung ein, auch sie empfand ich als Hexe. Ich mochte sie nicht. Später jedoch fing ich an, sie zu lieben, weil sie sich änderte.

Sie war sehr gläubig, sie ging jeden Sonntag zur heiligen Messe, und als ich meine drei Kinder hatte, besuchte sie uns oft und half mir im Haushalt. Sie wurde weichherzig. Auch sie hatte, wie meine Mutter, ein Verhältnis zu einem Afrikaner, und sie besuchte ihn in Togo. Wie ich erst später erfuhr, hat sie sich mit dem Aidsvirus angesteckt. Sie hat uns alle angelogen, weil sie sich schämte. Sie sagte, sie habe Leukämie und dürfe keinen grippalen Infekt bekommen. Doch an einem Wintermonat bekam sie hohes Fieber, und sie sagte zu mir, dass jeder Mensch einmal sterben müsse. Sie ertrug ihre Krankheit sehr tapfer, und sie trug ihr Kreuz mit Würde. Sie kam ins Bürgerhospital in Stuttgart, und dort verstarb sie. Meine Mutter besuchte sie fast täglich und begleitete sie im Sterben.

Meine Mutter hatte, trotz aller Fehler, einen starken Glauben und Gottvertrauen. Sie hatte nebst ihrer Kälte auch ein gutes Herz. Tante Kläre wohnte in einem Dorf bei Offenburg, sie war ledig und kinderlos. Meine Mutter holte sie aus ihrem Dorf und stellte sie als Verkäuferin im Blumenladen an. Tante Kläre hatte Schwierigkeiten im Rechnen, weswegen mein Vater sie oft beschimpfte und auslachte. Mein Vater war eifersüchtig auf Tante Kläre, weil sie und meine Mutter viel miteinander unternahmen. Sie gingen miteinander in Konzerte, in Sprachkurse und in einen religiösen Hauskreis. All das ohne meinen Vater. Mein Vater hatte eine Gärtnerei, und er musste schwer schuften, er arbeitete im Sommer den ganzen Tag und trank sein Bier. Abends ging er in seine Stammkneipe, wo ich ihn öfters besuchte, ich war gerade vierzehn. Er ernährte sich nicht gut, er rauchte viel, er starb in den Händen meiner Mutter. Er hatte Lungenkrebs. Sie betete aus dem katholischen Gesangbuch, Gebete für Sterbende. Trotz der Scheidung meiner Eltern kümmerte sich meine Mutter rührend und immer wieder um unseren Vater.

Meine Eltern kauften sich ein Haus, und ich durfte nicht mehr bei Tante Weiss wohnen und musste nach der Schule in die neue Heimat in der Böcklerstrasse überwechseln. Meine Mutter kam in der Mittagspause nicht nach Hause um für uns zu kochen, obwohl der Weg zur Wohnung kurz war, sie tratschte lieber mit Leuten. Haushalt war für sie ein rotes Tuch. In diesem Haus wohnte eine

Frau mit ihrem Mann, die Frau sah aus wie eine Hexe, sie hatte eine krumme Nase, und sie kochte meiner Schwester und mir ein Essen, vor dem es mir übel wurde.

Im Alter von zwölf Jahren hatte ich schon Depressionen, ich weinte die ganze Nacht und konnte am anderen Tag nicht zur Schule gehen. Tante Weiss holte mich wieder zu sich, weil ich ein liebes Mädchen war und sehr fleißig. Meine Schwester flüchtete vor ihr und sie ging nach der Schule nach Stuttgart Vaihingen, dem Wohnsitz meiner Mutter, und kochte sich selbst ein Essen. Ich wurde von der Tante gezwungen, bei ihr zu wohnen, und ich konnte mich ihr gegenüber nicht durchsetzen und war halt ein trauriges Aschenputtel. Bei ihr gab es wenigstens gute Hausmannskost wie Linsen und Spätzle, Sauerkraut, Bratkartoffeln mit schwarzer Wurst, Spaghetti mit Tomatensauce. Wenn ich von der Schule kam, war ich oft sehr müde, aber ich durfte mich nicht hinlegen. »Bei mir wird nicht rumgelegen, Faulheit hat bei mir keine Chance.« So musste ich gleich nach dem Essen das ganze Geschirr spülen. Ich war oft todmüde, ich hatte keine Lust zu lernen, weil ich so erschöpft war. Oft musste ich auch Blumen austragen. Heimlich las ich Bücher, zum Beispiel »Ansichten eines Clowns«. Wenn ich erwischt wurde, hieß es: »Hier wird nicht gelesen, schaff was!«

Als ich 15 Jahre alt war, machte mein Vater mit mir und meiner Schwester Isabell Urlaub in Italien auf einen Campingplatz. Sein Freund Herr Mayer und seine Tochter Karin waren auch dabei. Mein Vater trank den ganzen Tag Bier und lag in der prallen Sonne. Er hatte einen Sonnenstich, und er belästigte und beschimpfte mich aufs Übelste. Er sah mich nicht als Tochter, sondern als Frau. Er schalt mich den ganzen Tag, und er war eifersüchtig auf einen Jungen aus Ingolstadt, der Interesse an mir hatte. Dieser Junge war 18 Jahre und ich war 15 Jahre alt.

Eines Abends kam mein Vater in unser Zelt – er war betrunken und wollte mich schlagen, da kam meine Schwester ihm zuvor und stellte ihm ein Bein, dass er umfiel und betrunken auf seine Schlafstätte torkelte.

An einem Abend gab es eine Veranstaltung von Miss Camping. Junge hübsche Frauen stolzierten auf dem Laufsteg. Ich hätte gerne mitgemacht, und der Junge aus Ingolstadt fragte mich, ob ich mich nicht aufstellen lassen würde, ich wäre doch so schön. Ich traute mich nicht wegen meines Vaters, auch war ich so schüchtern. Isabell und ich gingen heimlich zu der Veranstaltung, mein Vater merkte es nicht. Sehr spät kamen wir nach Hause, wir schlichen uns an wie Indianer, doch mein Vater lauerte uns auf und wollte uns schlagen, da riefen unsere Zeltnachbarn: »Jetzt belästigt er sogar nachts seine Kinder!« Da ließ er uns in Ruhe.

Ich hatte einen solchen Leidensdruck, ich war verzweifelt und wollte per Anhalter heimfahren, doch es kam nicht dazu. Bei der Heimfahrt fuhren wir durch Österreich, St. Johann. Dort übernachteten wir. Karin und ich hatten ein Zimmer, und mein Vater behauptete, wir seien lesbisch. Er demütigte mich so sehr, dass ich vor inneren Schmerzen schier zerbrach. Diese Episode war das Schlimmste in meiner Jugend, was mir zustieß.

Ich beschloss ein für alle Mal zu sterben. Ich war in meiner Weiblichkeit zutiefst verletzt und gedemütigt, ja zerbrochen. Ich wollte ein Mann werden. Macht über Männer und Männerhass machten sich breit, die Frau in mir starb. Zuhause angekommen bekam ich mit, dass meine Mutter ein Verhältnis hatte mit dem Togolesen Celestin während wir in Urlaub waren. Mein Vater hatte den siebten Sinn. Er wusste es, deshalb war er so bösartig zu mir. Als ich 14 war, bewunderte er meine Beine. Dies war schrecklich für mich. Mein Verhältnis zu ihm war ambivalent. Einerseits hatte ich viel Mitleid mit ihm, weil er eine sehr schlimme Kindheit hatte und im Krieg war, andererseits hasste ich ihn, weil er nicht Herr war über seine Triebhaftigkeit.

Vom Italienurlaub daheim angekommen, weinte ich bei meiner Mutter, und unter Tränen erzählte ich ihr, wie mein Vater mich misshandelte. Ich drohte ihr: »Wenn du dich nicht von ihm trennst, springe ich aus dem Fenster.« Ich litt unsäglich. Meine Mutter war geschockt, sie ging daraufhin zum Anwalt und reichte die Scheidung ein. Der Anwalt sagte zu ihr: »Wenn Sie sich nicht von ihrem Mann trennen, werden Ihre Kinder milieugeschädigt.«

Wir, besonders ich, hatten schon einen großen Schaden. Nach der Scheidung – ich war 16 Jahre alt – schickte meine Mutter mich öfters zu meinem Vater, der inzwischen eine Gärtnerei gepachtet hatte, ich musste ihm helfen Unkraut zu jäten, ich hätte doch so gerne meine Hausaufgaben gemacht. Mein Vater behauptete, wir, meine Schwester Isabell und ich, wären faul und wir müssten uns unser Brot verdienen. In der Gärtnerei war ein alter Schuppen, darin stand ein Gasofen, auf dem mein Vater sich manchmal eine Fleischbrühe mit großen Fettaugen kochte. Auch stand dort immerzu ein Kasten Bier. Mein Vater war alkoholkrank. Er verkraftete die Scheidung nicht, er schimpfte auf meine Mutter, und oft sagte er, er wolle sich umbringen. Einmal, als er wieder einmal zu viel getrunken hatte, war ich bei ihm in der Wohnung, um ihm Gesellschaft zu leisten, er drückte mich an die Wand und wollte mich küssen. Ich nahm meine ganze Kraft zusammen und entwischte ihm.

Der Wechsel von der Realschule zum Gymnasium tat mir gut, es ging dort sehr human zu. Was mir besonders gefiel war, dass wir mit Vornamen angesprochen wurden und nicht mit Nachnamen wie in der Realschule. Ich hatte keine Freunde, aber bald sollte ich eine Freundin haben, die ich sehr mochte, weil sie so lustig war. Wir beide saßen nebeneinander auf der Schulbank. Ich war der Klassenkasper. Der Druck, so wie in der Realschule, war verschwunden, und ich fühlte mich geborgen.

Frau May, unsere Deutschlehrerin, fragte mich, woher der Name Ottobeuren käme. Ich entgegnete: »In Ottobeuren lebte ein Mann namens Otto.« Die ganze Klasse lachte schallend. Fräulein

Boch, unsere Chemielehrerin, fragte mich, woher der Name Königswasser komme, ich antwortete: »Königswasser wurde früher Königen verabreicht.« Wieder brach die ganze Klasse in schallendes Gelächter aus. Königswasser ist giftig. Wenn mir die Stunde zu langweilig wurde, stand ich einfach auf, verließ den Unterricht, ging zu Tchibo in der Königstrasse und trank eine Tasse Kaffee.

Schule war für mich Erholung, und ich schnupperte Freiheit, indem ich versuchte, mich von dem inneren Gefängnis zu befreien und die Großstadt kam mit ihrem Flair meinem Wunsch nach Unabhängigkeit entgegen. Vergessen war die harte Kindheit und Jugend, ich wurde geliebt von Lehrern und meinen Mitschülerinnen. Das reichte mir.

Wenn wir Mittagschule hatten, spielte ich in der Pause mit meiner Gitarre, die mir Tante Claire geschenkt hatte, wunderbare Lieder und sang laut dazu. Einmal, als ich aus voller Kehle *Congratulations And Jubilations* von Cliff Richards trällerte, kam unser Englischlehrer zur Türe rein und ganz begeistert fragte er, wer so schön sänge. »Roswitha spielt und singt so schön«, erwiderten meine Klassenkameradinnen.

Ich verliebte mich Hals über Kopf in unseren Englischlehrer, Herrn Schreiber. Er hatte Sexappeal, und er wurde von der ganzen Klasse angehimmelt. Ich wollte ihm gefallen. Eines Tages gab er uns eine etwas schwierige Hausaufgabe, wir sollten einen englischen Text wiedergeben, in englisch heißt dies »reproduction«. Ich lernte den Text auswendig, mit klopfendem Herzen gab ich den Text wider, und ich bekam eine glatte Eins. Er lobte mich vor der ganzen Klasse. Ich hatte das Gefühl, dass auch er in mich verliebt war, gerne hätte ich ihn als Freund gehabt, und ich war oft traurig, dass ich keine so schönen Kleider besaß, ich wollte ihm gefallen.

Als wir einmal eine Klassenarbeit schrieben, saß Herr Schreiber mit gespreizten Beinen an den Stuhl gelehnt und las ein Buch mit dem Titel »Letzte Ausfahrt Brooklyn«. Unsere Blicke trafen sich, und ich fühlte ein Kribbeln in der Bauchgegend. Gleichzeitig jedoch dachte ich schlecht über ihn, mein katholisches Übergewissen kam wie eine dunkle Wolke über mich, und ich hatte solch einen Liebeskummer, dass ich tagelang weinte.

Meine Mutter wollte mich ausfragen, vielleicht hat sie es doch gut gemeint mit mir, aber ich blieb verschlossen, ich wollte sie nicht in mein Innerstes blicken lassen, ich traute mich nicht. Herr Schreiber machte einen Auslandsaufenthalt in den USA und zwar ein Jahr lang, er gab dort Deutschunterricht. Als er zurückkam, war er so arrogant und gab uns schlechte Noten, es kam mir vor als hasse er uns. Flirten ohne Resultat ist in manchen Fällen tödlich; wenn die Liebe nicht erwidert wird, entstehen Depression und innere Gewalt. So erging es mir oft in meinem Leben, ich verliebte mich oft in Männer, vorwiegend in Ärzte, ich suchte einen inneren Vater, der mir helfen sollte. Ich suchte Geborgenheit, die ich in mir nicht fand und die ich im Außen suchte.

Weil ich ein Leben lang auf der Suche war nach einem Halt, war Gott für mich der Ansprechpartner Nr. 1. Ich strebte in meinem Leben nach Reinheit, und ich nahm die 10 Gebote sehr ernst, besonders das 6. Gebot, das heißt: »Du sollst nicht unkeusch sein.« Ich versuchte mit aller Anstrengung meine Sexualität zu unterdrücken, vor allem deshalb, weil ich mich schämte, mit dieser Sünde zu einem Pfarrer zu gehen, der auch nur ein Mensch war und den ich mit meinen Sünden eventuell erregt hätte.

Wenn wir Mittagschule hatten, gingen wir zum kleinen Schlossplatz in einen Musikladen, wo man Platten anhören konnte. Ich war glücklich. Manchmal spazierten wir im Schlosspark umher, dort sprach ich oft mit Obdachlosen, die verlassen herumhängend mit Genuss ihr Bier schlürften. Manchmal schenkte ich ihnen Pralinen und mein Vesper. Ich fühlte mich schon immer zu den Außenseitern hingezogen, hatte ich doch auch die Neigung zu Armut und Unglücklichsein in mir. Ich fühlte ihren Schmerz, und ich war überzeugt, dass durch kleine Opfer sich die Welt zum Guten verändern würde. Ich wollte im Kleinen wirken. Der Mensch, der vor mir stand, war mein Nächster. In diesem Menschen sah ich Jesus, dem ich etwas Gutes tun wollte. Öfters gab ich mein Vesper an der Pforte unserer Schule ab, weil ich Weißbrot mit Butter nicht mochte. Hungrige Männer holten sich mein Vesper ab. Ich wollte für alle Niedergeschlagenen eine Sonne sein, die in der Finsternis strahlte. Ab und zu gingen wir ins Café Königsbau. Schon früh, etwa mit siebzehn, fing ich an zu rauchen, eine pro Tag. Allmählich rauchte ich zwei – vormittags in der großen Pause und abends bei Giselher, der mich auf seine Art mochte, der aber – wie schon erwähnt – sehr verletzend sein konnte.

Wenn meine Freundin und ich auf der Königstraße spazieren gingen, liefen uns oft Ausländer hinterher, vorzugsweise Italiener. Meine Freundin war immer so schick angezogen, sie nähte sich eine tomatenrote Schlaghose. Ich war nicht modisch gekleidet, ich musste abgetragene Klamotten anziehen von älteren Frauen, die in der Länge gekürzt wurden, nicht jedoch in der Breite. Ich schämte mich sehr. Die Italiener wollten von mir nichts wissen, auch hatte ich viele Pickel und einen Rundrücken von all den Demütigungen, die man an mir ausließ. Ich litt sehr darunter, dass ich nicht attraktiv war und keine Chancen bei Männern hatte. Der Weg zur Beziehungslosigkeit war vorgegeben.

Als ich 16 Jahre alt war, fing unser Tanzkurs an bei Lux in der Königstraße. Ich wollte nicht mitmachen, weil ich mich wegen meiner Kleidung schämte, auch hatte ich Angst vor Jungen. Ich log meine Mitschülerinnen an und sagte, dass meine Eltern kein Geld für den Tanzkurs hätten. Voller Mitleid wollten sie für mich sammeln. Als ich dies meiner Mutter erzählte, war sie empört, sie schämte sich, und sie gab mir die 80 DM, so viel kostete der Tanzkurs.

Niemand übernahm Verantwortung über mich, und die Traurigkeit, Scham und Schuldgefühle nahmen überhand. Ich schämte mich wegen meiner Eltern, die asozial waren, und ich wollte von meinen männlichen Lehrern adoptiert werden. Ich fantasierte, dass ich mich an einem Abend vor der Türe am Haus meines Mathelehrers niederließ und dort wartete in der Kälte, bis mich mein geliebter Mathelehrer bei sich aufnahm. Es blieb bei der Fantasie. Ich hatte das Gefühl, dass er mich mochte, er war eine Art Vater für mich, er hatte eine warme Ausstrahlung. Einmal ging er nach dem Unterricht auf mich zu, lachte mich an und berührte mich. Ich bekam einen Heulanfall und sprang davon. Ich war so traurig, dass ich ihn nicht als Vater haben konnte. Er erschrak fürchterlich, und von da ab mochte er mich nicht mehr. Er sah mich von nun an böse an, und er verstarb an einem Herzinfarkt. Ich gab mir die Schuld, denn er war in mich verliebt, und seine Liebe wurde von mir nicht erwidert, und ich glaube, dass er deshalb an einem gebrochenen Herz starb. Damals war ich fünfzehn. In diesem Jahr gingen wir in den bereits schon erwähnten schrecklichen Italienurlaub mit meinem Vater. In diesem Alter wollte ich sterben.

Nun zurück zur Tanzschule. Ich musste Kleider und Schuhe tragen von einer Tante aus Amerika, die Schuhe waren zu groß und als mein Tanzlehrer mich holte und einen Tanz mit mir vorführen wollte, verlor ich die Schuhe. Welch eine Blamage! Ich schämte mich so sehr, und ich konnte mich nicht auf die Tanzschritte konzentrieren. Ich bekam keinen Partner, es wurde mir einer zugeteilt, Eduard, der mich öfters zum Kaffeetrinken einlud. Der Abschlussball rückte immer näher. Ich war fest entschlossen, nicht an ihm teilzunehmen, wegen meiner Kleider und weil der Tanzpartner seine Partnerin von zu Hause abholen sollte. Ich schämte mich so sehr an meinem Zuhause, und ich hatte Angst vor meinem Vater, dass, wenn ein Freund von mir auftauchen würde, er mich vor meinem Freund blamieren würde. Ich nahm nicht am Abschlussball teil. Ich wollte unbedingt in ein Heim, ich wollte lernen und meine Hausaufgaben machen. Ich brauchte keine Eltern, die mich in meiner Entwicklung behinderten, ich wollte ein Umfeld, in dem ich mich entfalten und weiterbilden konnte.

Ich wusste nicht, an wen ich mich wenden sollte in meiner Not, vielleicht hätte ich mich an das Jugendamt wenden sollen, aber es kam nicht dazu. Als ich in die Pubertät kam, lehnte mich meine geliebte Tante Sofie ab – sie warf mir neidische Blicke zu, und auf einen Schlag liebte sie mich nicht mehr. Ihre vier Kinder liebte sie abgöttisch, sie hatten ein geborgenes Zuhause, sie durften lernen und alle vier durften studieren. Das am meisten gebrauchte Wort war »intelligent«. »Oh, Oskar ist hochintelligent, Dieter ist intelligenter als Jürgen, Uta ist hochbegabt, sie ist im Internat.« Ich wollte auch studieren, aber es kam nicht dazu, weil ich das Abitur nicht bestanden hatte. Das war eine Art Weltuntergang für mich. Und ich wusste nur eines: weg von zuhause und einen Beruf meiner Wahl erlernen. Ich siedelte um nach Riedlingen, wo ich Fremdsprachenkorrespondentin lernte in einer Berufsfachschule. Sprachen, besonders Französisch, liebte ich, Englisch fiel mir leicht. In den Schlussprüfungen hatte ich im Durchschnitt eine zwei, ich hätte noch besser sein können, hätte ich mehr gelernt, jedoch war ich nicht ehrgeizig. Das Schlimmste für mich war, einen Vortrag zu halten, jeden Freitag war eine andere dran. Herr Bendel, unser Lehrer, ging zielgerichtet auf jemanden zu und wie aus der Pistole geschossen zeigte er auf ein Mädchen. Alle hatten wir Angst, einen Vortrag zu halten. Einmal musste ich den Lehrer vertreten im Französischunterricht. Das konnte ich ohne Angst, ja, es machte mir großen Spaß. Ich war die Beste in Französisch. Was mir auch Spaß machte, war das Fach Steno in Deutsch, Französisch und Englisch. Ich übte fleißig, und ich lernte Maschinenschreiben. Nun zurück zu meiner Patentante.

Der älteste Sohn von Tante Sofie, Dieter, war zwei Jahre jünger als ich, und er konnte gut rechnen. Einmal kam Besuch von einem Freund des Hauses, Herr Urach. Er stellte Dieter eine Rechenaufgabe, ich stand daneben. Ich wusste die Lösung nicht, obwohl ich älter war als Dieter. Wie aus der Pistole geschossen kam die Antwort aus dem Mund von Dieter. Beschämt stand ich daneben und wurde rot. Dieter bekam zur Belohnung 5 DM. Ich wurde keines Blickes gewürdigt. Schon wieder schämte ich mich. Was hatte ich an mir? Warum wurde ich nicht gewürdigt? Jürgen, sein Bruder, war Legastheniker, er war etwas lernschwach, besonders in Sprachen. Wenn ich Ferien machte bei meiner Tante, gab ich Jürgen Nachhilfe in Französisch. Ich mochte Jürgen, weil er durch seine Lernbehinderung von seinen Eltern nicht so angenommen wurde wie die anderen Kinder.

Mit 15 Jahren begleitete mich Tante Weiss zu einem Orthopäden, weil ich einen Rundrücken hatte. Ein Gipsbett wurde für mich angefertigt. Ich musste mich nackt ausziehen, und ich schämte mich zutiefst vor den beiden Ärzten. Sie schauten mich mit gierigen Blicken an. Nasse Gipsmasse wurde auf meinen Rücken geworfen, ich lag auf einer Liege. Das Gipsbett hat nichts bewirkt, ich drehte mich nachts auf die Seite, und der Rundrücken blieb. Die Ärzte diagnostizierten bei mir die Scheuermannsche Krankheit, verursacht durch Vitamin D Mangel. Auch hatte ich Rachitis als Kind, meine Oma ging nicht mit mir in die Sonne, auch hatte sie kein Geld für Alete-Gläschen, ich wurde mit Brei ernährt, wo keinerlei Vitamine enthalten waren. Bedingt durch Kalkmangel blieben mir die unteren Schneidezähne als Milchzähne bis ins Alter von 30 Jahren erhalten. Man sagte dazu Mauszähnchen.

In der elften Klasse ging es ins Schullandheim nach Bruneck. Das tat richtig gut. Weg von zuhause, schöne Natur schnuppern, Freiheit in der Fremde. Ich hatte auch einen Verehrer, Udo der Eisverkäufer. Er begleitete mich jeden Abend nach Dienstschluss in mein Dorf, wo unsere Pension war. Er war wie ein großer Bruder zu mir, und er behandelte mich mit Respekt. Es gab jeden

Abend ein Küsschen auf die Wange, mehr war nicht, mir hat diese liebevolle Geste genügt, und ich denke noch heute dankbar daran zurück.

Ich liebte Antonio, den Freund meiner Freundin, wie einen älteren Bruder, den ich mir immer gewünscht hatte. Einmal bekam ich einen Weinkrampf, weil ich in ihn verliebt war, er jedoch nicht in mich. Jetzt ein Gedicht über Antonio auf französisch, er und meine Freundin sprachen französisch miteinander.

Je t'aime encore
comme si tu étais toujours mon frère.
Je ne sais pas pourquoi
ce sentiment est si fort.
est-ce que c'est le souvenir
ces divines joies,
à ces jours écoulés,
jamais morts?
Tu te rappelles ma petite soeur?
Et, entre-temps, elle a grandi
et est une jeune fille,
pendant que nous nous promenons
sur la terre,
tournés les regards vers l'après-midi.
Et, malgré que les figures éphémères
me fassent quelque fois
un peu soufrir,
les oreilles de mon coeur entendent
plus intensément qu'hier,
nos jeunes éclats de rire!

Im Alter von 17 Jahren hatte ich Firmung. Dieses Wort kommt von »fermer« und stammt aus dem Französischen, es heißt schließen, fest machen. Firmung heißt, den Glauben bestärken, wieder auffrischen. Tante Klothilde, die ich damals noch nicht mochte, wurde als Firmpatin für mich bestimmt, einfach so, ohne mich zu fragen. Ich schämte mich so sehr wegen meiner Kleidung. Tante Weiss kaufte für mich bei C&A einen grasgrünen Mantel mit weißen Fäden, es sah schrecklich aus, ich hatte Pickel und einen Rundrücken.

Bischof Moser, ein hoher Gast, kam eigens zu unserer Firmung. Mit klopfendem Herzen schritt ich zum Altar, vor dem er saß und uns ein Kreuzzeichen auf die Stirn machte. Ich senkte den Kopf, weil ich mich schämte, er hob mein Kinn mit einem Finger an, so dass mir nichts anderes übrigblieb, als ihm in die Augen zu schauen. Dieser nonverbale Austausch sollte mir zeigen, dass Gotteskinder nicht gebückt durch die Welt gehen sollen. Ich spürte Macht, die von ihm ausging, und ich fühlte einen inneren Widerstand gegen alle Kleriker, auch gegenüber meinem Religionslehrer, der sich bei den Pubertierenden nicht wohl fühlte, weil er nicht ernst genommen wurde.

Als der feierliche Teil beendet war, ging jeder seine eigenen Wege, jeder in eine andere Richtung. Klothilde verabschiedete sich nicht von mir, und sie fuhr nach dem Gottesdienst mit dem Zug wieder nach Saulgau. Es gab kein Essen, kein Kaffeetrinken. Meine Eltern schickten mich auf mein Zimmer in der Böcklerstrasse, wo ich mich in mein Bett legte und bitterlich weinte. Voller Inbrunst, mit dem Mut der Verzweiflung, betete ich zum Heiligen Geist, dass er mich führen und mir meinen Weg zeigen solle. Ich war schon damals körperlos, und ich flüchtete in einen religiösen Wahn. An wen, außer an Gott, sollte ich mich wenden, wie sollte ich geerdet werden, wenn die Welt drohte mich zu vernichten und mir ständig der Boden unter den Füßen weggezogen wurde. An diesem Feiertag schloss ich wieder einen Bund mit Gott, Jesus und dem heiligen Geist. Ich wollte Gott dienen, und vor allem der Sünde der Unkeuschheit, die schon im Geistigen Sünde ist, keinen Raum geben. Der Verzicht auf Körperlichkeit sollte mir in meinem weiteren Leben zur Falle werden, aus der es kein Entrinnen mehr gab. Ich war sehr witzig und der Klassenkasper, jedoch in meinem Inneren war ich tieftraurig. In meinem ganzen Leben begegnete ich immer wieder traurigen und verzweifelten Menschen, denen ich, so gut ich es konnte, beistand mit Wort und Tat. Hierzu ein Gedicht:

Nur ein Wort

Lebendiger Gott, Du musst doch einsam sein,
wenn Du von Ihnen Gott genannt.

Dies Wort hat überdauert, in diesem Wort wirst Du verkannt,
  in dieses Wort bist Du lebendig eingemauert.
  Ich will dich nicht im Himmel deiner Gottheit überlassen,
  wo Du in Einsamkeit regierst als Herrscher über Gut und Bös
  mit vielen Engeln verschiedener Klassen!
  Lebendiger Gott, Du lebst auch hier,
  an jedem neuen Tag lässt Du Dich spüren,
  du schufst Dich in den Menschen, in unseren Kindern,
  um auf Dich in menschgerechter Form zu reagieren.
  Im Augenblick, wo ich die Wahrheit vor allem anderen liebe,
  bist Du!
  Im Augenblick, wo sich die Wahrheit trifft im Blick, im Wort,
  bist Du's, der sich begegnet!
  Im Augenblick, wo ich die Liebe vor allem anderen wahre,
  bist Du!
  Im Augenblick, wo sich die Liebe durch Geduld
    und guten Willen äußert,
  bist Du's, der sich dadurch bestätigt!
  In Dir, Du einzig wahre Liebe, will ich bleiben,
  mit Dir, lebendiger Gott, will ich die Zeit, so gut es geht,
  vertreiben!

In dieser Zeit lernte ich bei einer Faschingsparty einen Jungen kennen, Bernd Kost. Wir warfen uns Papierbälle zu, und wir verliebten uns ineinander. Wir gingen nach draußen und küssten uns. Ich hatte Schmetterlinge im Bauch. Bernd war feinfühlig und intelligent, er war im Zeichen Jungfrau geboren, denen man nachsagt, sie seien hochintelligent und geerdet, sie gehören zu den beweglichen Zeichen. Jungfrau Geborene gehören wie Stier und Steinbock zu den Erdzeichen. Sie sind sehr penibel und schlimmstenfalls sind sie Nörgler und Pedanten, die viel kritisieren. Dieser Charakterzug ist ihrem sensiblen Wesenskern zuzuschreiben. Mein erstgeborener Sohn David ist auch Jungfrau in der Sonne, beinahe wäre er eine Waage geworden. Er ist hochsensibel, intelligent, pragmatisch und voller Liebe und Mitgefühl zu allen Geschöpfen der Erde, diese Eigenschaften sind der Waage zuzuordnen.

Nun zurück zu Bernd: Ich hatte Schmetterlinge im Bauch, wenn wir uns umarmten, und Bernd gab mir Nachhilfe in Englisch, und plötzlich hatte ich gute Noten, Liebe macht glücklich und setzt Blockaden frei.

Einmal war ich bei seinen Eltern eingeladen. Sie wollten mich als eventuelle Schwiegertochter kennenlernen. Sie kamen aus der ehemaligen DDR und waren verarmte Adelige. An den Wänden hingen Portraits von Onkeln und Tanten. Ich mochte diese Art von Menschen nicht, die aufgrund ihrer Herkunft auf andere herabschauten. Bernd wohnte in einem Hochhaus, und sein Vater zeigte mit verächtlicher Mine auf die dortigen Sozialwohnungen und sagte: »Schauen Sie, Roswitha, dort unten wohnen die Asozialen.« Diese Aussage schockte mich, dachte ich doch, dass auch ich aus einem asozialen Umfeld stammte. Nach ein paar Monaten machte ich Schluss mit Bernd. Bedingt durch meine erzkatholische Erziehung fühlte ich mich zu Jesus hingezogen und ließ die Männer fallen. Dies war eine Neurose, die sich später zu knallharten Psychosen entwickelte. Ich glaube, dass ich einen tiefsitzenden Männerhass hatte, wurde mir doch durch Männer so viel Verachtung entgegengebracht.

Was ich meinen Eltern hoch anrechne ist, dass wir Flöte und Klavier lernen durften. Der Flötenunterricht fand auf einer Anhöhe um Stuttgart Heslach statt. Es ging bergauf, und ich war schon erschöpft, als ich bei der Flötenlehrerin ankam. Vor dem Unterricht wurde ich in eine Kneipe geschickt zum Abo-Essen. Die Wirtsleute waren gute Kunden meiner Eltern. Es roch nach kaltem Rauch und nach altem Fett. Mich ekelte dieses Essen, und mir wurde oft ganz übel.

Ich hatte große Freude am Flöten und Klavierspielen, und zu Weihnachten spielten meine Schwester Isabell und ich Weihnachtslieder.

Weihnachten war so ein Fall für sich. Wir, Isabell und ich, mussten die Wohnung auf Vordermann bringen und alles fein herrichten. Meine Eltern kamen am Heiligen Abend todmüde von der Arbeit, es gab Saitenwürste mit Kartoffelsalat, den ich zubereitete. Nach dem Essen ging es zum feierlichen Teil über. Es wurde gesungen, mein Vater weinte sehr, wenn wir »Stille Nacht, heilige Nacht« sangen. Sein Weinen ging mir durch Mark und Bein, und ich liebte ihn heiß und innig wegen seiner schlimmen Kindheit und Jugend, die er im Krieg und in der Gefangenschaft verbrachte. Es war mein Vater, der mir ein gebrauchtes Klavier kaufte, weil ich darum bettelte. Das war ein schöner Zug von ihm, und deshalb liebte ich ihn. Auch wünschte ich mir für mein Zimmer eine Tapete mit gelben Rosen, die ich auch bekam. Schon damals hatte ich den Hang zum Luxuriösen, bin ich doch eine Löwengeborene, die sich an edlen Sachen erfreut und die sehr viel Wert auf Schönheit und Glanz legt. Ich hatte 100,- DM gespart, und in einem Juwelierladen sah ich einen Besteckkasten mit Besteck aus Silber, die Form war geradlinig, es war wunderschön. Ich wollte mir das Besteck kaufen und es für meine Aussteuer aufbewahren.

Da kam mir meine Mutter dazwischen, sie borgte sich von mir 100,- DM, weil ihr genau dieser Betrag fehlte beim Zählen ihres Zeitungsgelds. Meine Mutter trug Zeitungen aus, sie stand nachts auf und fuhr mit dem Rad in die in ihr zugeteilten Bezirke. Sie musste etwas hinzuverdienen, weil ihr Geschäft bankrott ging. Meine Eltern haben sich übernommen beim Kauf ihres Hauses in der Böcklerstraße, sie mussten eine Wohnung nach der anderen verkaufen. Mein Vater behielt die Dachgeschosswohnung, so hatte er wenigstens eine Heimat nach der Scheidung.

Als ich 16 Jahre alt war, ließen sich meine Eltern scheiden. Ich schämte mich wiederum so sehr, dass ich alle vier Wochen das Zeitungsgeld kassieren musste und zwar in der Nobelgegend von Stuttgart Vaihingen. Damals war Zeitungsaustragen eine Arbeit für die eher unteren Schichten, und ich schämte mich vor diesen wohlhabenden Leuten. Im Winter holte ich mit klammen Fingern das Wechselgeld aus dem schwarzen Portemonnaie und sah Lichter hinter den Fenstern und der Geruch nach Plätzchen stieg mir in die Nase. Ich sehnte mich nach solch einer Heimat, und schon damals wuchs in mir der Wunsch, eine Familie zu gründen, wo Geborgenheit und Liebe Priorität hatten. Übrigens, die 100,- DM, die ich meiner Mutter lieh, sah ich nicht wieder, so konnte ich mein geliebtes Besteck vergessen.

Meine Mutter kaufte mir dafür ein Dirndl. Ich wollte kein Dirndl, ich hätte so gern eine Jeans getragen. Dauernd wurde der königliche, edle Teil in mir zerschlagen. Der Wunsch nach einer heilen Familie wurde immer stärker, und in mir brannte ein Feuer der Liebe für meine noch nicht geborenen Kinder. Ich holte meine verlorene Heimat nach durch die Gründung einer Familie. Ich suchte den dafür geeigneten Mann aus, was mir auch gelungen ist. Mein Mann, den ich mit 19 Jahren kennenlernte, war sehr sanftmütig, geduldig und eher introvertiert und überhaupt nicht gewalttätig, im Gegensatz zu meinem Vater. Ich fühlte mich so oft einsam, die Einsamkeit holte mich überall ein. Ich versuchte immer wieder, ihr zu entgehen, beispielsweise wenn ich mit meinen Kindern spielte, Klavier spielte, was mir auch durch Tante Weiss verboten wurde. »Hört auf mit dem Katzengejammer, schafft was!« Als ich schon Kinder hatte, fing ich das Dichten an, und ich möchte ein Gedicht niederschreiben über die Einsamkeit:

An Dir alleine nur
da blieb ich hängen;
es gibt nur Einen,
der aus der Enge
in die Weite sprengt;
es sind so viele,
die mich umsorgend
bei meinem Namen nennen:
Und ihre Stimmen schwingen hin und her
im engen Raum,
und schwindelnd sinke ich zu Boden,
erwache in der dunklen leeren Weite,
umgeben nur von Schatten meiner selbst -
der Hass, die Angst, Verstockung,
sie haben mich begleitet.
Da, einer nur, der in verlorener Weite
durch meine Schatten durch
*am Licht der Stille – **mich** erkennt.*

Nach dem schlimmen Italienurlaub mit meinem Vater machten meine Mutter, ihre Freundin Kläre, Tante Weiss und ich Urlaub bei dem Bruder von Kläre und dessen Frau, Onkel Klaus und Tante Uta. Sie wohnten in Fessenbach, einem Dorf bei Offenburg. Die beiden hatten eine Schweinezucht und Hühner. Tante Uta machte aus dem Schweinefleisch panierte Schnitzel. Sie richtete sie auf einer ovalen Platte an. Es waren mindestens 20 kleine Schnitzel aufeinander gehäuft. Ich hatte solch einen Appetit, es ging sauber zu bei ihnen. Auch gab es leckeren Brombeerkuchen von Brombeeren aus dem Garten, den Tante Uta morgens um 5 Uhr zubereitete. Tante Uta war schwermütig, weil sie keine Kinder bekommen konnte, und sie weinte viel.

Die Landluft tat mir richtig gut, und eines Morgens radelte ich mit einem Fahrrad ziemlich weit, ich genoss das freudige Gefühl auf dem Rad, und plötzlich stellten sich Glücksgefühle ein, Gefühle von unsagbar großer Freiheit. Ich radelte immer weiter und vergaß dabei die Zeit, und ich kam erst spät zurück. Da ich mich nicht abgemeldet hatte, machten sich alle große Sorgen um mich, und als ich wieder auftauchte, kamen sie mir ganz erschrocken entgegen und waren gottfroh, dass ich wieder gesund ankam. Sie wollten schon die Polizei holen.

Ein anderes Mal stand ich frühmorgens auf – es war ein wunderschöner Sommermorgen, die Sonne ging gerade auf, die Vögel zwitscherten, meine Seele war frei. Ich war alleine mit mir, ich liebte mich und ich radelte wie besessen. Anschließend bekam ich eine Erkältung und hohes Fieber. Ein Arzt wurde gerufen, er verschrieb mir Antibiotika und verordnete mir Bettruhe. Da aber die Abreise nach Saulgau geplant war, fragte meine Mutter den Arzt, ob ich mit Fieber abreisen könne. Der Arzt gab grünes Licht für die Reise, aber unter einer Bedingung, nämlich, dass ich sofort, dort angekommen, das Bett hüten müsste. Als wir in Saulgau ankamen bei Onkel Karl und Tante Klothilde, wurde kein Wort gesprochen von meiner Krankheit; meine Mutter hatte Angst, so wie ich, vor Tante Klothilde, sie wollte ihr keine Umstände machen, und so ging ich mit Fieber hinaus auf die Gasse, die Sonne schien, und ich sah alles verschwommen. Irgendwie schaffte ich es, gesund zu werden, fühlte mich aber sehr schwach und zittrig. Auch hatte ich in der Nacht einen Fieberkrampf, wo ich mich auf die Zunge biss. Onkel Karl und Tante Klothilde, in deren Schlafzimmer mein Bett stand, behaupteten am anderen Morgen, ich hätte einen epileptischen Anfall gehabt.

Epilepsie war in unserer Familie. Onkel Karl, meine Mutter und Isabell, meine Schwester, waren davon betroffen. Meine Schwester Franzi und ich blieben von dieser Krankheit verschont.

Jetzt noch einmal zurück zu Fessenbach, zu Onkel Klaus und Tante Uta. In ihrer Nachbarschaft war eine Bäckerei, dort war ein Bäckerjunge, Hans, der mir sehr gefiel, er hatte eine erotische Ausstrahlung. Meine Mutter und ihre Freundin Kläre flirteten heftig mit ihm. Ich war eifersüchtig, denn ich war in ihn verliebt. Eines Abends schrieb ich mit Kreide auf das Scheunentor »je t'aime«. Als dies Hans sah, lachte er schallend, und so hat sich Hans auch in mich verliebt und flirtete ab sofort nicht mehr mit meiner Mutter und Konsortium. Wir gingen miteinander aus und küssten uns und tanzten, ich hatte Schmetterlinge im Bauch. Ab da kam er mich öfters besuchen in Stuttgart Vaihingen und führte mich aus. Wir gingen essen und in ein Tanzlokal, wo ich beim Tanzen heftige Gefühle erlebte. Danach führte er mich mit seinem Porsche wieder nach Hause. Wir küssten uns zum Abschied, und meine Haare waren zerzaust. Zuhause angekommen, lachte mich Tante Weiss aus, und mit verächtlicher Miene sagte sie: »Was habt ihr getrieben?« Dann verließ mich Hans, er hatte mehr von mir erwartet, und er besuchte mich nicht mehr. Komischerweise hatte ich gar keinen Liebeskummer.

Im Alter von 18 Jahren durfte ich vom Gymnasium aus, genauer gesagt von einer Nonne, Schwester Albertina aus, nach England, ich musste nur das Fahrgeld von 200 DM bezahlen. Als Gegenleistung musste ich auf die Kinder aufpassen und im Haushalt helfen. Ich wohnte bei der Nichte mit Familie von Sr. Albertina. Vor dieser Nonne hatte ich großen Respekt, sie war sehr fromm, und sie betete in der Pause mit gefalteten Händen. Sie erinnerte mich sehr an meine Großmutter, die auch sehr fromm war. Sr. Albertina hatte Mitleid mit mir, ich denke, sie wusste von meinem Elternhaus, weil das Schulgeld nicht bezahlt wurde. Auch weinte ich oft in der Schule, und die Lehrer kriegten das mit. Ich freute mich, als meine Eltern grünes Licht gaben für die Reise nach England.

Die Gastfamilie hieß Johnson. Ich konnte gut englisch, und ich philosophierte mit Mr. Johnson. Mrs. Johnson war eher etwas kühl und nicht gerade freundlich. Einmal sah ich im Badezimmer am Spiegel eine fette schwarze Spinne. Ich ließ einen großen Schrei los, Mrs. Johnson kam hinzu und sagte höhnisch: »It won't hurt you.« Jeden Morgen kam sie mit einer Tasse Schwarztee: »Good morning Miss Müller, your cup of tea.« Morgens machte ich den Haushalt, um 10 Uhr gab es ein zweites Frühstück mit *bacon and eggs* und *sausages*. Dies schmeckte mir besonders gut.

Etwa um 11 Uhr war ich fertig mit dem Haushalt, und danach fuhr ich regelmäßig mit dem Zug nach London. Ich schnupperte Großstadtluft, und ich ging alleine durch London, ging shoppen, besuchte den Buckingham Palast, Westminster Abbey, den Hyde Park, Vauxhall, ein verlassenes Armenviertel. Dort war es gespenstisch ruhig, ich hatte etwas Angst vor einem Überfall, aber ich betete zu meinem Schutzengel, und mir passierte nichts. In allen schwierigen Sachen betete ich zu Gott, und er half mir aus allen Nöten. Doch eine Grundtraurigkeit blieb immer bestehen. Ich hatte etwas Taschengeld, davon kaufte ich mir eine wunderschöne weinrote Cordhose und ein pinkfarbenes Oberteil. Ich sah gigantisch aus.

Mit diesem Outfit ging ich in eine Disco, das heißt in mehrere. Ich tanzte dort ganz alleine, und ich vergaß alles um mich herum. Ich war so glücklich und selbstbewusst. Wenn ich gute Musik hörte, sprang ich vom Stuhl auf und blitzschnell war ich auf der Tanzfläche. Ich konnte wunderbar frei tanzen, Standardtänze mochte ich nicht, schon damals wollte ich mich keinem Mann unterordnen. Ich wünschte mir so sehr ein freies Leben, weg von aller Unterdrückung, Leben in Freiheit, Liebe zu einem Mann meiner Wahl.

Jeden Sonntag gingen die Johnsons zur Messe. Ich ging auch dorthin, und empfing die Heilige Kommunion. Mrs. Johnson sah mich böse an, als ich zur Kommunion ging. Bestimmt dachte sie ich wäre ein Flittchen, weil ich jede Nacht erst um 12 Uhr nach Hause kam. Die Johnsons hatten zwei Jungen im Alter von 4 bis 6 Jahren, die ich ab und zu hütete. Als Gastgeschenk bekam ich von einer Freundin meiner Mutter ein paar niedliche Pullover und kleine Hosen.

Tante Weiss luchste es mir ab, und wieder einmal wehrte ich mich nicht und war schon wieder traurig. Manchmal bekomme ich eine große Wut auf mich selbst, dass ich mir alles habe gefallen lassen. Die Sachen wollte sie für meine kleine Schwester Franzi. Mir tat richtig mein Herz weh, wollte ich den Johnsons doch eine Freude machen mit meinem Geschenk, wenn ich doch umsonst dort wohnen und essen durfte. Schamgefühle kamen auf bei mir, zu den Asozialen zu gehören. Diese Scham trage ich mit mir bis heute herum.

Jedoch suchte ich mir einen Mann aus, bei dem ich, was Kleidung und Schminke betraf, all diese Demütigungen in puncto Kleider abwerfen konnte. Mein Mann war sehr gutmütig, ich durfte zum Friseur, durfte mich schminken, ich machte mich todschick, wenn wir zu Partys gingen. Ich war äußerlich eine sehr attraktive Frau, viele Männer fanden mich schön, und ich verliebte mich in einige Ärzte, aber aus moralischen Gründen blieb es bei dem Gefühl, das nie ausgelebt werden konnte, und so kam ich immer mehr in Depressionen.

Ich glaube, dass Mrs. Johnson mich nicht leiden konnte, weil ich so gut aussah und mit ihrem Mann philosophierte. Einmal wurde ich von Mr. Johnson zum Mittagessen eingeladen. Er war Bankier und hatte sein Büro mitten in London. Ohne Schwierigkeiten fand ich den Weg zu seinem Büro. Ich musste mit der U-Bahn und mit dem Bus fahren. Wir unterhielten uns gemütlich, und ich glaube, dass er mich sehr nett fand. Mit Menschen zu reden, besonders in einer Fremdsprache, war Balsam für meine durch Minderwertigkeitsgefühle geplagte Seele. Weil ich Fremdsprachen so liebte, lernte ich den Beruf Fremdsprachensekretärin. Ich nahm immer den letzten Zug, wenn ich nach Hause fuhr nach Sutton Surrey. Ich musste durch einen Wald laufen, wo es stockdunkel war, ich hatte schon ein bisschen Angst, aber es passierte mir nichts. Ich lernte einen Jungen kennen, der aus Bayern war und in der gleichen Gegend wie ich bei einer Gastfamilie wohnte. Die Leute waren sehr nett zu mir und luden mich zum Essen ein. Sie waren aus Australien und sie waren Schauspieler, die ab und zu nach England kamen.

Aber so langsam bekam ich Heimweh nach Tante Weiss, dem deutschen Essen und der bequemen Stube, wo es immer so nach Geborgenheit roch. Mrs. Johnson verriet mir ein Rezept von pineapple pie. Dies war ein Ananaskuchen mit einem speziellen Blätterteig. Er schmeckte köstlich. Ich nahm das Rezept mit nach Hause und wollte diesen Kuchen backen. Tante Weiss ließ es nicht zu, sie sagte: »Das ist doch kein rechter Teig, du backst den Kuchen so wie ich es für richtig halte.« Einmal hätte ich schreien müssen, so laut, dass ihnen Hören und Sehen hätte vergehen müssen. Einmal habe ich mir es erlaubt, ich schrie Tante Weiss so laut an, dass sie kein Wort mehr herausbrachte und hilflos in der Küche am Schrank lehnte. Meine kleine Schwester Franzi schmiegte sich an mich, sie wusste, dass man mit mir viel Böses trieb, und selbstbewusst verließ ich die Wohnung und fuhr mit meinem Freund zu ihm nach Hause. Wie oft wollte ich fortlaufen und in ein Heim gehen. Ich wusste keinen Rat. Ich hoffte so sehr auf Tante Sofie, dass sie mich adoptieren sollte, ich machte ihr sogar den Vorschlag, jedoch waren sie so beschäftigt mit ihrem eigenen Leben und mit ihren vier Kindern, dass es nicht sein durfte.

Einmal gelang es mir, von zu Hause wegzulaufen. Die Schwester von Tante Weiss war gerade an Leberkrebs gestorben, dies erschreckte Tante Weiss sehr, und sie wurde ganz hart, besonders mir gegenüber. Als ich eines Tages von der Schule kam, wurde ich sehr geschimpft, weil ich mein Bett nicht gemacht hatte, und der Staubsauger lag demonstrativ auf meinem ungemachten Bett. Sie hörte nicht auf zu schimpfen, und ich sollte meine kleine Schwester vom Kindergarten abholen. Tief verletzt verließ ich die Wohnung und nahm mir ganz fest vor, von zuhause fortzulaufen. Ich wartete wie jeden Tag auf Franzi vor dem Kindergarten und als sie herauskam, sagte ich zu ihr: »Franzi, du musst heute alleine zu deiner Omi«, so hieß sie inzwischen, »ich will nicht mehr zurück zur Omi, hab keine Angst, mir passiert nichts, Gott ist bei mir. Pass auf dich auf.« Schweren Herzens ließ ich mein Schwesterchen ziehen. Ich ging in die kleine Kirche, St. Josef gegenüber dem Kindergarten, und betete zu Gott, dass er mich beschützen solle und mir den Weg weisen solle. Damals schon war ich mit meinem Freund Dieter, meinem späteren Ehemann, befreundet, und ich beschloss, mit dem Zug nach Waiblingen zu fahren, wo mein Freund Dieter in einem Laden mit Spielzeug und Haushaltswaren arbeitete. Er studierte schon und hatte Semesterferien. Ich kratzte mein ganzes Gespartes zusammen, es waren 90 DM, ging in ein Café und bestellte mir eine Tasse Kaffee und ein Stück Himbeerkuchen. Wieder einmal schnupperte ich Freiheit, ein wunderschönes Gefühl, mit nichts zu vergleichen. Ich wartete auf Dieter bis er Feierabend hatte. Er redete nicht viel, als er mich erblickte, er erschrak eher und nahm mich zu sich nach Hause. Ich schilderte ihm mein Leid, und ich wollte bei ihm bleiben. Er aber hatte die Ruhe weg, und er fuhr mich noch am gleichen Abend zurück zu meiner Mutter in ihre Wohnung in Stuttgart Vaihingen. Weinend sagte ich meiner Mutter, dass ich nach Vaihingen wolle und nicht mehr zu Tante Weiss. Ich wollte so gerne lernen und selbständig werden, aber meinem Wunsch wurde nicht nachgegeben, es wurde heftig mit mir geschimpft und traurigen Herzens siedelte ich über nach Heslach zu Tante Weiss, die ab jetzt Omi genannte wurde wegen meiner kleinen Franzi, die für sie der Ersatz für ihre Kinderlosigkeit war.

In der zwölften Klasse im Gymnasium bekamen wir ein Lehrerelternpaar, Herr und Frau Schauer. Herrn Schauer hatten wir im Fach Französisch. Er betete jeden Morgen vor dem Unterricht das Vater unser auf Französisch. Er war sehr gutmütig und wurde deshalb nicht ernst genommen. Ich mochte ihn, und als wir einmal ins Schullandheim in die Schweiz fuhren, saß ich nachts mit ihm in der Bar des Hauses und trank einen Schnaps nach dem andern, ich unterhielt mich sehr anregend mit ihm. Ich klagte ihm mein Leid, das ich durch meine Erzieher erfuhr, dass er beinahe geweint hätte. Ich sagte zu ihm, dass ich Haschisch nehmen würde. Er war ganz besorgt um mich und sagte: »Tun Sie das nicht Fräulein Müller, soll ich mal mit Ihren Eltern reden?« Ich verneinte, denn das mit dem Haschisch stimmte gar nicht, ich wollte bloß seine Aufmerksamkeit, und ich fühlte mich recht wohl in der Rolle. Es tat mir so gut, bemitleidet zu werden. Dann sagte er noch: »Fräulein Müller, lernen Sie auf das Abitur, denn wenn Sie es nicht bestehen, freuen sich die anderen und lachen Sie aus.« Was tatsächlich der Fall war. Als ich durchs Abi flog, tratschten Giselher und sein Freund Knut in den Einkaufsläden, ich sei dumm und unterbelichtet. Ich weinte bitterlich, als ich erfuhr, dass ich durchgefallen war, mir wurde schwindelig und ich verlor den Boden unter den Füßen. Ich war eingehüllt in eine dunkle Wolke, alles war schwarz in mir und um mich. In dieser Zeit verfasste ich ein Gedicht:

Auferstehung

Überall dort, Herr, wo man Dich festnageln will,
ziehst Du Dich empor in die Himmel hinauf,
teilst Dich von dort an die Armen aus,
bist lieber in den Ghettos zuhaus;

*überall dort, Herr, wo Du festgenagelt bist,
wo Du am Kreuze hängst mit blassem Gesicht,
ist es nur das, was von Dir erbeten:
ein Körper, Hülle von Mitleid zertreten;*

*überall dort, Herr, wo Du vergoldet bist
als Besitz, als Gott, der Sicherheit gibt,
zieht es Dich unsichtbar zu den Elenden hin;*

*überall dort, Herr, wo Du begraben liegst
im Buche der Bücher, worin keiner liest,
ziehst Du Dich empor in die Himmel hinauf,
teilst Dich von dort an die Verfolgten aus,
bist lieber in den Psychiatrien zuhaus!*

Nach dem Schock ergriff mich Stolz, ich wollte meine Würde wiedergewinnen. Ich wollte etwas lernen, wovon meine Eltern keine Ahnung hatten, nämlich Sprachen. Ich bewarb mich in Riedlingen in einer Berufsfachschule für Handelsenglisch und Handelsfranzösisch. Aber zuerst musste ich die Sache mit dem Bafög erledigen. Ich ging zu dem Sachbearbeiter der BAföG Stelle und beantragte BAföG. Aber es gab einen Haken: Ich würde nur Bafög kriegen, wenn ich in Stuttgart auf die dortige Sprachenschule ging und zu Hause wohnte. Ich entgegnete: »Ich kann zu Hause nicht lernen, ich schaff meine Prüfungen nicht, wenn ich zuhause bleibe.« Daraufhin meinte der Sachbearbeiter: »Dann müssen Sie ein Attest von der Fremdsprachenschule von Stuttgart beibringen worauf steht, dass Sie sich angemeldet haben, aber dass Sie nicht genommen wurden, weil kein Platz frei war.« Ich antwortete: »Ja, aber ich habe mich doch gar nicht angemeldet.« »Das ist Ihr Problem«, meinte der Sachbearbeiter. Die Angst stieg in mir auf, ich konnte doch nicht lügen und sagen, ich hätte mich angemeldet. Mit klopfendem Herzen ging ich zum Büro der Sprachenschule und trug mein Anliegen dem dort tätigen Sekretär vor. Ich sagte ganz ehrlich was Sache war. Der Mann, der einen grauen Anzug trug und ziemlich vornehm aussah, war verärgert, dass er mir ein Attest schreiben sollte, was nicht der Wahrheit entsprach. Ich ließ nicht locker, und ich erzählte ihm ganz offen von meinem Problem, nämlich, dass ich zuhause nicht lernen durfte und durchs Abitur gefallen bin. Die ganze Zeit betete ich zu Gott, dass er mir beistehen solle. Allmählich beruhigte sich der Mann, und nach einigem Hin und Her gab sich der Sekretär einen Ruck und sagte: »Für junge Menschen ist es wichtig, dass sie hinaus in die Welt gehen und sich frischen Wind um die Nase wehen lassen.« Das Attest sah verheerend aus, überall Fehler und durchgestrichene Buchstaben. Das war wahrscheinlich etwas zu viel für ihn. Aber es war gültig. Mir fiel ein Stein vom Herzen. Stolz ging ich wieder zur BAföG Stelle und es wurde bewilligt.

Mit 19 Jahren lernte ich meinen zukünftigen Mann kennen. Ich entdeckte ihn, als er auf einer Mauer gegenüber unserem Gymnasium saß. Er hatte ein weiches schönes Gesicht, und ich verliebte mich sofort in ihn. Ich dachte, dies ist der richtige Vater für unsere Kinder, die ich mir so sehr wünschte. Damals war er noch mit einem Mädchen befreundet, sie hieß Sabine. Ich war eifersüchtig, als die beiden sich vor dem Schulgebäude umarmten. Bald jedoch fügte das Schicksal uns zusammen. Er machte Schluss mit Sabine, weil er von ihren Eltern nicht akzeptiert wurde. Sein Freund war mit meiner Freundin Martina zusammen, und so gingen wir zu viert jeden Samstagabend aus. Wir gingen in den Hobbyclub, ein Tanzlokal im Stuttgarter Westen, und schwoften. Ich war sehr verliebt in meinen Freund, der sehr sanftmütig war, ganz das Gegenteil von meinem Vater und meinen sonstigen Erziehern.

Eines Abends, als wir im Hobby-Club waren, erzählte er schwärmerisch von seiner ersten Freundin, die Schauspielerin war und die so gut kochen konnte. Ich war schrecklich eifersüchtig auf sie, und plötzlich stellte sich ein sehr schlimmer Schmerz vom Bauch bis hin zum Rücken ein, ich dachte mein Körper wird in zwei Teile aufgespalten. Ich ging auf die Toilette und weinte fürchterlich. Dieter, so hieß mein Freund, war ganz geschockt, und er nahm mich in die Arme und tröstete mich. Wir verlobten uns, ich war 19 und mein Freund war 21 Jahre alt. Ich zog nach Riedlingen, wo meine Schule war. Dort hatte ich ein Zimmer bei einer Familie, die ein Sportgeschäft hatte. Mein Freund besuchte mich jedes Wochenende, und er übernachtete bei mir. Aber es gab jedes Mal Streit, weil ich irgendwie unglücklich war. Ich liebte meinen Mann so sehr, weil er mich aus dem Sumpf meines Elternhauses holte und mir ein neues Leben ermöglichte, aber mich nervte es schon damals, dass ich von meinem Mann abhängig war. Er war ein allround man. Er konnte Autofahren, durfte studieren, er kannte sich in der Welt aus, alles Dinge, die bei mir nicht der Fall waren. Ich hatte schon immer keinen Draht zur Welt. Ich fühlte mich in der Welt nicht wohl, und ich sah meinen Wert im Befolgen der 10 Gebote. Meine wahre Natur war die einer Löwin, einer Kämpferin, die, wenn sie stürzte, immer wieder die Kraft fand aufzustehen und die gegen Windmühlen kämpfte.

In Riedlingen lernte ich meine Freundin Narcisa kennen. Sie war Jugoslawin. Sie war sehr herzlich und fröhlich; wenn sie lachte, zitterten die Wände. Ich genoss die neu erworbene Freiheit, weg von meinem Elternhaus, ich konnte lernen und hatte gute Noten. Ich lud meine Freundin oft zum Essen ein, und wir hatten viel Spaß miteinander.

Im Alter von 21 Jahren heiratete ich, und ich hatte eine Vision: Ich stand im Baumgarten meines Onkels Karl und schaute auf den Himmel, dieser war pechschwarz, plötzlich erschien ein flammendes Kreuz, ganz langsam und unter großen Schmerzen, die ich fühlte, wurde das Kreuz zum Schwert und leuchtete mich an. Ich war im Licht. Dann berührte ich mit der rechten Hand dunkle Gestalten, die in Trauer waren und die ihr Gesicht nach unten beugten und die voller Schrecken auf das Schwert sahen. Es wurden immer mehr Menschen, die alle in den Abgrund stürzten. Dieser Traum gab mir immer zu denken, bis zum heutigen Tag, und er macht mir sehr Angst.

Allmählich spürte ich meine schriftstellerischen Begabungen. Ich zog mich zurück in mein Zimmer und fing an zu dichten. Ich hatte sehr viel Stoff, den ich in Lyrik niederschrieb. Ich konnte über Gedichte mit Gott sprechen, und es tat mir gut, meinen Gefühlen Ausdruck zu verleihen.

Hier ein paar Gedichte:

Die Unschuld im Gefäß der Liebe

Oh, Herr, wann ist es denn genug,
die ganze Welt ist voll Betrug.
Die Unschuld, sie ist sehr gefährdet,
sie fehlt, sie ist nicht mehr geerdet;
nicht eingeschlossen in der Welt
hinausgestoßen vors Himmelszelt.
Oh wie so schön es wäre
Sie zu bringen zu großer Ehre!
Mit ihr zu leben Tag und Nacht,
sie zu behüten, zu halten Wacht.
Doch wer, wer liebt sie schon die Eine?
Die rein ist so wie nirgend Keine?
Die's harte Leben so versüßt,
doch niemand fragt woher sie ist;
doch sie ist's, die uns ewig bleibt,
die Zeit zur Ewigkeit sie treibt;

*lässt alles sinnvoll uns erscheinen
in Lieb und Freude uns vereinen,
treibt uns zum Ziel, gibt allem Sinn,
zeigt hartem Alltag den Gewinn.
Wer sie nicht will, hat ausgedient –
Kennt Unschuld nicht – hat keine Lieb.*

*Ich leide gerne so wie Du
im Leiden selbst komm ich zur Ruh.
Wenn ich Dich spür, wenn ich Dich blick,
so weiß ich, was ist mein Geschick:
Zu tragen jede Last und Not
zu überwinden jeden Tod,
verbunden sein mit Dir allein
zu halten mich an Deinem Sein;
ich fasse an das Kreuz aus Holz
zu überwinden Welten-Stolz;
zu beugen mich vor einem König,
der nicht mehr leidet,
der nun fröhlich
mit all den Menschen, die getragen
die Last so schwer in diesen Tagen,
die Auferstehung ist so nah,
Herr, Jesus Christus, Du bist da!*

*Du bist mein »A«, Du bist mein »O«,
Du machst mein müdes Herze froh,
es geht kein Schmerz an mir vorbei,
die Welt ist ach, so einerlei
die Sehnsucht – lichterloh.*

Oh Herr, nimm Trübsal, Last und Not;
oh Herr, nimm Sünde, Leid und Tod,
verbrenne es auf ewig!
Sei unser Schutz und Schirm zugleich,
mach uns an Deiner Freude reich,
mach Deine Kinder selig.

Inmitten so einen finden
so wie Du
das ist der Beginn.
Inmitten dieser Welt
macht nur das eine Sinn:
Die Liebe zu bewahren,
die einzig und allein
nur zählet;
der Hunger, der uns quälet
wird bald gestillet sein.

Warte doch auf das Geheimnis,
das so tief verborgen liegt
bis es aufkeimt und erstrahlet
so, dass alle Welt es sieht.
Hab Geduld, die Welt ist kurz
aus der Sicht der Ewigkeit
und dem Widerstand zum Trutz
erhebet sich die Christenheit;
und es tönt aus vollen Kehlen
oh mein Gott, bist nicht mehr weit,
voll Verheißung Dir entgegen
unsere Seelen sind befreit.

Mit 21 Jahren bestand ich die Prüfung als Fremdsprachensekretärin, und ich hatte gute Noten. Ich lernte Maschinenschreiben, Stenographie in deutsch, englisch und französisch, das ich leider nicht anwenden konnte. Mein Mann studierte Jura in Tübingen, wir zogen nach Reutlingen, wo ich sofort einen Arbeitsplatz bekam und zwar in der Gustav-Werner-Stiftung in der Papiermaschinenfabrik für Rollenschneidmaschinen. Aber bevor ich anfing zu arbeiten, heirateten wir. Mein Mann musste katholisch sein und arbeitsam. Wir durften nie miteinander in Urlaub, wir mussten erst heiraten. Meine Mutter war in dieser Hinsicht sehr streng, obwohl sie Freunde hatte und mit ihnen fremdging.

Es war eine Doppelmoral mit der wir, insbesondere ich, erzogen wurden. Mein Mann studierte in Tübingen, und er hatte dort ein Zimmer. Wenn wir Samstagabend ausgehen durften – ich beharrte darauf – fuhren wir nach Lustnau, und wir liebten uns. Das war unser Geheimnis. Aber auch das wollte meine Mutter in ihrer unersättlichen Neugier aus mir herauskitzeln. Sie lud mich einmal – da war ich schon in Riedlingen – ein zu Kaffee und Kuchen. Im Café fragte sie mich ganz scheinheilig, ob ich mit Dieter schon einmal in Tübingen gewesen sei. Ich schüttelte den Kopf, und es kam ein trockenes »Nein« aus meinem Mund. Zum ersten und entscheidenden Mal log ich, dabei tötete ich mein Übergewissen, und etwas in mir wurde hart. Ich wusste, dass ich mit dieser Lüge Gott nicht beleidigte, im Gegenteil, er war es, der mir das Nein auf die Zunge legte, um mich zu beschützen. Hätte ich »Ja« gesagt, hätte sie mir eine Moralpredigt gehalten und mich wieder gedemütigt. Sie wusste, dass ich log, aber sie blieb sprachlos.

Riedlingen war eine schöne Zeit, zum ersten Mal in der Fremde, wenn es auch nicht weit weg war, heimatliche Gefühle kamen auf, bin ich doch in Saulgau ganz in der Nähe aufgewachsen. Meine Freundin Narcisa und ich unternahmen viel, wir gingen tanzen in die Disco, gingen öfters ins Kino und gönnten uns etwas Leckeres im Restaurant. Narcisa ist – auch heute noch – ein sehr lebensbejahender Mensch, sie konnte lachen, dass die Wände zitterten. Einmal bekam ich Ärger mit dem Hausherrn, weil Narcisa nach 10 Uhr einen Lachanfall bekam.

Ich hatte einen Rundrücken und sie hänselte mich und gab mir den Namen »GlövNoda«, was »Glöckner von Notre Dame« heißen sollte. Ich war tief gekränkt, ich wollte doch schön sein, und ich war es auch.

Die Scheuermannsche Krankheit hatte ich schon als Kind, und ich wurde oft gehänselt wegen meines Rundrückens. Ich machte übertriebene Rückengymnastik und achtete auf meine Haltung, und das half, bald wurde ich nicht mehr wegen meines Rückens angesprochen. Wie ich schon erwähnte, suchten Tante Weiss und ich einen Orthopäden auf in der Alexanderstraße in Stuttgart, als ich 12 Jahre alt war. Für mich wurde ein Gipsbett angefertigt, das nicht viel brachte, weil ich mich nachts immer rumdrehte. Ich bekam vom Arzt ein Attest, dass ich nicht mehr am Turnunterricht teilnehmen durfte. Ich war sehr erleichtert, denn Sport war nicht meine Stärke. Ich hatte solche Hemmungen beim Volkstanz, ich verwechselte andauernd die Tanzschritte und war orientierungslos, mal ging ich rechts, und die anderen gingen links, mal ging ich in den Kreis und die anderen gingen nach außen. Die Sportlehrerin war eine strenge Frau, die zu Beginn des Unterrichts immer die gleiche Melodie auf dem Klavier hämmerte. Dazu mussten wir den Pferdchenschritt springen. Wenn wir über den Kasten springen sollten, bekam ich weiche Knie, sprang aufs Absprungbrett, hüpfte einmal darauf und blieb vor dem Kasten stehen. Barren war schrecklich für mich. Ich hatte keine Kraft in den Armen und außerdem wurde mir schwindelig bei all dem Drehen und Wenden. Rolle vorwärts ging gerade noch, jedoch Rolle rückwärts war eine Katastrophe. Und so war ich dankbar, dass ich auf der Bank sitzen und zuschauen durfte.

Ich hatte kein Ansehen bei den Lehrern, jedoch dies stimmt nicht ganz, es gab Nonnen, die mich mochten und welche, die mir die kalte Schulter zeigten. Die Rektorin Schwester Oktavia mochte mich nicht, das spürte ich, ich mochte sie auch nicht, und einmal hielt ich sie zum Narren. Wir hatten in der Klasse eine sehr dicke Schülerin, Tochter eines Fabrikanten, die mich nicht leiden konnte. Sie hatte Tafeldienst. Als alle Schülerinnen gegangen waren, schrieb ich auf die Tafel: »Tafelordner bitte sich melden im Rektorat. Sr. Oktavia.« Ich konnte exakt die Schrift der Nonne nachahmen. Am anderen Morgen kam ich wie immer zu spät. Als ich die Türe zum Klassenzimmer öffnete, zeigten sie alle auf mich und schrien: »Die war's, du sollst aufs Rektorat kommen, nachher in der kleinen Pause.« Mit klopfendem Herzen trat ich ins Büro von Sr. Oktavia ein: »Wissen Sie Roswitha, was Sie da gemacht haben und wie man das nennt?« »Nein, keine Ahnung«, erwiderte ich. »Das ist Urkundenfälschung, da kann man ins Gefängnis kommen. Aber jetzt gehen Sie und tun Sie das nie wieder.« Ich war erleichtert.

Wenn wir Doppelstunden hatten, zum Beispiel Kunst, verließ ich das Klassenzimmer und ging auf den kleinen Schlossplatz. Ich setzte mich zu den Obdachlosen, gab ihnen mein Vesper und wir redeten miteinander von Gott und vom Paradies. Das tat mir sehr gut, und ich hatte auch gar keine Angst vor meinen Lehrern. Dadurch, dass meine Oma mich so gezüchtigt hatte, konnte ich viel aushalten, ich hatte kaum Angst vor den Lehrern, die eigentlich sehr human waren. Man merkte, dass ein christlicher Wind wehte.

In dem Fach Religion hatten wir einen jungen Priester als Religionslehrer. Er hatte starke Hemmungen, und wenn er da vorne stand und uns unterrichtete, schlug er die Füße übereinander und verschränkte die Arme hinter den Rücken. Er tat mir sehr leid. Er wurde gehänselt, wir strickten und häkelten und legten die Beine auf die Schulbank.

Mit 21 Jahren heiratete ich. Ich liebte meinen Mann heiß und innig, auch vor allem, weil er so gescheit war und die Ruhe in

Person – ganz im Gegensatz zu meinem Vater. Aber seine ruhige Art machte mich manchmal rasend, er schwieg wenn ich streiten wollte. Wir lebten beinahe wie Bruder und Schwester. Das ging eine Weile gut, jedoch bekam ich oft Panikattacken, auch in den Schwangerschaften erlebte ich viele Phobien, zum Beispiel konnte ich nicht über eine Brücke gehen, da wurde mir schwindelig. Wenn es schneite, dachte ich, dass der Schnee mich erwürgte. Wenn ein Wind aufkam, dachte ich der Wind nähme mich mit in die Wolken. Wenn sich der Himmel dunkel färbte, dachte ich, die Welt ginge unter. Ich möchte an dieser Stelle ein Gedicht niederschreiben, das ich damals verfasste.

Krise
Mein ganzer Mensch ist wieder einmal schwer.
Gedanken an die Zukunft schwächen mich bedenklich,
der Körper ist erschlafft, der Kopf fühlt sich so leer,
und nicht einmal die Sterne zeigen sich erkenntlich.

So bleibt mir nur noch Eines: »Du.«
Du bist persönlich, Du bist kein Stern.
Du, bist Du etwa Bewegung der Planeten?
Dann bist Du Leben, kannst neues geben und entlassen.
Stehst Du doch hinter allen Sternen,
die Du geschaffen.
Du bist ganz nah, wenn Du mich rufst,
zu leben nur in Dir,
damit die Sterne – sie sind zu weit – in mir verblassen.

Jetzt noch ein Gedicht in englisch:

Now, I'm involved again in the confusion of life;
don't let me fall deeper and deeper.
There's also an extreme desire to survive,

to resist temptation making me weaker and weaker.
Please give me a hint showing me where I do belong
please send me the spirit
making me strong
to bear the grieves of a life seeker.

Jetzt zurück zu meiner Hochzeit. Eine Mitschülerin der Berufsfachschule hatte geheiratet. Sie schenkte mir ihr Hochzeitskleid mitsamt den Schuhen, die mir aber eine Nummer zu groß waren. Es war ein wunderschönes Brautkleid. Meine Mutter machte mir einen schönen Brautstrauß mit roten Minianturien. Ich wünschte mir so sehr einen Strauß aus Wiesenblumen, aber ich durfte meine Wünsche nicht äußern.

Eine Woche vor der Hochzeit fand in der Wohnung meiner Schwiegermutter ein Polterabend statt, den meine Mitschülerinnen organisierten. Geschirr wurde zerdeppert, Flaschen und Tassen flogen durch die Luft, überall lagen Scherben umher, die ich aufkehrte. Alles in allem war dies ein gelungener Abend.

Ich durfte nicht mitsprechen, wen ich zur Hochzeit einladen wollte. Meine Mutter lud Tanten ein, die ich nicht mochte, ohne mich zu fragen. Es war eher eine traurige Hochzeit. Was mich sehr verletzte war, dass meine Mutter ein Gedicht vortrug, dass sich mir die Haare sträubten, und zwar »Der Weltuntergang« von Thaddäus Troll. Was ich erfuhr war, dass dieser Mann Selbstmord beging. Meine Hochzeit stand unter einem schlechten Stern. Mit den Händen in den Hüften beschimpfte sie mich, wie eh und je, weil ich entführt wurde in ein Lokal und mein Mann mich suchen musste. Diese Aktion dauerte ungefähr zwei Stunden, und der kleine Haufen alter Leute saß verloren in dem Restaurant. Ich konnte doch nichts dafür, und selbst an meiner Hochzeit demütigte sie mich.

Nach der Feier fuhr Dieter mit seinem VW meinen Opa, der auch zur Hochzeit kam, nach Saulgau. Meine Großmutter war schon verstorben. An dieser Stelle möchte ich nochmals auf meine Oma zurückkommen, ich möchte es, auch wenn es in diesem Zusammenhang nicht passt, erwähnen: Meine Großmutter lernte vor ihrer Heirat den Beruf Psychiatriekrankenschwester. Sie war in Bad Schussenried, Zwiefalten und Weissenau tätig. Sie hatte bei jedem Examen eine glatte Sechs (damals war die beste Note eine Sechs). Eigenartig, aber bestimmt kein Zufall war, dass ihre Enkelin auch in Zwiefalten als Patientin war. Wenn ich mir vorstelle, dass sie in dem gleichen Gemäuer zugange war wie ich, dieselben Decken, Holzvertäfelungen und so weiter, geht mir ein Schauer über den Rücken. Ich war meiner Oma sehr nahe. Was ich nicht so gut finde, dass meine Oma nicht in der Bibel gelesen hat, sich nur vertiefte in religiöse Schriften von der Kirche, was ich grundsätzlich nicht schlecht finde. Hätte sie in der Bibel gelesen, hätte sie mich nicht so erbarmungslos geschlagen wegen jeder Kleinigkeit. Jesus liebte die Kinder, er sagte zu seinen Jüngern: »Lasset die Kinder zu mir kommen, denn für sie ist das Himmelreich.« Und er segnete sie. »Wenn ihr nicht werdet wie die Kinder, kommt ihr nicht ins Himmelreich.«

Ich durfte kein Kind sein, das innere Kind, das jeder Mensch in sich hat in Form von Intuitionen, Begabungen, Phantasie, wurde in mir schwer verletzt, und diese Verletzungen widerfuhren mir mein ganzes Leben lang. Was ich in die Wiege gelegt bekommen habe, war meine große Phantasie, die sich trotz all den Widerständen von außen durchsetzte. Während meiner schweren Erkrankung konnte ich in der manischen Phase viel arbeiten und malen. Während meiner 20-jährigen Psychiatrie-Odyssee malte ich wie besessen, was ich auch heute noch tue.

Jetzt möchte ich ein Gedicht schreiben, das ich in Waiblingen verfasste, es handelt von Kindern, die nach ihren Eltern schreien, und die Eltern reagieren nicht. Diesen Fall habe ich dem Jugendamt gemeldet. Ich war schon immer mutig, wenn es um andere ging, aber meine eigene Wahrheit verteidigte ich nicht.

Ich litt unsäglich, wenn Menschen und Tiere gequält wurden, und setzte mich für sie ein, auch die Schöpfung, die Natur war für mich heilig. Als David, mein Ältester, mit mir spazieren ging, zeigte ich ihm die wunderschöne Natur. Einmal hielt ich ihn auf dem Arm und zeigte auf die untergehende Sonne und ich sagte: »David, schau, dies ist der Feuerball.« Ich seh ihn noch vor mir, wie er staunte, er war fasziniert von diesem beeindruckenden Bild. Auch heute noch ist mein Sohn ein Naturfan. Jetzt habe ich etwas ausgeholt und möchte das vorhin genannte Gedicht schreiben.

So nebenbei
Es ist der harte Ton, das Schimpfen,
aus dem »Ich habe keine Zeit mehr« spricht.
Oft hör ich es am Abend in den Sommern,
wenn die Fensterläden noch nicht dicht.
Zur gleichen Zeit hör' ich dann auch ein Weinen
aus dem bittend eine Wehmut schreit:
»Hör mich doch nur noch einmal an,
kennst du denn nicht die Angst vor Nächten,
die mich zu diesem Schreien treibt?«
Wenn ich dann mit den fremden Kindern
die harten Worte zu verkraften suche,
da muss ich plötzlich passen –
ich fühl' mich wie als Kind so klein und schwach
und denk': »Dass aus den Kindern etwas Rechtes wird,
das ist ja kaum zu fassen!«

Jetzt zurück nach Reutlingen. Wir zogen, nachdem ich die Prüfung bestanden hatte, nach Reutlingen, wo ich mich sofort um einen Job kümmerte. Ich ging in ein Telefonhäuschen und suchte im Telefonbuch nach Firmen. Bald schon hatte ich einen Job in einer Firma, die Rollenschneidmaschinen herstellte. Die

Arbeitsstelle war nicht weit entfernt von meiner Wohnung, und ich konnte sie zu Fuß erreichen. In der Mittagspause ging ich oft nach Hause, und Dieter kochte für uns beide. Ich schalt ihn, weil er es mit dem Studieren nicht so genau nahm. Ich hätte lieber für mich selbst gekocht. So wurde ich schon damals gehindert, meine Selbständigkeit voll auszuleben. Es war für mich eine übertriebene Fürsorge, ich kam mir vor wie ein kleines Kind.

Ich signalisierte oft Hilflosigkeit, und mein Mann reagierte darauf, und, wie wenn er meine Gedanken hätte lesen können, erfüllte er jeden Wunsch, den ich hegte und unterstützte meine Bequemlichkeit. So tätigte er die Bankgeschäfte, öffnete die Briefe, wenn er abends heimkam und beantwortete die Post. Er kümmerte sich um die Finanzen, ich wollte nichts davon wissen, lieber hielt ich mich in meiner Phantasiewelt auf und schrieb viele Briefe an Freunde und Bekannte und verfasste Gedichte. So kam ich immer mehr weg von der Realität und wurde, ohne dies wahrzunehmen, im Laufe der Zeit unselbständig und unzufrieden. Irgendetwas fehlte mir doch, warum bin ich oft so traurig und fühle mich so einsam, muss oft weinen, dann wieder lachen.

Die Diagnose lautete »manisch-depressiv«, als ich in einer Psychose nach Zwiefalten in die Psychiatrie kam. Heute gibt es einen anderen Begriff für manisch-depressiv, er lautet »bipolare Störung«. Ich habe beides in mir, das Manische und das Depressive, und es wurde durch eine dreijährige ambulante Psychotherapie nicht besser, sondern eher noch schlimmer. Der Arzt, Dr. Schrott, wollte von meinen schweren Erlebnissen nicht viel wissen, er sagte fast jedes Mal, wenn ich weinte: »Was sagt der Traum dazu?« Ich fühlte mich, als wurde ich in eine tiefe Nacht gestürzt, aus der es kein Entrinnen mehr gab. Eine solche Nacht würde ich als Hölle bezeichnen. Aber davon später.

38 Jahre später. Ich sitze vor meinem Laptop und schreibe jetzt an meinem Buch. Ich bin stationär in der Klinik und habe ein paar Stunden Ausgang. Um 20 Uhr muss ich wieder zurück sein. Ich habe für ein paar Patienten Gedichte geschrieben, weil ich nach wie vor Menschen, besonders die Leidenden, mag.

Ich bin schon seit etwa drei Monaten wieder in der Psychiatrie und muss Tabletten einnehmen, die einige Nebenwirkungen haben. Ich habe eine melancholische Depression, die mir die Freude am Leben raubt. Schon morgens, wenn ich erwache, kommt eine dunkle Wolke über mich, und es scheint, als ob ich da nicht mehr herauskomme. Jeden Tag tätig sein, das hilft. Ich hatte in den letzten vier Jahren einige Psychosen, die Diagnose lautet »schizoaffektive Psychose«. Der affektive Teil meiner Seele, beziehungsweise meine Gefühlswelt, ist katastrophal gestört. Ich ließ einmal etwa vor 15 Jahren, bei einem etwas komischen Psychiater, einen Rohrschachtest machen. Der kognitive Teil war sehr positiv. Der Test besagte, dass ich überdurchschnittlich begabt sei und eine außerordentliche Sprachbegabung hätte. Der affektive Teil jedoch war voller Verletzungen. Als ich den Test machte, war ich sehr depressiv, füllte jedoch alle Möglichkeiten einer Figur aus. Man sollte für ein Bild jeweils mindestens eine von acht Möglichkeiten niederschreiben. Ich hatte für jede der acht Möglichkeiten einen Begriff, ich hatte schon immer eine reiche Phantasie. Der Test machte deutlich, wie schwerkrank ich war, und die Empfehlung lautete, ich sollte dringend in die Psychiatrie. Bei dem Psychiater war alles dunkel, er hatte seine Praxis im Keller. Seine Frau versorgte ihn mit allerlei Säften, und er bot mir auch etwas zu trinken an. Ich lehnte es ab. Ich sollte mich auf das Sofa legen, während er eine Kassette einlegte mit einem suggestiven Text, der in mein Unterbewusstsein eindringen sollte. Ich dachte, dies ist ein Scharlatan. Ich sollte den Kopf hin und her drehen und bei links in eine rote Lampe schauen und bei rechts in eine grüne. Dieses Verfahren hätte man bei Soldaten, die vom Krieg in Vietnam traumatisiert waren, angewandt. Bei mir nützte das alles nichts. Ich habe jetzt etwas ausgeholt, dieser Bericht stammt von der Zeit nach der fatalen Psychotherapie, die mich in den Selbstmord trieb. Jetzt möchte ich wieder zum Hier und Jetzt kommen, nun ein paar kleine Gedichte für ein paar kranke Menschen.

Lieber Swen,
Du bist so fröhlich, bist so frisch,
und ich sitze mit Dir an einem Tisch;
das, was Du sagst, ist hell und klar,
Deine Stimme klingt hell und wunderbar.
Ich freue mich, dass es Dich gibt,
Du bist ein Mensch, der liebt.
Gib mir doch bitte von Deiner Kraft,
dann sind wir guten Mutes, frisch und heiter
und das Leben geht fröhlich weiter.

Lieber Bernd,
Ich möchte Dir schreiben ein Gedicht,
das, was ich sage, hat viel Gewicht,
Du bist eine Sonne, die das Dunkel erhellt,
Deine Augen strahlen durch die Gitterstäbe der Welt
(Gitterstäbe auf dem Balkon in der Klinik, wo
sich die Raucher tummeln).
Ach lieber Bernd, halt fest an der Liebe,
sei Sand im Getriebe,
hab Geduld und Vertrauen, dass
Du kannst schauen Gottes Huld.

Nun ein Gedicht für einen 84-jährigen Mann, der eine sehr positive Ausstrahlung hat, sehr lebensfroh und interessiert ist und der viel Menschenkenntnis hat, aber nicht gläubig ist. Diesem

Mann habe ich ein Gedicht geschrieben, ich wollte ihm die Angst vor dem Tod nehmen, die er mir gegenüber äußerte:

Lieber Herr Maier,
Sie sind ein so wunderbarer Mann,
der viel weiß und der viel kann!
Alles, was Sie sprechen ist die Wahrheit,
die bleibt in Ewigkeit.
Unsere Körper, unser Fleisch sind vergänglich,
doch der Geist der Liebe stirbt nie!
Die Seele lebt weiter,
trotz des Schicksals, das uns zwingt in die Knie!
Das was wir erschaffen im Geist bindet
sich an das, was unvergänglich mit dem
großen Geist verbunden,
und unsere Wunden werden durch Liebe geheilt!
Wir werden uns einst wiedersehn im Himmelreich –
vor Gott sind wir alle gleich –
er freut sich auf uns, wenn wir ihn bitten,
mit ihm sprechen und haben ein Lächeln auf den Lippen
für unsere Brüder und Schwestern, und was war gestern
ist heute Vergangenheit.
Wir leben jeden Augenblick,
wir schauen nicht mehr zurück,
das Leben geht nach vorne weiter,
unser Leben wird wundervoll und heiter.
Dies ist für Sie bestimmt Herr Maier,
es geht weiter,
der Geist erschafft und erhält was wirklich ist,
wirklich ist nur die Liebe
und das Gute, das nicht verwest und nicht
zerbricht!
Drum gehen wir nach vorne unverzagt

auch wenn der Tod uns nahe ist,
sind wir guten Mutes,
der Tod ist nur ein Übergang zu etwas Neuem,
zu etwas Wunderbarem das hat einen schönen Klang.
Unvorstellbar die Herrlichkeit Gottes,
die uns versprochen, wir sind Menschen,
Gottes Geschöpfe, wir haben am Leben gerochen
und sind bereit das alte Kleid abzulegen und einen
Neuanfang zu starten mit Gottes Sohn, Jesus.

Lieber David,
Du bist ein so liebenswerter Mann,
der viel weiß, der viel kann.
Wenn ich in Deine Augen seh'-
da kommt Freude auf,
es fließt das Bächlein und
folgt seinem Lauf;
so viel was Du sagst, ist wahr,
und es kommt ein neues Jahr
der Freude,
an Weihnacht tönt das Glockengeläute,
in mir wird's still,
dann kommt der Frühling
mit seinem Flieder,
die Enten putzen ihr Gefieder,
am leisen See
seh'n wir uns wieder.

Lieber Hanjo,
Dir zu schreiben ein Gedicht –
das tu ich gern,
denn Du hast viel Licht!
Deine Augen strahlen, wenn Du sprichst.

Auch ohne Worte scheint's in Dir –
Dir dies zu sagen, ist meine Pflicht.
Dein Leben ist kostbar wie ein roter Rubin,
und im Sack des Lebens ist noch viel drin!
Greif zu – verteile!
Nur noch eine kleine Weile, und das Leben
erfährt einen Neubeginn!
Auch wenn manchmal dunkle Wolken zieh'n,
lass sie los, schick sie weg –
vorbei ist der Schreck!

Liebes Pflegepersonal
Ich bin so gerne hier und schreibe auf Papier
wie's mir gefällt,
und auch wenn die Welt vergeht,
trotz allem die Liebe sich dreht;
ein leiser Wind des Friedens zieht
an uns vorbei.
Ich hauche ein den Wind,
und ich bin ein Kind, das fröhlich winkt den
Soldaten, der Polizei. Dass Friede werde
auf dieser Erde, oh komm herbei. Lass los was war,
sei getrost, bald kommt wieder ein neues Jahr,
wo wir können beginnen neu, wo sich trennt
Weizen von Spreu. Liebet einander so wie ich es tat,
jetzt bricht auf eine neue Saat,
jetzt wächst sie auf, erkennt ihr's denn nicht?

Liebe Judith,
ich sitze hier vor einem Blatt Papier
und schreibe Dir ein Gedicht,
das hat ein sehr großes Gewicht.
Du bist so schön,

gestern hab' ich Deine Kinder gesehn
und habe gedacht an Jesu Worte,
die ewig bestehn: »Lasset die Kinder
zu mir kommen, wehret ihnen nicht,
denn ihnen gehört das Himmelreich.«
Diese Worte sind so schön und so reich,
weil sie die Wahrheit sind,
sie sind so weich,
nicht hart wie viele Eltern sind
zu ihrem Kind;
denn die Liebe zu unseren Töchtern,
unseren Söhnen
kann das Leben uns verschönen
und bauen schon hier auf dieser Erde
das Himmelreich;
wo keine Liebe ist, da ist der Tod,
wo keine Liebe, da ist große Not.
Lasset uns fröhlich sein und jubilieren,
wo Freude ist, kann uns nichts mehr passieren
und wir haben unser täglich Brot.
Dir, liebe Judith alles Liebe und Gute für Dich und Deine Familie
Deine Roswitha.

Noch ein Gedicht von der Unschuld, nach der ich mich so sehne. In der Bibel heißt es: »Selig, die reinen Herzens sind, denn sie werden Gott schauen.« Ich möchte, wenn ich sterbe, meinen geliebten Jesus und den liebenden Gott schauen.

Unschuld, auf Dich warte ich,
da wo Du bist, da ist Licht.
Hab hart gekämpft in meinem Leben,
und trotzdem ging so viel daneben.

Wo ist die Sonne, die einst in mir lachte?
Wo ist die Wärme, die sich in mir entfachte?
Wo ist die sanfte Brise, die um mich wehte
so sachte?
Wo ist die Freiheit, die ich wollte mit Gewalt?
Und nun gewinnt Gestalt die Gewalt,
die sich gegen mich wendet in Form
von Angst und Not,
manchmal wär' ich lieber tot.
Doch nein, ich kämpfe so lang ich lebe,
der Teppich der Ewigkeit will,
dass ich an ihm webe.
Auch die Gebrochenheit hat ihre Würde,
in Arbeit, im Kämpfen liegt ihre Bürde.
Will rein sein, nicht klein sein,
hab' zu viel »ja« gesagt,
gebeugt und freudlos ging ich durch den Tag.
Gott wollte das nie –
aber ich hab' »ja« dazu gesagt.
Will üben mich im »nein«, mich nicht
mehr machen klein, will auferwecken
die Liebe in mir und schließen hinter
mir die Tür, und erst dann geht
eine neue auf,
erst dann kommt alles in Fluss
und nimmt seinen Lauf.
Ich will vertrauen, auch wenn es ist schwer,
doch irgendwo kommt immer ein
Lichtlein her.
Schon dass ich lebe ist Grund genug zu bleiben
und die Spreu vom Weizen zu scheiden,
zu danken täglich für Essen und Trinken
und mit Freude den Menschen winken.

Das wünsche ich mir so sehr.
Oh, liebe Unschuld, komm zu mir her.
Durchdringe mich mit Deinem Schein,
und mach mein gebrochenes Herz
wieder rein.

Ein weiteres Gedicht:

Ich will schreiben ein Gedicht,
das hat sehr viel Gewicht.
Ich seh in den Spiegel,
seh mein Gesicht noch gut erhalten –
fast keine Falten, sehr hell, sehr licht.
Ich hab geliebt, ich hab gestritten
und gelitten ohn' Unterlass,
mich gesträubt, viel versäumt
und probiert und Männer verführt.
Hab auf mich genommen das Leid
der Welt und hab gefehlt.
Jetzt mach' ich Schluss mit all dem was war,
und es ist mir klar, dass ich weitergehen muss.
Die Freiheit ist's, die ich meine,
ein köstlich Ding dieser kleine Rubin,
wenn ich ihn anschau muss ich weinen
vor Freude, der Glanz entfacht bei mir
Liebe und Glück und auch das große
Missgeschick wird kleiner,
ist nicht so schwer,
wenn auch nur einen Augenblick!

Jetzt möchte ich zurück zu meiner Arbeitsstelle in Reutlingen Maschinenfabrik GmbH kommen. Die Tätigkeit als solche hat mir sehr gut gefallen. Ich konnte das Gelernte umsetzen, leider nicht Stenographie in drei Sprachen: Englisch, Französisch und Deutsch. In Deutsch lernte ich sogar noch Eilschrift. Ich sah sehr gut aus, und meine Kollegin, die mit mir in einem Zimmer war, sah in mir eine Art Tochter. Sie war acht Jahre älter als ich, sie war sehr dominant und viel selbstbewusster als ich. Sie konnte sich abgrenzen. Wenn ein Techniker oder Ingenieur noch einen Brief fertig haben wollte nach Feierabend, weigerte sie sich entschieden und sagte: »Jetzt ist Feierabend. Morgen kann ich Ihnen den Brief übersetzen.« Sie schimpfte mich immer aus, wenn ich noch nach Feierabend für einen Mitarbeiter einen Brief übersetzte. Ich hatte das in meiner Sprachenschule gelernt: dem Chef alles recht machen. Nach meiner heutigen Erfahrung würde ich mich auch so verhalten und das Neinsagen trainieren.

Ich hatte wieder Depressionen, weil ich nicht zu mir stehen konnte. Ich wurde gemobbt und jeden Samstagabend ging ich mit meinem Mann in das Studentenwohnheim in Tübingen zum Tanzen und Bier trinken. Ich trank auch gerne Schnaps und so vergaß ich wenigstens für ein paar Stunden mein Herzeleid. Schon wieder eine Übermutter. Ich hatte dieses Leben so satt, ich wollte keine Stiefmutter mehr haben. Als ich vier Jahre gearbeitet hatte, also im Alter von 25 Jahren, wurde ich schwanger, hatte aber im Juli im 3. Monat eine Fehlgeburt. Ich war bis zu diesem Zeitpunkt noch nie bei einem Frauenarzt gewesen, weil ich mich so schämte. Ich hätte doch auch zu einer Frau gehen können. Leider war in der Nähe keine Gynäkologin, ich machte es mir einfach und ging zu dem nächstbesten Gynäkologen.

Heute gehe ich zu einer Frau, und dies ist ein ganz anderes Gefühl bei der Untersuchung als bei einem Mann. Ich weiß sowieso nicht, wie ein Mann dazu kommt Frauenarzt zu lernen. Der Frauenarzt, zu dem ich ging, war schon alt, und als er mich untersuchte, sagte er zu mir: »Du schönes Luder.« Ich war geschockt.

Ich kam ins Krankenhaus in Reutlingen und wurde ausgeschabt. Lauter blaugetäfelte Räume, alles war kalt und unpersönlich. Nach der Ausschabung saß eine Krankenschwester an meiner Bettkante und tröstete mich, das hat mir sehr gutgetan. Ein halbes Jahr später wurde ich wieder schwanger, obwohl die Ärzte sagten, ich müsste mit einer Schwangerschaft noch ein Jahr warten. Ich beschloss nach dem Mutterschutz zu Hause zu bleiben bei meinem Kind und es mit meiner ganzen Liebe zu versorgen, ihm Liebe und Körperlichkeit zu vermitteln, es nie alleine zu lassen. Er war etwas untergewichtig, ich hatte viel Milch und telefonierte oft mit der Stillgruppe, weil mein Kind alle zwei Stunden vor Hunger schrie. Die Frauen von der Stillgruppe sagten, ich solle ihn anlegen, so oft es ginge. Ich trank in dieser Zeit viel Brennnesseltee, der ja bekanntlich milchfördernd ist, ich hatte keine Zeit zu kochen und aß viel Haferflocken, Obst und Salate. Ich wollte es anders machen als meine Mutter, die sich in der Schwangerschaft nur mit Karotten ernährte. Ich nahm zusätzlich noch Vitamintabletten ein mit Folsäure und Calcium und allen B-Vitaminen, weswegen meine Kinder so gute und schöne Zähne haben. Als ich erfuhr, dass ich schwanger war, hörte ich sofort auf zu rauchen und trank keinen Alkohol, obwohl der Arzt sagte, man könne abends etwas Wein oder ein Glas Bier trinken. Dies tat ich nicht, ich hatte ein ungutes Gefühl, und schon damals traute ich den Ärzten so wie der Wissenschaft nicht. Ich traute nur meiner Intuition. Wo mich meine Intuition verlassen hat, war die Forderung der Ärzte, man solle seinen vier Wochen alten Säugling impfen lassen gegen Tetanus, Diphtherie und Polio (Kinderlähmung). Heute hat mein Sohn David Heuschnupfen und er glaubt, dass die Impfung schuld daran ist. Jede Impfung ist ein Eingriff in das Immunsystem, und die Schäden, die sie anrichtet, sind oft größer als der Nutzen. Es sollte ein Medikament geben zur Stärkung des Immunsystems, damit der Körper so viele Abwehrstoffe bilden kann und die eventuell auftretende Erkrankung überwindet. Die Impfung gegen Masern und Windpocken ließ ich nicht machen. Alle drei Kinder hatten die Masern und Windpocken, und sie leben heute noch.

Ich war Mutter mit meiner ganzen Seele, die Gefühle, die ich hatte, waren phänomenal. Solch eine Freude, wenn ich mein Kind fütterte – ich machte »rooming in« im Reutlinger Krankenhaus, man durfte sein Kind tagsüber bei sich behalten. Die Babys wurden nach dem Stillen auf einen Wagen gelegt und hinausgeschoben, das tat mir sehr weh, weil die Kleinen alle schrien, mein David schrie auch, wenn er von der Mutterbrust weggeholt wurde.

Mir fällt noch etwas ein von der Fehlgeburt, die ich hatte. Meine Regel blieb drei Wochen aus, und ich ging nicht sofort zum Gynäkologen, sondern zum Hausarzt, ich schämte mich damals, ich wollte mich nicht nackt vor einem mir fremden Mann entblößen. Dieser Arzt gab mir zwei große Kapseln, und er sagte, wenn ich die Tabletten genommen habe, würde ich meine Regel bekommen. Ich nahm die Tabletten ein und bekam starke Blutungen. Ich habe nie geglaubt, dass ich schwanger sein könnte, aber als die Blutungen nicht aufhörten, ging ich zu dem besagten alten Gynäkologen, der mich ins Krankenhaus überwies zur Ausschabung. Ein paar Wochen später las ich in der Zeitschrift Stern, dass das Medikament Duogynon aus dem Verkehr gezogen würde, weil dies Abtreibungspillen seien. Genau dieses Medikament hat mir mein Hausarzt verschrieben. Schnurstracks eilte ich zu dem Arzt und schrie ihn an, was ihm eingefallen sei, er habe mir Abtreibungspillen verordnet. Er war ganz verlegen und hatte keine Worte. Vielleicht wollte er mir einen Gefallen tun und meinte, ich wolle nicht schwanger werden.

Nun zurück ins Hier und Jetzt:

Ich habe dieses Wochenende Urlaub von der Klinik. Heute am Sonntagmorgen haben wir zusammen gefrühstückt – mein Freund und ich – es gab eine weiches Ei, eine Brezel, die mein Freund an der Tankstelle kaufte, sie war noch warm, und ein Mohnweckle mit Butter und Himbeermarmelade. Als wir so dasaßen, fiel mir plötzlich wieder eine Episode aus meiner Kindheit ein.

Als ich etwa 10 Jahre alt war, machten meine Schwester Isabell und ich wieder einmal Ferien bei Onkel Karl und Tante Klothilde. Eines Morgens klingelte es an der Haustüre und zwei uns Unbekannte standen vor der Türe und gaben sich als Benedikt und seine Frau Emy aus. Benedikt war der jüngste Bruder meiner Großmutter. Sie hatten sich vor 50 Jahren das letzte Mal gesehen. Es war eine Freude und eine Herzlichkeit, die mir bislang in dieser Familie noch nie begegnet war. Es wurde gekocht, gebraten, gebacken, geplappert von alten Zeiten. Das Besondere an diesem Besuch war, dass die beiden eine Botschaft überbrachten, und zwar hätten sie Aussicht darauf, eine Million DM zu erben von einem Angehörigen von Tante Emy, und sie wollten uns alle daran teilhaben lassen. Interessiert und mit großen Augen vor lauter Staunen hörten Karl und Klothilde, meine Mutter, mein Vater, ich und Isabell die sensationelle Story. Tante Klothilde hat schon immer gut gekocht, aber was sie jetzt darbot, übertraf alles bisher Gewesene. Die beiden waren ausgehungert, und sie langten fest zu. Tante Klothilde machte die Betten für die Gäste. Sie blieben zwei Wochen in Saulgau. Danach besuchten sie Tante Sofie und Onkel Oskar, auch dort blieben sie mehrere Wochen. Anschließend kamen sie zu Besuch zu meinen Eltern in Stuttgart, und immer wurde von der Million erzählt.

Tante Emy war sehr lustig, sie und ihr Gatte kamen vom Rheinland, es wurde gelacht und stundenlang erzählt. Meine Eltern waren sehr geldbezogen, und in guter Hoffnung auf ein paar Tausender lebten die beiden bei uns in Saus und Braus. Tante Emy wollte zum Frühstück eine Gänseleberpastete. Auch verlangte sie einen Nachttopf, weil sie nachts nicht aufstehen und auf die Toilette gehen wollte. Tante Weiss, die auch von der Million wusste, übernahm das Kochen. Meine Mutter blieb im Blumenladen. Nachdem sie abgereist waren, putzte Tante Weiss die ganze Wohnung, und sie wischte mit dem Mopp unter dem Ehebett und stieß dabei den Nachttopf um, und die ganze

Soße verteilte sich auf dem Boden unter dem Bett. Tante Weiss schimpfte laut, so habe ich sie noch nie schimpfen gehört.

Sie fraßen sich überall durch, die Million – die es gar nicht gab, wie sich später herausstellte – hatte ihre Wirkung. Meine Eltern wurden eingeladen nach Wuppertal – dort wohnten die beiden – und sie freuten sich sehr, denn sie meinten, sie erwarte ein Königspalast. Während der Fahrt meldete sich der Hunger um die Mittagszeit, und meine Eltern sagten zu uns Kindern: »Jetzt wird nichts gegessen, wir bekommen bestimmt bei Onkel Benedikt und Tante Emy ein wunderschönes Essen. Die sind doch so reich.« Als wir uns dem Haus näherten, überkam mich ein komisches Gefühl, die Häuser waren in einem Armenviertel und sahen aus wie Baracken. Als wir klingelten, machte Tante Emy die Türe auf und schrie laut: »Hereinspaziert, meine Herrschaften!« Wir stiegen die Holztreppen hinauf, es roch alt und muffig. Es war dunkel und eng. Sie fragten, ob wir hungrig seien. Wir sagten, dass wir in einem Gasthaus essen wollten. Uns allen verging der Appetit, als wir die enge, schmuddelige Behausung wahrnahmen. Wir gingen in die Kirche, und anschließend wollten wir in ein Wirtshaus. Wir standen vor verschlossener Türe, denn es war Hubertusjagd und es gab keine freien Plätze mehr. Hungrig und schlechtgelaunt gingen wir zurück in die alte Hütte. Tante Emy kochte für uns Kinder einen Schokoladenpudding, den wir stehen ließen. Ich weiß nicht, wovon sich meine Eltern ernährten. Es war ekelhaft und unappetitlich. Meine Eltern waren am Rand der Verzweiflung, und am nächsten Tag, nachdem wir in einigermaßen frischem Bettzeug übernachtet hatten, fuhren wir nach Hause. Während der Fahrt wurde geschimpft und gelästert, und meine Eltern kauften uns an einer Tankstelle Sandwiches. Wir waren am Verhungern. Von der Million hörten wir nichts mehr.

Als ich diese Geschichte meinem Freund erzählte, lachten wir schallend und wir amüsierten uns köstlich. Dann ging ich zurück in die Klinik.

Mit 26 Jahren wurde ich schwanger, und ich beschloss, nicht mehr zu arbeiten und für mein Kind da zu sein. Ich wollte alles anders machen als meine Eltern. Ich wollte meinen Kindern ein warmes Nest bereiten, sie in Liebe, Zärtlichkeit und Sanftmut aufwachsen lassen, sie niemals weggeben. Meine Kinder waren mein Leben. Ich erlebte mit meinen Kindern meine ungelebte Kindheit, ich spielte mit ihnen, lachte mit ihnen, ich hatte starke Liebesgefühle für sie, dabei kam mein Mann zu kurz. In mir war eine starke Wehmut, die mich überallhin begleitete und die ich oft überspielte. Immer wieder passierte es mir, dass ich mich in Männer, vorzugsweise Ärzte, verliebte und sehr traurig wurde, weil es nicht sein durfte. Jetzt möchte ich ein Gedicht niederschreiben, das ich nach der Geburt meines Sohnes Davids verfasste:

Was ich Dir sagen will

Oh neue Seele, hast Du es endlich doch gewagt,
herauszutreten aus der Mutterhülle,
lebendig teilzuhaben an des Lebens Fülle,
Weltenleid?
Hüllenlos liegst Du, Geschenk, bereit zu lächeln,
um Lächeln dafür einzutauschen;
schutzlos scheinst Du in der Zartheit der Bewegung,
jedoch worin Du sicher bist und warm,
das ist die Decke aus naturbelassenem Charme,
wenn Du Dich regst, geschieht Begegnung.

Noch liebst Du nur, um Dein frisch erworbenes Da-Sein
zu erhalten,
liebst, um die Gesetzlichkeit in Dir sichtbar
zu gestalten.

So ohne Schuld noch Kind bist Du,
*doch sieh, die Welt, Du **musst** sie leben;*
sie kennt Dich nicht als Wesen, einzigartig
und unverwechselbar im großen Weltenkreis.
Sie sieht Dich nur als Opfer,
du bist ihr nicht zu schade,
bei ihr sind alle gleich.
Beharrlich wartet sie auf ein für Dich schon jetzt
verlorenes Spiel,
worin der Einsatz höher ist als der Gewinn.
Sei Spielverderber!

Doch jetzt bist Du im Kreis von Jenen,
die sich froh sorgend zu Dir sehnen, umfangen.
Baust Schritt für Schritt an eigener Persönlichkeit.
Werd' stärker!
Bis schließlich diese Welt, die eifrig um Dich warb,
nach rückwärts schwindend sich vor Dir verneigt!

Ich bin gerade wieder zuhause, habe Tagesurlaub, und ich schreibe an meinem Buch. Mein Freund Daniel hobelt gerade Rettich, und ich freue mich auf das Nachtessen. Ich möchte an dieser Stelle einen Brief schreiben, der nach Afghanistan geschickt wird. Auf unserer Station ist ein junger Mann, sehr lebendig und intelligent, der einen Bruder in Afghanistan hat. Ich möchte ihm und seinen Freunden eine kleine Freude machen und ihnen in regelmäßigen Abständen schreiben. Es tut mir gut, Menschen in Not zu helfen, auch wenn es nur durch eine kleine Aufmerksamkeit zum Ausdruck kommt.

Ihr lieben Soldaten,
ich habe großen Respekt vor Euch; ihr gebt Euer Leben für das Vaterland. Ich bete täglich für Euch, dass Ihr wieder gesund

und wohlbehalten in Eure Heimat zurückkehrt. Das Leben ist lebensgefährlich. Dies gilt nicht nur für Euch, auch wir, die wir noch in Frieden leben, wissen nicht, was morgen ist. Jeder Tag birgt ein neues Abenteuer in sich. Ich zum Beispiel bin psychisch erkrankt, und ich habe oft Todesgedanken, obwohl ich körperlich gesund bin. Ich bin täglich von psychisch kranken Menschen umgeben, und hier findet das Leben statt. Es gibt so viele Schattierungen im menschlichen Dasein – es ist unglaublich. Was mich schon immer am Leben erhalten hat ist der Glaube, dass die Seele niemals stirbt, sondern ewig lebt. Wir wissen nichts über unsere Existenz vor unserer Geburt, so wissen wir auch nichts von dem was kommt nach dem Tod. Ich denke, die Lebensfreude, die Liebe und ein großer innerer Frieden erwarten uns nach dem Ablegen unserer Hülle. Der Tod ist nur ein Übergang zu einem wunderbaren Zustand, der ewig bleibt. Die geistigen Dinge sind unsterblich, die Materie vergeht, unsere Körper sind vergänglich, die Seele bleibt ewig.
   In tiefer Verbundenheit, Eure Roswitha.

Seinem Bruder, der mit mir zusammen auf Station ist, habe ich ein Gedicht geschrieben, um ihm Mut zu machen:

Lieber Michael,
Du bist ein sehr starker Mann, der viel weiß
und der viel kann.
Du bist noch jung, hast sehr viel Schwung,
Dein Leben ist noch lang.
Wenn ich in Deine Augen seh,
sie schaun so hell, so blau,
und ich weiß genau, Du wirst bestehn.
Du hast schon viel bestanden an Schmerz,
und in Dir ist ein brennendes Herz,
das wird nie zuschanden.

Ich wünsche Dir, lieber Michael, viel Glück,
schau nicht mehr zurück,
das Leben geht weiter und wir singen
leise und heiter,
es geht weiter Stück für Stück.
In Deinem Gesicht ist Liebe geschrieben,
sei Sand im Getriebe,
sei einfach ver-rückt.
In Liebe von Deiner Roswitha.

Ich bin wieder zuhause übers Wochenende. Nachher gehe ich wieder in die Klinik, und morgen werde ich entlassen, nachdem ich vier Monate lang in der Klinik war. Ich werde in der Wohnstätte aufgenommen, in der ich vor vier Jahren gewohnt habe. Alleine habe ich es nicht geschafft. Mir fehlt die Gemeinschaft, ich bin wieder in eine tiefe Depression gestürzt.

Eine Woche später.

Ich sitze jetzt vor meiner Schreibmaschine, und ich bin ziemlich genervt. Ich habe mich vertippt und 20 Seiten von meinem Buch sind mir abhanden gekommen. Jetzt muss ich mich wieder erneut erinnern. Das fällt mir sehr schwer. So fange ich einfach wieder von vorne an.

Ich habe mich so einigermaßen eingelebt in der Wohnstätte. Ich habe eine Struktur und eine äußere Ordnung, und ich hoffe, dass daraus auch eine innere Ordnung entsteht. Auf jeden Fall ist mein kleines Zimmer ordentlich, und gestern hängte ich ein paar selbstgemalte Bilder auf. Wenn ich das Bad und mein Wohnzimmer geputzt habe, geht es mir danach ziemlich gut. Es ist ein schönes Gefühl, etwas Sinnvolles getan zu haben, danach kann man sich zurücklehnen und eine Pause machen. Seit Neuestem kann ich sogar wieder fernsehen, was ich in meiner Wohnung draußen nicht mehr gemacht habe. Ab und zu esse ich eine Tafel Schokolade Ritter Sport, Marzipan. Ich möchte aber auch abnehmen. Die Psychopharmaka erzeugen oft ein Heißhungergefühl. Außerdem möchte ich zu rauchen aufhören, aber es ist so gemütlich zu einer Tasse Kaffee eine Zigarette zu rauchen. Ich rauche die weißen parfümierten Zigaretten nicht, sie schmecken mir auch nicht. Mein Sohn zeigte mir ein Video, wo Tiere, zum Beispiel Hunde, als Versuchstiere herangezogen werden, und sie mussten rauchen. Seither rauche ich nur noch Pueblotabak, und mehr als fünf Zigaretten pro Tag rauche ich nicht.

Außerdem bin ich überzeugte Vegetarierin, wenn ich mitkriege wie Tiere gehalten werden, unter welchen Umständen sie geschlachtet werden, vergeht mir der Appetit. Als ich noch Fleisch gegessen habe, kaufte ich Fleisch nur vom Bio-Metzger, wo ich sicher sein konnte, dass die Tiere artgerecht gehalten wurden und wo keine Antibiotika ins Futter gemischt wurden. Ganz feinfühlig finde ich Metzger, die vor der Schlachtung klassische Musik laufen lassen, sodass die Tiere keine Angst vor dem Schlachten mehr haben.

Jetzt mache ich wieder einen Rückblick in die Vergangenheit.

Gerade kommt mir noch eine Geschichte in der Zeit bei meinen Großeltern in den Sinn. Meine Oma war sehr streng, wie schon erwähnt, jedoch war ich auch ein schlaues Kind und konnte sie austricksen. Ab und zu gelang mir dies. So hatte ich eine Sparbüchse in Form eines Vogelhäuschens. Wenn man seitlich die Kurbel drehte, steckte der Vogel den Kopf heraus, öffnete den Schnabel und zog das Geldstück aus einem Gummi heraus, und so wanderte das Geld in die Sparbüchse. Ich weiß nicht mehr wie ich es angestellt habe. Ich schaffte es, die Sparbüchse zu knacken, und ich war hochzufrieden, als ich 10 Pfennig in der Hand hielt. Auf meinem Schulweg war eine Bäckerei, die auch Eis verkaufte. Ich hielt die 10 Pfennige hin und verlangte ein Aprikoseneis. Mit dem Eis in der Hand setzte ich mich draußen an einen Tisch, wo die Passanten mich nicht sahen, und genüsslich verzehrte ich das leckere Eis.

An Fronleichnam gab es jedes Jahr eine Prozession. Dies war ein hoher Feiertag bei den Katholiken, und kleine Kinder durften dort mitlaufen und Blütenblätter streuen. Ich hatte für Festtage ein weißes Kleid, das ich von einem Mädchen, das auch Roswitha hieß und das älter war als ich, geschenkt bekam. Für neue Kleidung fehlte das Geld. Jedoch war ich sehr zufrieden mit dem Kleid. Mit meinen Schuhen jedoch war ich sehr unzufrieden, und ich drohte meiner Oma mit den Worten, dass, wenn ich keine weißen Schuhe bekäme wie Gabriele, meine Freundin, ich nicht mitlaufen würde. Ich hatte nämlich Angst, ich müsste braune Schuhe zu dem weißen Kleid tragen. Sie ist – welch Wunder – auf meinen Wunsch eingegangen, und ich bekam ein paar beige Schuhe zum Schnüren. Es war nicht optimal, aber ich konnte mich damit sehen lassen. Meine Freundin Gabriele bekam Schuhe mit einer Schleife vorne. Für solch einen Luxus war kein Geld vorhanden, die Schuhe mussten auch am Werktag getragen werden können, aber immerhin sahen sie einigermaßen passabel aus.

Jetzt nach Wernau. David war gerade fünf Monate alt, als wir von Reutlingen nach Wernau zogen. Es war dort eine wunderschöne Natur, und ich ging jeden Mittag mit David spazieren. Ich war so erleichtert, dass ich nichts mehr mit meiner Kollegin von der Firma zu tun hatte. Ich war frei. Ich genoss die Natur. Doch auch zu dieser Zeit stellten sich bei mir Phobien ein. Immer hatte ich Angst wegen meines Kindes, dass wir beide vom Blitz erschlagen würden, dass der Sturm uns mitnehmen würde, dass die Welt unterginge. Oft rannte ich, wenn dunkle Wolken aufkamen, mit dem Kinderwagen nach Hause. Die Angst vor Gewittern hat mir meine Oma übertragen, die, wenn es donnerte, zu ihrem Altar rannte und händeringend betete, dass kein Blitz einschlagen möge. Nun möchte ich ein Gedicht niederschreiben, das ich nach einem Gewitter schrieb:

*Geballte Kraft der Sonnenhitze,
Du hast Dich heute schon am Morgen
auf die Straßen dieser Stadt gelegt.
Die Luft an ihrem tiefsten Punkt
schien einfach auszubleiben,
vor lauter Schreck hat sie kein Hauch bewegt.
Die Mütter hast Du nach dem Einkauf
ins Haus zurückgetrieben;
was in den Firmen gestern noch als eilig galt,
blieb heute müde liegen.
Die Alten hast Du in ihre kühlen
Zimmer eingewiesen,
wer weiß, wie lange sie dort bleiben müssen,
die Milch wird ihnen sauer,
ihr Blutdruck steigt,
ach, wer will davon etwas wissen!
Und jeden Autofahrer seh ich als Held,
der selbst im Stau sich Deinem Feueratem stellt.
Noch nicht einmal am Abend
willst Du von uns lassen,
noch spät hängst Du in Häusermauern
und dampfst aus Altstadtgassen.
Jetzt schau ich prüfend aus dem Fenster,
ob sich die Wolken endlich zusammenballen,
und in der Dämmerung seh ich Köpfe wie Gespenster
erwartungsvoll aus dunklen Löchern starren.
Wir alle wünschen uns nichts mehr
nach dieser schwelenden Hitze
als grollenden Donner, prasselnden Regen
und zackige Blitze!*

In Wernau war es schön. Was mir besonders gefiel, war die Natur. Jeden Mittag ging ich mit meinem David spazieren in der Weidachgasse und in den Wald, wo ich mit ihm Tiere beobachtete, und im Sommer legte ich mich mit ihm unter einen Baum. Ab und zu machte ich ein Picknick mit David. Ich setzte ihn in das Fahrradkörbchen und ab ging es in die Natur. Dies war jedes Mal ein so schönes Erlebnis, und mein Herz jubelte vor lauter Freude. Als wir die Kündigung bekamen, war ich sehr traurig, und wir wollten nach Waiblingen ziehen, wo meine Schwiegermutter wohnte. Ich möchte noch ein paar Episoden aus Wernau erzählen: Ich hatte eine Freundin, die Grundschullehrerin war und die mit einem Afrikaner aus Ghana verheiratet war. Sie hatte zwei Söhne, einer, Paul, war so alt wie David. Paul war ziemlich aggressiv. Ich wollte mich nicht in den Streit von David und Paul einmischen, weil ich dachte, David sollte sich selbst zur Wehr setzen. Heute, nach meinen Erfahrungen, würde ich anders handeln und würde mein Kind schützen. Meine Freundin hieß Hildegard und sie war mit einem dritten Kind schwanger. Sie ging nach Holland, um das Kind abzutreiben. Unglücklich kam sie zurück. Sie war sehr niedergeschlagen und erzählte mir, wie schlimm und herzlos diese Abtreibung vor sich gegangen war. Ich hatte sehr großes Mitleid mit ihr, und als sie aus ihrer Wohnung nach Ghana umsiedelten, lud ich sie und ihre Familie in der Übergangszeit zwei Wochen lang zum Essen ein. Ich mochte ihren Mann nicht so sehr, weil ich schlechte Erfahrungen mit Ghanesen hatte. Aber ich mochte ihre beiden Kinder, so wie alle anderen Ausländer. Ich kaufte manches Mal Schuhe und Kleidung für ihre Kinder, und es freute mich riesig, wenn ich anderen Menschen eine Freude bereiten konnte.

Parallel zu dieser Freundschaft lernte ich einen über 80 Jahre alten Herrn kennen, den ich auf der Straße getroffen hatte. Er fiel mir sofort auf, weil er so sauber und gepflegt aussah, und er tat mir so leid, er machte einen einsamen Eindruck auf mich. Da es gerade Advent war, kaufte ich beim Gärtner einen

Adventskranz, ich klingelte an seiner Haustüre und überreichte ihn dem alten Mann. Er war außer sich vor Freude, und es entwickelte sich eine herzliche Freundschaft. Allerdings hatte die Beziehung einen Haken, dieser nette Mann verliebte sich in mich. Da ich vom Stillen sehr abgemagert war, schenkte er mir oft vom Reformhaus gesunde Säfte. Außerdem kochte er gerne, zum Beispiel Grünkernsuppe und Markklößchensuppe. Es kostete mich einige Überwindung, diese Suppen zu essen, da ich sehr heikel bin und ich nicht wusste, ob er seine Hände vor der Zubereitung der Speisen gewaschen hatte. Jedoch, ich musste im Laufe der Zeit feststellen, dass er sehr sauber war. Jeden Mittwoch lud er mich mit David zu sich zum Kaffeetrinken und Brezelessen ein, und es wurde ein Ritual daraus. Mir wurde es allmählich zu viel, und ich fühlte mich immer unwohler, weil ich merkte, dass er in mich verliebt war, und ich wollte etwas unternehmen, um in dieser Beziehung Luft zu bekommen. Mir war die Fürsorge zu eng. Dieser Mann erinnerte mich an meinen Großvater, den ich sehr geliebt habe, und ich brachte es nicht übers Herz, mit ihm »Schluss zu machen«. Ich jammerte bei meiner Mutter und beklagte mich bei ihr über Onkel Konrad, so hieß er mit Vornamen, und nun übernahm sie die Arbeit, indem sie ihm Briefe schrieb und Gedichte von berühmten Dichtern, und Onkel Konrad verliebte sich in meine Mutter, die damals um die 50 Jahre alt war, und er wollte sie heiraten.

Von meiner Vermieterin wurde mir mitgeteilt, dass das Stadtgespräch in Wernau kursierte, wir beide hätten eine Liebesbeziehung. Ich war geschockt und mein Gefühl für Onkel Konrad wurde kälter. Außerdem wollte er von mir mit »Onkel Konrad« und mit »Du« angeredet werden, was ich nicht wollte, und es blieb beim »Sie«. David durfte ihn mit seinem Vornamen anreden, für ihn war er Onkel Konrad. Jeden Mittwoch, an dem wir ihn besuchten, durfte David auf seinem Sofa herumtoben, er machte Purzelbäume, und er hüpfte lebhaft auf dem Sofa herum. Onkel

Konrad – so nenne ich ihn jetzt – war begeistert von dem Leben in seiner kleinen Wohnung, und wir waren eine große Bereicherung für ihn. Eines Nachmittags besuchte er uns wieder, es war so um die Adventszeit, und er machte einen niedergeschlagenen Eindruck. Er sprach ganz ernst mit mir und sagte: »Ich möchte mich heute von Ihnen verabschieden, ich gehe zu meinem Sohn und seiner Familie am Bodensee über Weihnachten, und ich spüre, dass ich nicht mehr zurückkomme.« Ich war sehr traurig und musste viel weinen. Dann sagte er: »Wenn Sie so weinen, kann ich nicht ruhig gehen.« Als er bei seiner Familie war, telefonierte ich täglich mit ihm, und eines Tages erfuhr ich von seinem Sohn, dass Onkel Konrad im Krankenhaus sei, er habe sich einen Oberschenkelhalsbruch zugezogen, und dass es nicht gut um ihn stehe. Ein paar Tage später verstarb er an einer Lungenembolie. Ich trauerte lange um ihn, und sein Geschenk an mich, es war ein Goldring mit einem Diamanten und ein goldenes Kreuz mit einem Diamanten, alles zusammen im Wert von 1000,– DM, tröstete mich und dankbar dachte ich an ihn. Er bezeichnete sich als väterlichen Freund, und es freute mich, trotz aller Gerüchte, dass ich einem alten Menschen so viel Freude machen konnte. Ich habe es nicht aufs Geld abgesehen, es war sein Wunsch, mir etwas zukommen zu lassen, auch als Andenken an ihn. Nun möchte ich mit einem Gedicht an ihn das Kapitel Wernau abschließen:

Nachruf

Der weiße Herr, gestützt vom Stock,
ich seh ihn schon von Weitem nahn.
Wenn er von Ferne uns erblickt,
wird schnell sein Gang, beschwingt sein Schritt.
Ach, der Körper so zerknittert von den vielen Tagen,
doch das Haupt ragt guten Mutes aus dem sauberen
    Hemdenkragen.

Des Herzens Jugend war noch nicht verloren,
der heitere Blick den Menschen zugewandt,
oft ging sein Blick auch sehnsuchtsvoll nach oben,
wo er die Heimat ahnte, die noch unbekannt.
Zwei Jahre waren uns gegeben,
für ihn Vollendung hier im Leben,
für uns ein Schritt voran.
Er lehrte uns wie man verzeiht,
wir ihm, dass auch die Jugend heut',
im alten Menschen sieht den Freund.
Noch vieles war's was uns verband,
doch liegt es nicht in unserer Hand,
das Kommen und das Gehen.
Wir wollen ein Stück weiterziehen,
dem Guten nur die Wege ebnen,
bis auch wir einst an unserem Ziel,
wo unsere Seelen sich begegnen.

Unser Gesprächsstoff war philosophieren, diskutieren über die Bibel und Antroposophie, sowie über vegetarische Rezepte. Er schenkte mir ein antroposophisches Rezeptbuch, das ich leider nicht mehr habe. Es kostete 40,- DM und es interessierte mich sehr. Ich bin ein ernährungsbewusster Mensch, und ich hätte niemals gedacht, dass ich von Psychopharmaka abhängig würde. Mein Leben lang kämpfte ich für gesunde Lebensweise, für Bewegung und gesunde Ernährung, und es ist sehr schade, dass ich der Schulmedizin vertraut habe und jetzt Tabletten einnehmen muss, weil ich durch eine »Psychoanalyse«, die in meinen Augen keine war, unendlich krank geworden bin. Ich lebe jetzt in einer Einrichtung der Samariterstiftung, wo die Einnahme der Tabletten geprüft wird. In meiner Verzweiflung – ich litt unter vielen Nebenwirkungen – setzte ich die Tabletten eigenhändig ab – inzwischen wohnte ich in einer ambulant betreuten Wohnung, wo mich niemand überwachte – und das hatte verheerende Auswirkungen. Ich ging von zu Hause fort in den Wald, wo ich Gott suchte und ihn in der Nacht – es war April, es hatte Minusgrade – fand, und zwar in Form eines Baumes, den ich umarmte und mit »lieber Vater« ansprach. Zwei Tage und zwei Nächte war ich verschollen, und während ich so umherirrte, sah ich auf einmal ein Polizeiauto ganz langsam hinter mir herfahren. Die Polizisten, ein Mann und eine Frau, waren sehr nett zu mir und brachten mich zurück in die Klinik.

Mir fällt noch eine schöne Erinnerung mit mir und David ein:
In der Weidachgasse war ein Bächlein, so munter und frisch. Ich zog David Gummistiefel an und es war ein großes Vergnügen für ihn, in dem Bächlein herumzustapfen, und eines Abends, als die Sonne unterging, nahm ich David auf den Arm und sagte zu ihm: »Schau, David, dies ist der Feuerball.« Wir beide waren ganz entzückt, und unsere Herzen jubelten vor Freude beim Anblick dieser wundervollen Szene. Ich freue mich heute so sehr über meinen Sohn, der begeisterter Vegetarier ist, der Mensch und Tier mit seinem großen Herzen liebt und der alles unternimmt, die Schöpfung in seinem Umfeld zu beschützen und zu bewahren.

Hannes war gerade drei Monate alt, als wir nach Waiblingen zogen. Er kam in der Filderklinik zur Welt, es war eine schnelle Geburt, wir waren so gegen 18 Uhr in der Klinik und um 22.17 Uhr erblickte er das Licht der Welt. Die Sonne schien noch als er geboren wurde, und er ist Löwegeborener mit dem Aszendenten Fisch. David ist Jungfrau, Aszendent Skorpion, er ist in Reutlingen geboren, und es war ein großer Unterschied zwischen den beiden Kliniken. Mit David machte ich »rooming in«, wo man den Säugling tagsüber bei sich haben durfte, nur nachts kam er weg. In der Filderklinik stand das Bettchen mit dem Säugling neben Mutters Bett Tag und Nacht. Ich stillte Hannes etwa drei Monate, und er hatte solch einen Hunger, dass ich ihm zusätzlich noch ein Fläschchen gab, das er gierig zu sich nahm. Mit dem Abstillen hatte ich keine Probleme. Wenn die Kinder Durchfall hatten, rieb ich einen Apfel und zerquetschte eine Banane, dies schmeckte ihnen sehr, und der Durchfall war bald vorbei. Was sie auch mochten waren Kartoffeln mit Möhren, auch grünes Gemüse, wie Spinat und Lauch. Bevor ich mit David in der Weidachgasse spazieren ging, fütterte ich ihm Spinat von der Firma Hipp, den er sehr mochte. Ich war etwa zwei Stunden mit ihm unterwegs. Zuhause angekommen, stillte ich ihn wieder. Alle zwei Stunden legte ich ihn an und bald wog ich nur noch 46 kg, bei einer Größe von 1,60 m.

Der Umzug nach Waiblingen war ziemlich anstrengend. Das ganze Geschirr musste eingepackt und die Schränke mussten ausgewischt werden. Ich putzte die ganze Wohnung, nebenher waren die Kinder da, die auch noch versorgt werden mussten. Aber ich schaffte alles, ich war um die dreißig, und ich hatte viel Kraft.

In Waiblingen angekommen, atmeten wir erst einmal durch, und die ganze Wohnung war übervoll von Umzugskartons. Meine Schwiegermutter, die in der gleichen Straße wohnte wie wir, kam zu Besuch mit ihrem Pelzjäckchen, trank Kaffee und schüttete ihr Herz bei mir aus. Sie half mir nicht beim Aufräumen, und ich regte mich sehr auf über ihren Egoismus. Sie kritisierte mich und sagte, bei ihr habe es trotz Kinder nie so unordentlich ausgesehen. Ich war tief gekränkt, vor allem auch deshalb, weil ich mich sehr um sie kümmerte, ich war eine geduldige Zuhörerin. Sie hatte Probleme mit ihren Zähnen, und sie war sehr eitel und wollte kein Gebiss. Sie fand einen Zahnarzt, der Implantate einsetzte, doch sie hatte danach starke Probleme. Sie hatte nach dem Einsetzen der Implantate immer wieder Abszesse, die mit Antibiotika behandelt werden mussten. Als ich psychisch so schwer erkrankte, hat sie mich nie besucht in all den Kliniken, ja, auch meine Verwandten ließen mich im Stich. Oft saß sie bis tief in die Nacht bei uns und, obwohl ich auch keine Nachtruhe hatte, fand sie kein Ende mit reden. Ich hatte keinen Mut, ihr zu sagen, sie solle doch bitte heimgehen. Als dann noch ihr Enkelkind mit zwei Jahren an einem Unfall starb, wurden wir tagsüber und nachts mit ihrer Trauer konfrontiert.

David hatte oft eitrige Angina. Wir konsultierten einen Kinderarzt in Waiblingen, der David Antibiotika verschrieb. Dies war eine Flasche mit etwa 200 ml, die ganz aufgebraucht werden musste. Zuerst ging die Entzündung zurück, vier Wochen nach Einnahme der Arznei jedoch kam die Mandelentzündung wieder. So ging es über mehrere Monate. Ich dachte, so kann es nicht weitergehen und ich informierte mich zwecks Homöopathie. Gott sei Dank gab es in Waiblingen einen Homöopathen. Er verschrieb David Barium D12, das die zu großen Mandeln verkleinerte und parallel dazu Mercurius D12, das die Entzündung zum Abklingen brachte. Ich gab David die Globuli, und nach einem halben Jahr und bis heute hat mein Sohn keine eitrige Angina mehr gehabt. Viele meiner Freundinnen mit kleinen Kindern klagten oft bei mir über die Ärzte und dass ihre Kinder Angina hätten, die immer wiederkommen würde. Ich riet ihnen, doch zu einem homöopathischen Arzt zu wechseln, um so eine Mandeloperation zu vermeiden. Alles Reden half nichts, sie sagten in den Globuli sei kein Wirkstoff, sie würden lieber zu einem »richtigen« Arzt gehen. Sie nahmen lieber eine Entfernung der Mandeln in Kauf. Die Mandeln haben jedoch eine sinnvolle Funktion, sie halten Schadstoffe ab, die sonst ungefiltert in Rachen und Bronchien dringen.

Ich verstehe die Schulmediziner nicht, sie behandeln Symptome und nicht die Ursache. Der Körper verfügt über Selbstheilungskräfte, und es gilt, diese zu aktivieren. So verfährt die Homöopathie. Aber wenn alle Menschen bewusst leben würden, würde der Rubel nicht rollen, Arbeitsplätze stünden auf dem Spiel und die ganze Pharmaindustrie mit ihren Tierversuchen würde zusammenbrechen. Die Allopathie denkt nur kurzfristig. Sie schafft Nebenwirkungen, die ebenfalls schulmedizinisch behandelt werden. Das ist ein Kreislauf, ein Teufelskreis, gottlob, wenn man mit Gesundheit gesegnet und nicht den weißen Kitteln ausgeliefert ist.

David ging in Waiblingen in den Kindergarten. Die Erzieherin war eine alte Jungfer, bei der die Vorlauten das Sagen hatten. David war ein stilles Kind, sehr sensibel, und er fühlte sich im Kindergarten gar nicht wohl, bis eine sehr liebenswerte Erzieherin kam und frischen Wind in den Kindergarten brachte. Auch die Praktikantin war sehr freundlich, und bald wurden die beiden Frauen meine Freundinnen. In den Pausen diskutierten wir über Gott und die Welt, und weil ich gleich beim Kindergarten wohnte, kochte ich ein bisschen mehr, zum Beispiel Pizza oder Lauchkuchen, und brachte das Menü den beiden. Es herrschte eine herzliche Beziehung zu ihnen, und ich durfte, wenn im Sommer ein Gewitter aufkam, vor dem ich große Angst hatte, bei ihnen im Kindergarten verweilen. Oft wurde ich gefragt, ob ich mich nicht als Elternbeirat aufstellen lassen wollte, ich könne gut sprechen und sei sehr beliebt bei den Eltern. Aber ich lehnte den Vorschlag jedes Mal ab, ich hatte große Angst vor Leuten zu sprechen.

Schon als Kind hatte ich Angst zu sprechen, und meine Mutter lehnte mich ab, weil ich so schüchtern war. Im Alter von zehn Jahren waren meine Eltern und wir Kinder bei einer Hochzeit eingeladen. Meine Schwester Isabell und ich sollten ein Gedicht aufsagen. Wir genierten uns sehr, und es dauerte einige Zeit, bis wir den Mund auftaten. Die Situation wurde entschärft, indem alle Gäste anfingen zu lachen. Dann ging es plötzlich, und die Hemmschwelle wurde überwunden. Als dann geklatscht wurde, waren wir erleichtert und befreit. Bei einer Weihnachtsfeier sollten wir beim Gesangsverein ein Weihnachtsgedicht aufsagen. Ich war kaum aufgeregt, und ich hatte eine solche Freude, als es Beifall gab. Ich bin eine Löwengeborene und stehe gerne im Mittelpunkt.

Jetzt zurück nach Waiblingen.

In dem Mehrfamilienhaus, in dem wir wohnten, lebten auch der Hausmeister und seine Frau. Dies waren garstige Leute. Sie beschwerten sich oft wegen meiner Kinder, die umhersprangen. Da das Haus aus Holzgebälk bestand, war es sehr hellhörig. Fast jeden Tag klingelten sie an der Türe und beschwerten sich. An den Wochenenden ging ich mit meinen beiden Jungs den ganzen Tag lang auf den Spielplatz, dass sie sich austoben konnten.

Wie schon erwähnt besuchte David den Kindergarten in Waiblingen. Ich wollte im Hintergrund wirken. Die Erzieherin, sie hieß Carmen, unterrichtete auf sehr intelligente Weise die Kinder. Sie erklärte ihnen wie ein Gewitter entsteht, erzählte ihnen wie sich die Tiere fortpflanzten, ging mit ihnen in die Natur und zeigte ihnen Pflanzen und Tiere. Carmen war bei einer freikirchlichen Gemeinde. Bei ihrer Bewerbung versäumte sie, diesen Status anzugeben, und als es entdeckt wurde, wurde ihr die Kündigung nahegelegt. Sie war sehr traurig und ich schrieb einen Brief an den Kirchenbeirat, wo ich alle Eltern unterschreiben ließ. In diesem Brief beschrieb ich, was für eine wunderbare Erzieherin sie war, wie gut sie mit den Kindern umging und ihnen liebevoll von Gott erzählte. Nach ein paar Tagen kam die Nachricht, dass sie bleiben dürfe. Ich war so froh und freute mich riesig, und ich war stolz auf mich. Leider hat uns Carmen verlassen. Sie hatte einen Freund aus Kenia, den sie heiraten wollte und sie heiratete ihn in Kenia. Seither habe ich nie mehr etwas von ihr gehört.

Im Alter von drei Jahren kam Hannes zu ihr in den Kindergarten. Er hat erst mit drei Jahren angefangen zu sprechen. Ich muss dazu sagen, dass ich überfordert war und ich mich nicht so intensiv mit Hannes befassen konnte wie mit David. Es wurde mir von Omi nahegelegt, ich solle mit ihm in eine Sprachschule gehen. Dies tat ich nicht, und dank Carmen fing er im Kindergarten an zu sprechen, er blühte regelrecht auf.

Die Zeit in Waiblingen war ziemlich anstrengend für mich. Ich musste kochen, putzen, waschen und bügeln. Mein Mann war bei der Allianz Versicherung als Jurist tätig. Die Erziehung der Kinder war meine Aufgabe, und ich strengte mich an. Auch bei der Sauberkeitserziehung war ich korrekt. Ich zwang meine Kinder nicht, auf die Toilette zu gehen, aber ich zeigte ihnen die Toilette und setzte sie ab und zu auf das WC. Allmählich und ohne Zwang wurden sie sauber. Die Idee vom »braunem Gold« wurde Wirklichkeit bei meinen Kindern.

Ich spielte und lachte mit meinen Kindern, und im Sommer ging ich mit allen beiden ins Freibad. Ich nahm Vesper mit und kalten Tee und ließ es mir gutgehen. Aber immer hatte ich Angst, dass meinen Kindern etwas zustoßen könnte und ich verfasste ein Gebet, das ich jetzt niederschreiben möchte:

Ich weiß, ich werde gehört,
oh, Gott, ich danke Dir,
beschützend umgaben Deine Engel uns.
Gefahren waren viele –
doch bittend wende ich aus Angst mich
immer gleich zu Dir,
dass ich nicht jäh und unverhofft
aus meinem Glücke, das mir gut erscheint,
gerissen werde.
Dass die, die Du mir in Liebe anvertraust,
unter Deinen Augen weiterhin nach Dir,
guter Gott,
gedeihen mögen.

Ich weiß, sie sind nicht mein.
*Die **Liebe** doch,*
die mir von Dir für sie gegeben,
macht keinen Unterschied in Dein und mein.

*Dass es die **Liebe** einmal ist*
und nicht das Fleisch,
nicht die Gewohnheit, die,
wenn wir von ihr entwöhnt, sehr schmerzt,
nicht die Angst vor Verlust, die,
wenn wir von ihr gejagt,
uns bis zur Hoffnungslosigkeit hinein lähmt,
*es soll die reine **Liebe** sein,*
*die dann **Leben** heißt –*
darauf will ich setzen.

All dem Schrecklichen auf der Welt,
all dem Leiden,
kann ich keinen Sinn aus Deinem Sinn abgewinnen.
Ich denke, es war nicht Dein Wille,
der dem Elend vorausging.
Viele Willen von vielen kleinen Menschen,
ist das nicht die Tragfläche des Elends?
Doch wenn ich Mitleid habe
mit den vielen Unschuldigen, Opfern, Kindern,
hast Du es dann nicht erst recht?
Der Tag war schön.
Die Kinder haben viel gelacht unter Deinem Sonnenhimmel.
Wir danken Dir.
Was ist es anderes, wenn wir Dich bitten, Dir danken,
als Dein lebendiger Wille, der geschieht?

Eines Tages an einem schönen Sommertag gingen wir ins Waiblinger Freibad. Plötzlich, ohne Vorwarnung, überkam mich eine Angstattacke, alles drehte sich im Kreis, mir war schwindelig und ich tastete mich an den Umzugskabinen fort zum Eingang. Es war da ein Mann vom Roten Kreuz, der mich in ein abgedunkeltes Zimmer brachte. Dort war eine Liege, wo ich mich hinlegte, und der Mann tröpfelte Hoffmannstropfen auf ein Stück Zucker und gab sie mir. Allmählich wurde es besser und die Angstattacken flauten ab. Nach einer Weile konnte ich aufstehen, und wir gingen nach Hause, wo ich mich wieder hinlegte. Oftmals erlebte ich solche Zustände, und ich dachte, dass ich dringend eine Psychotherapie brauchte. Ich beschäftigte mich mit Psychologie und vor allem mit C.G. Jung, der mir mit seiner Psychoanalyse sehr imponierte. Ich lieh mir Bücher von ihm aus, und ich war fest entschlossen, eine Psychoanalyse nach Jung zu machen.

In Waiblingen wurde ich schwanger mit meiner Tochter Franzi und hatte viele Angstattacken. In meiner Verzweiflung suchte ich einen niedergelassenen Nervenarzt auf, der mir trotz Schwangerschaft ein Antidepressivum verschreiben wollte. Ich weigerte mich, Chemie einzunehmen, um meinem ungeborenen Kind nicht zu schaden und verließ diesen Arzt. Die Freude an meinem gesunden Mädchen war so groß, dass ich die ganzen Depressionen vergaß, und ich dachte, ich sei geheilt. Aber immer wieder kam die Angst, zum Beispiel bei Sturm, Regen, Gewitter, Schnee, und ich traute mich fast nicht mehr nach draußen. Da war noch ein Neurologe in Waiblingen, der ein EEG machte, und es war nicht auffällig. Die Angstzustände wollten einfach nicht weichen. Der Neurologe gab mir eine Liste mit Therapieplätzen, worunter sich ein Platz anbot, der mir entgegenkam, und zwar eine Psychoanalyse nach C.G. Jung. Im Jahre 1988 hatte ich ein Anamnesegespräch in dem Institut in Stuttgart. Noch ein Jahr musste ich warten und 1989, nach der Erstkommunion meines Sohnes David, fing die Therapie an. Mein eigentlicher Leidensweg fing damals erst richtig an.

Ich möchte noch etwas zurückgehen. Vor dieser Therapie hatte ich schwerste Depressionen. Ich schaffte den Haushalt nicht mehr, ich hatte nicht genügend Schlaf, und Dunkelheit, schwarze Löcher, taten sich vor mir auf und drohten mich zu verschlingen. Meine letzte Hoffnung war Tante Sofie, die mich zu einem Arzt brachte, mit mir betete und mich in die Kirche mitnahm. Allmählich besserte sich mein Zustand, und ich konnte wieder nach Hause gehen und meine Tätigkeit als Hausfrau und Mutter wieder aufnehmen. Was schlimm für mich war, war die Tatsache, dass ich fremde Hilfe in Anspruch nehmen musste in Form einer Diakonieschwester, die meine Kinder betreute. Dies alles wollte ich niemals, weil ich wusste, wie schlimm es für Kinder ist, wenn da plötzlich jemand Fremdes kommt, dem man gehorchen soll und der Speisen kocht, die man nicht mag. Ich litt unsäglich unter der Trennung, aber es sollte noch schlimmer kommen. Alles was ich tun konnte war beten. Ich betete zu Jesus, es half vorübergehend, jedoch nicht tiefgehend, und deshalb wollte ich in Form einer Therapie mir helfen lassen.

Als ich wieder einmal im Freibad war mit meinen Kindern, beobachtete ich junge Frauen, die einen Bikini anhatten und sehr attraktiv aussahen und die fröhlich und frei sich unterhielten, und ich war neidisch. Ich dachte damals, sie wären Sünderinnen und sie würden in die Hölle kommen. Dies hat mir meine Großmutter eingeschärft. »Hochmut kommt vor dem Fall« und »Hoffart muss leiden«, »Nagellack und Schminke ist vom Teufel«. »Körperliche Liebe ist nicht von Gott, sie führt in die Hölle.« Mit diesen Glaubenssätzen bepackt, wurde ich ins Leben hinausgeschickt und sollte durch solche Lügen in der Welt bestehen. Ich wollte mein Leben für Jesus opfern und verlor dabei mein göttliches Selbst, das beachtet werden wollte. Sich selbst zu lieben war purer Egoismus, ja, es wurde als Sünde bezeichnet. Stattdessen entwickelte ich ein übergroßes Helfersyndrom. Ich schaute den Menschen in die Augen, und ich bemerkte ihre oftmals tiefe Traurigkeit darin, und ich wollte ihnen helfen. Ja, ich konnte mich in alle möglichen Zustände hineinversetzen und alles mitfühlen, was andere Menschen bedrückte. Ich wollte Gott berühmt machen und Zeugnis ablegen, wie die Welt, ja die Kirche gegen Gottes Liebe arbeitete und so den göttlichen Plan der Liebe, des Friedens, des Glücks, der Freude vereitelte. Ich wollte meinen Gedanken und sexuellen Wünschen Einhalt gebieten und mich nicht versündigen. Jedoch wurde ich immer unglücklicher, und der Zwiespalt in meinem Inneren zermalmte mich mehr und mehr. Einerseits die Keuschheit als Gottes sechstes Gebot, »Du sollst nicht Unkeuschheit treiben«, und andererseits, »Du sollst dich befreien«, laut Psychotherapeut, brachte mich in eine solche Mühle, aus der heraus ich tief gekränkt hervorging. Nun möchte ich ein Gedicht zu Papier bringen, das ich mit etwa 30 Jahren schrieb und das meiner Sehnsucht nach erfülltem Leben neidvoll Ausdruck verlieh:

Wunsch und Folge

*»Ich will leben
und mich dem Tod enthalten,
der auf der Erde um sich greift,
leben will ich ...
und mich dem Wahn entsagen,
der sicher sich im Tod verläuft;
ich will leben ...
nicht folgen jenen,
die schon jetzt ihr eigenes Begräbnis feiern,
lebendige Tote, welche frei von Erdennot
auf ihre Gräber hin ins Jenseits steuern.
Leben will ich ...
Schon heute fang ich damit an,
und morgen will ich mich daran erinnern,
dass mein Leben heute*

*vom Gestern
seine Form bekam ...
ich lebe!«*

Ich suchte mein ganzes Leben nach einem Vater. Ich verliebte mich oft in Männer, die älter waren als ich und besonders in Ärzte, von denen ich annahm, dass sie liebevolle Väter für ihre Kinder wären. Jedoch musste ich im Laufe der Zeit feststellen, dass ich mich getäuscht hatte. Ich legte mich mit einigen an und vertrat vehement die Homöopathie. In Wernau hatten wir so einen Schulmediziner als Nachbarn, mit dem ich mich öfters stritt, weil ich Naturmedizin der Schulmedizin den Vorrang gab. Es ist ja auch gar nichts einzuwenden, wenn es sich um eine Entzündung oder gar Vereiterung handelt, die den Herzmuskel schwächt, jedoch verschreiben die Kinderärzte ziemlich schnell ein Antibiotikum, der Körper muss keine Abwehrstoffe mehr bilden und so wird mit der Zeit das Immunsystem geschwächt und es bilden sich unter Umständen Autoimmunerkrankungen, die auch wieder mit Chemie behandelt werden. Die Apotheker müssen sehr reich sein, jedoch muss ich sagen, dass einem Apotheker unter Umständen mehr helfen können als Ärzte. Ich gehe zu einem Apotheker, der eher homöopathisch ausgerichtet ist. Er berät einen sehr fachkompetent, und was ein schöner Zug von ihm ist, er ist nicht aufs Geld aus. Hat man ein medizinisches Problem oder gar ein psychisches, so informiert er sich selbst im Internet und gibt einem sogar ein Exemplar, das er ausdruckt. Ich glaube, die Menschen werden zunehmend bewusster und für mich ist es eine Freude zu sehen, wie erwachte Menschen mit Sorgfalt und Hingabe beraten werden. Bei diesem Apotheker, er heißt Herr Wagner in Wolfschlugen, steht wirklich der Mensch an erster Stelle, was man von dem Großteil der Ärzte nicht sagen kann. Dies sind meine Erfahrungen. Hat der eine oder andere eine gegenteilige Meinung, bin ich sehr froh für ihn. Ich habe zuhause ein Sammelsurium von Globuli, und ich behandle meine grippalen

Infekte mit Belladonna D12, Mercurius D6 oder D12 und Apis (Bienengift). Gleiches wird mit Gleichem in hoher Verdünnung behandelt. Dieses Wissen erfordert gute Fachkenntnisse von der Trinität des Menschen, und die Homöopathie sieht den ganzen Menschen in seiner Vielfalt und Komplexität und in der ihm innewohnenden Individualität. Weil die Anthroposophie von der Ganzheit Körper, Seele, Geist ausgeht und nicht nur Symptome behandelt, sondern an der Ursache interessiert ist, möchte ich zum Abschluss meiner Psychiatrie-Odyssee in die Husemannklinik bei Freiburg, eine anthroposophische Einrichtung, eingewiesen werden.

Ich habe beim Gehen immer Schmerzen, meine Muskeln tun so weh bei Gymnastik oder Sport und mein Bindegewebe ist ganz hart geworden. Auch die transplantierte Haut ist fest geworden, und ich bin sehr unsicher auf meinem Elektrobike. Aber ich danke Gott dafür, dass ich noch überhaupt Beine habe, um ein Haar wäre mein linkes Bein amputiert worden wegen eines Wohnungsbrandes, wo ich so verletzt wurde, dass ich wochenlang im künstlichen Koma lag, wo ich 22 Vollnarkosen bekam und wie durch ein Wunder schwerverletzt überlebte.

Wie konnte das passieren?

Mein Unterbewusstsein war vergiftet mit lauter falschen Programmierungen, die Tag und Nacht in mir arbeiteten. Während der Therapie träumte ich sehr viel, ich glaube ich hatte bis zu vierhundert Träume innerhalb von 3 Jahren, die sich in Angst bei mir manifestierten. Die anfängliche Verliebtheit in den Therapeuten wandelte sich allmählich in Hass um. Mehrmals sprach ich bei ihm von meiner Not, er solle mir doch behilflich sein in der Beziehung zu meiner Großmutter, meinem Großvater, meiner Mutter und meinem Vater, die sich wie Ungetüme vor mir auftürmten und mir alles verboten, wenn es um die gelebte Sexualität ging. Ich wusste um meine Verletzungen, und ich wollte von ihnen befreit werden. Ich weinte wegen der Übergriffe, die ich als Kind und junge Frau erlitt, psychisch und körperlich.

Er ging nicht auf mich ein, ich weinte wegen meiner Großmutter, die im dritten Reich vergast wurde wegen Schizophrenie. Ich habe die gleiche Erkrankung, ich jedoch wurde nicht wirklich getötet, sondern mein Geist, der nach Erfüllung suchte, wurde permanent verletzt, was mich in den Selbstmord trieb. Nun bin ich immer noch am Leben und möchte Zeugnis ablegen von einem Menschenkind, das an die Liebe geglaubt hat und das dauernd psychische Schläge in Kauf nehmen musste wegen seines nicht zu brechenden Glaubens an das Gute im Menschen, an gute Pfarrer, an gute Ärzte und an kompetente Psychotherapeuten. Ich verliebte mich seelisch in C.G. Jung und dachte, wenn ich eine Therapie in seinem Sinn mache, würde ich gesund. Ich wollte die Hochzeit mit meinem Selbst feiern, was das Allerschönste im Leben eines Menschen ist. Die Vereinigung mit sich selbst. »Selbst-Bewusstsein« ist das, was ich einem jeden Menschen gönne, der nach der Wahrheit sucht. Nachdem ich Bücher von Jung gelesen habe, nun ein Gedicht dazu:

Ich trage keinen Namen,
keinen von internationalem Rang,
ich will die Zeit auch nicht damit verbringen,
einen zu erhalten, für den ich doch nichts kann.

*Ob ich es jemals schaffen werde, das namenlose **Selbst***
in Worten gebührend zu behandeln?
Es ist so schwer, es will sich – wenn's einmal gefasst –
gleich immerzu verwandeln.
Nun gut, es bleiben leider nur die Worte
für Augen und für Ohren;
doch wenn wir sie begreifen, wird uns sogleich daraus
*ein namenloses **Selbst** geboren.*

So wie ich keinen Namen hab', der aussagt wer ich bin,
so sind die Worte ohne Tat – verloren –
ungeboren bleibt ihr Sinn.

Jetzt ein paar Sätze vor Beginn meiner »Psychotherapie«.

Gott hat mit uns erst dann etwas zu tun,
wenn unser Leben etwas mit Liebe zu tun hat.

Erst wenn wir das Gute und das Böse in uns erkennen können
und uns trotzdem annehmen,
nicht wie wir sind, sondern wie wir werden wollen,
erst dann sind wir in der Lage,
beim anderen das Gute und das Böse zu sehen
und ihn nicht zu verurteilen,
ja, ihn sogar zu lieben, im Hinblick darauf, wie er sein könnte.

Wenn ich mich nicht der reinigenden
Kraft der Liebe aussetzen würde,
wären meine guten Taten nur Tarnung
für mein ungelebtes Leben.

Das Leben hat vor mir schon gelebt;
als ich geboren wurde, stand fest,
dass ich gebären werde.
Der Lauf der Ereignisse verlor sich ins Uferlose,
und oft sank ich tränengebadet ins weiche Nichts.
Doch als ich begann, ein Gefäß zu füllen,
das für mich bestimmte – es stand so scheinbar
zufällig am Weg –
da kamen unsere Kinder zur Welt,
und da fing ich an zu leben.

Nun spürte ich, dass ich zum Leben
gemeint war
und mit mir meine Allernächsten,
meine Allerkleinsten.

Ewigkeit ist nur ein Wort für einen Zustand,
der jetzt ist und immer dauert.
Wenn also jetzt nichts ist,
was soll dann ewig währen?

Die Sehnsucht des Menschen,
sein Leben, seine Gedanken, seine Kinder
nicht verloren zu sehen,
sondern irgendwo aufgehoben,
verbirgt den tiefen Wunsch nach Unsterblichkeit.
Allein der Wunsch danach
bedeutet ihre Existenz schlechthin;
wenn wir ihm nachkommen, dann erfüllen wir
      ihn uns bereits
hier und heute.

Der Geist Gottes weht überall dort,
wo er gewünscht wird.

Herr nimm meine Angst und wandle sie in Segen!

Du gabst uns Leben,
damit wir es erfüllen
mit Deiner großen Seele;
auf dass es wachse und sich mehre
und Ewigkeit daraus hervorgehe.

*Herr, lass mich die Liebe leben,
das andere besorge Du!*

*Mir die Gegenwart Gottes so oft es geht –
 gerade auch
in den schwierigsten Situationen –
bewusst zu machen,
das ist Verlust an Illusion und
Gewinn an Realität.
In diesem Gedanken liegt mein ganzes
Dasein begründet.*

Die einzige Konstante im Leben eines Menschen ist die Liebe Gottes, was letztlich dem Leben den eigentlichen Sinn gibt. Die vielen Variablen, die uns auf verschiedenste und oft verwirrende Weise beeinflussen, stehen uns offensichtlich näher. Die Bestimmung auf den Ursprung, die Liebe und ihre Inanspruchnahme, macht uns stabiler im Umgang mit den Ereignissen und mit uns selbst.

*Erst wenn wir uns mittels der Zeit
zeitlose Werte erarbeiten,
an ihnen festhalten
und uns somit dem Zeitgeist entziehen,
sind wir dabei, unsterblich zu werden.*

*Die Zeit ist uns nicht gegeben,
um mit ihr zu gehen,
sondern durch sie hindurch.*

*Machen wir uns nichts vor:
Durch die Verhaftung mit der Erde
sind wir ein Teil von ihr,
und sie verlangt uns zurück;*

durch die Verhaftung mit Gott
sind wir ein Teil von ihm,
und Gott ist älter als die Erde.
Gott fordert uns aber nicht,
er hätte uns ganz gern.

Solche Sätze und noch viel mehr schrieb ich vor meiner Psychotherapie.

Als ich die Gedichte und Zeilen meinem Therapeuten, Dr. Schrott, zum Lesen gab, war alles, was er sagte: »Sie sind aber schwer auf der Suche.« Diese Bemerkung hat mich sehr gekränkt, da ich doch so stolz war, wenigstens in einem Bereich meines schweren Lebens gute Leistung zu vollbringen. Was wollte er eigentlich? Ich spürte, dass er mich auf einen »falschen« Weg bringen würde. In mir jedoch war eine Stimme, die sagte, ich müsse viel aushalten, um geheilt zu werden. Wenn ich aktuelle Probleme mit meinen Kindern hatte oder mit meinem Mann, grinste er und fragte mich: »Was sagt der Traum dazu?« Viele meiner Träume drehten sich um körperliche Liebe mit ihm, ich hatte mich Hals über Kopf in ihn verliebt, und ich wusste nicht, wie ich von ihm loskommen konnte. Einerseits begehrte ich ihn als Geliebten, andererseits wollte ich von ihm loskommen.

Ich war drei Jahre lang bei ihm, mein Gehirn war Tag und Nacht bei der Arbeit, und ein großes Ziel, nämlich Onanie, wurde angepeilt. Dies war der Grund meines Leidens, und ich konnte das Wort Onanie nicht aussprechen, ich schämte mich so sehr. Als ich mich gezwungen sah, die Verantwortung über mein Leben zu übernehmen, sprich zu onanieren und parallel dazu mit ihm eine Liebesbeziehung zu pflegen, brach ich zusammen. Völlig dekompensiert und zu nichts mehr in der Lage flüchtete ich ins Christophsbad nach Göppingen. Der dortige Therapeut war ein sehr lieber Mensch, dem ich von meinem Leid erzählte und der mir nahelegte, dass ich nicht mehr zu Dr. Schrott gehen solle, er wäre nicht gut für mich. Ich muss mir an dieser Stelle einen Vorwurf machen. Ich ging, zu Hause angekommen, wieder zu ihm zurück, der Platz war noch frei. Ich fühlte mich von allem getrennt, am meisten von meinem Mann, der alles so geschehen ließ in der Hoffnung auf Heilung. Ich kann meinem Mann keinen Vorwurf machen. Ich war so verliebt in Dr. Schrott, brachte ihm Geschenke mit, buk Kuchen, überreichte ihm Blumen, und ich hatte, außer Hunger nach Liebe, keine Probleme. Als ich zum ersten Mal im Christophsbad in Göppingen landete, war dies im Herbst 1991. Nach fünf Wochen war ich, dank dem guten Therapeuten, wieder hergestellt. Ich konnte den Haushalt wieder machen, aber ich hatte einen unstillbaren Hunger nach Leben, Liebe, Freude, und ich dachte, diese Ziele zu erreichen, würde das Leiden, das so groß war, rechtfertigen.

Ich musste eine Hemmschwelle überwinden und zwar geschah dies in meinem Fall mit innerer Gewalt. Ich musste die Blockade der Scham überwinden, um etwas Neues wachsen zu lassen. Ich war derart hin- und hergerissen zwischen sexueller Begierde und der Wahrheit meiner Oma, die Enthaltsamkeit predigte, dass für mein geliebtes und zugleich geschundenes Selbst kein Platz mehr war, ja, es war zerstört.

An dieser Stelle möchte ich jetzt für den heutigen Tag den Bericht beenden. Ich möchte jeden Tag maximal eine Seite schreiben. Ich danke den Lesern, dass sie mir so bereitwillig zuhören.

Ich sitze hier an meinem Schreibtisch und beginne wieder zu schreiben. Diese Tätigkeit tut mir so gut. Ich empfinde es als eine Herausforderung, von meinem Leben zu erzählen und den Lesern nahe zu bringen, wie eine psychische Erkrankung langsam aber sicher ihren Verlauf nimmt und wie man schon in der Kindheit fertiggemacht wird, wie Schicksal entsteht und wie man immer wieder an Stellen und Personen gerät, die geradezu riechen, dass man seine verwundbaren Stellen hat und die diese Wunden wieder aufreißen. Eigentlich dürfte man gar nicht lieben, so wie es in der Bibel steht. »Liebe Deinen Nächsten wie Dich selbst.« Oder: »Liebe Deine Feinde.« Ich hatte eine bedingungslose Liebe für alle Lebewesen, ob Mensch oder Tier, ja, ich bin förmlich zerschmolzen vor lauter Liebe und Mitgefühl. Ich wurde fertiggemacht und wäre beinahe gestorben.

Ist dies der Sinn der »frohen Botschaft«? Wie soll man durchs Leben gehen? Mir wurde in der Therapie beigebracht: »Onanie und Beischlaf mit einem Mann deiner Wahl, und du wirst frei, du verlierst durch die Liebe zu einem Partner deine gluckenhafte Liebe zu deinen Kindern und kannst somit deine Kinder retten.« Mir kam das alles spanisch vor, und doch blieb ich neugierig auf die »Aufklärung«, denn ich wurde nicht aufgeklärt, beziehungsweise schmutzig aufgeklärt. Tante Weiss erzählte mir von einem Liebespaar, das sich auf einer Bank liebte, es war im Winter, die Frau hätte einen Scheidenkrampf bekommen, so dass sie durch Passanten, die einen Notarzt riefen, gerettet werden konnten. Oder diese Kneipe, die Alte Mühle, kurz genannt »Gurkenmühle«. Sie bekam diesen Beinamen deshalb, weil dort Frauen sich von Männern eine Gurke in die Scheide stecken ließen. Ich war so geschockt, Tante Weiss lachte befriedigt, und ich fand das so zum Kotzen, und ich verachtete Tante Weiss, die ich nicht mehr bedingungslos lieben konnte.

Sie hatte aber auch eine gewisse Natürlichkeit, eine Unvoreingenommenheit was Körperlichkeit anbetraf, und ich lachte oft laut, wenn sie einen schmutzigen Witz erzählte. Aus diesem Grund wurde sie von meiner Mutter und ihrer Freundin Claire verachtet. Auch ging sie sonntags nicht zur Kirche, und sie wurde aus diesem Grund nicht ernst genommen. Sie war nicht wirklich primitiv, so dachte ich, nur weil sie dreckige Witze machte. Ich denke dieser schwarze Humor war das Gegengewicht zu der Heuchelei, die meine Mutter & Co. an den Tag legten.

Sie fand Beate Uhse gut, meine Mutter als brave Kirchgängerin verurteilte diese aufs Schärfste. Ich hatte solche Angst vor meiner Mutter, sie schimpfte mich sehr hart, wenn ich mich getraute, meine Meinung zu sagen, sei es was Politik oder Kirche oder gar den Papst anbelangte.

Eines Sonntags schaffte ich es nicht, in die Kirche zu gehen, und ich musste mich jeden Sonntag melden und berichten, dass ich in der Kirche war. An diesem Sonntag hatte ich verschlafen, und weil ich nicht lügen durfte und dies mein strenges Gewissen mir verbot, rief ich meine Mutter mit vor Angst klopfendem Herzen an und beichtete ihr diesen Vorfall. Meine Stimme zitterte. Ich erzählte ihr von meiner Angst, und sie hörte auf zu schimpfen. Meine Mutter wollte immer, dass wir die Wahrheit sagen und unsere Geheimnisse ihr anvertrauen, sie würde uns verstehen und uns nicht verurteilen. Vielleicht hatte sie das Bedürfnis, die Schwächen ihrer Kinder kennenzulernen, um ihre eigenen Schwächen und Probleme besser auszuhalten. Außer ihrer Freundin hatte sie niemanden, sie wollte uns Kinder als Freundinnen. Ich konnte mich mit meiner Mutter nicht anfreunden, sie war hart und unerbittlich. Was mich besonders verletzte war die Ambivalenz. Das Wort »Liebe« war in unserer Familie das am häufigsten gebrauchte Wort. »Wahrheit« habe ich nie gehört. Ich fand das Wort »Liebe« sentimental und es entsprach nicht meiner Vorstellung von Gott. Ich wollte einem Gott gehorchen, zu dem ich Vater sagen durfte, und ich wollte seinen Geboten gehorchen, um ihm zu gefallen. Ich hasste Sentimentalität, hasste Mittelmäßigkeit, wollte immer das Besondere, wollte für meinen »liebenden Gott« eine gute Tochter sein und für die Wahrheit kämpfen, selbst wenn mich dieser Kampf das Leben kostete.

Nun, so ist es geschehen. Ich bin bis auf die Hälfte meines Körpers verbrannt, aber ich lebe noch. Meine Organe arbeiten normal, trotz vieler Psychopharmaka sind meine Blutwerte im normalen Bereich. Für meine Leber nehme ich täglich einen Schluck »Mariendistel« zu mir, das hilft, die Leber zu entgiften, außerdem behelfe ich mir mit »Gingium« zur besseren Durchblutung des Gehirns, ich möchte mein Gehirn trainieren, das durch meine gesamten Traumata, Medikamente und Spritzen sehr viel an Frische eingebüßt hat.

Nun möchte ich ein Gedicht schreiben über die Liebe. Ich möchte dazu sagen, dass ich immer auf korrekte Art und Weise, nach bestem Wissen und Gewissen gedichtet habe, inzwischen bin ich nicht mehr so perfekt, und auch die Gedichte, die ich jetzt verfasse, sind großzügiger als die, die ich vor 30 Jahren schrieb, folgendes Gedicht wurde vor 30 Jahren geschrieben:

Das Größte aber ist die Liebe
Mit ihrem Sein dringt sie in unser menschliches Gefüge,
verzeihend übersieht sie geschäftiges Tun der Lüge,
all unsere Sünden lässt sie uns vergessen,
wenn wir beginnen, uns mit ihr zu messen,
um zu erreichen, unser Wesen
dem ihren anzugleichen.

So wird ein Mensch, der sich verirrt,
sich in der eignen Schuld verliert,
von ihrem Strahl getroffen,
von ihm geführt.

Oft wollen wir jedoch dem Glanz entfliehn,
der uns verfolgt, in welchen Taumel wir uns auch begeben
und lieber auf den eignen Schatten sehn,
der, eng umrissen, oft verzerrt, es wagt,
*sich als das **wahre Leben** auszugeben.*

Ach, würde es uns einmal doch gelingen,
uns umzudrehn,

vom Schattenbildnis abzusehn,
uns in dem Glanz der Liebe voll zu entfalten!
Bald müssten wir erkennen,
dass es allmählich kleiner wird
und mit ihm das Gefühl,
das gärend Schuld zu neuer hat gewirkt,
ein anderes, freies
würde sich in uns gestalten!

Du sagst: »Ich leb nur einmal.«
Ich frag: »Du lebst nur einmal – und dann nur für Dich?
Wie schade!
Wo Liebe immer noch das Größte ist!«

Heute ist der 30. November 2012, ich sitze hier in meinem kleinen Zimmer und schreibe. Ich freue mich sehr, dass ich mich so sinnvoll beschäftigen kann und dass mir immer etwas einfällt. Die Dienste, die ich hier leisten muss, zum Beispiel Zimmer putzen, Wäsche waschen und aufräumen, ab und zu kochen, Ergo-, Musik- und Kunsttherapie verrichte ich gerne, trotz Schmerzen in meinen verbrannten Beinen. Malen tu ich besonders gerne.

Vor etwa zwei Jahren wurde ich in die Klinik eingewiesen mit der Diagnose Burn-out-Syndrom. Ich hatte oft Gedächtnisverlust und konnte mir die Therapien nicht merken, sodass der Stationsarzt mit mir einen Demenztest machte. Ich musste zum Beispiel aufzählen, was es im Supermarkt zum Einkaufen gab. Wie aus der Pistole geschossen zählte ich all die Lebensmittel auf, die man dort erwerben konnte. Also, ich habe keine Demenz. Ich war mit vielen Problemen belastet. Mein Gehirn arbeitete am Tag und auch nachts, wenn ich nicht schlafen konnte. Ich bin ein Mensch, der es allen recht machen will, und ich bin harmoniesüchtig und wenn liebe Menschen leiden, dann leide ich mit ihnen. Ja, ich bin zutiefst verbunden mit Menschen, die leiden, und ich möchte immer, gerade im engsten Umfeld, für den Frieden arbeiten. Es gibt ein Sprichwort das heißt: »Allen Leuten recht getan, ist eine Kunst, die niemand kann.« Dieses Sprichwort hat seine Berechtigung. Zuerst muss man es sich selbst recht machen. Man muss schauen, wo sind meine Wünsche, welche Bedürfnisse habe ich, und wenn ich vor einer Entscheidung stehe, soll ich mich fragen, was sagt die Liebe dazu.

Ich möchte noch etwas ergänzen zum Burn-out-Syndrom: Durch Überlastung wegen Problemen in der Partnerschaft und wegen schwelender Konflikte, die zu lösen zu schwierig für mich war, rutschte ich in eine tiefe melancholische Depression. Eine Partnerschaft zu leben, eine Beziehung zu gestalten, erfordert ein hohes Maß an Selbstverantwortung. »Was will ich, was brauche ich, was tut mir gut.« Alles andere, dem Partner alles recht machen wollen, macht die Beziehung langweilig und endet in einer Sackgasse. Die einzige Chance dort rauszukommen ist, bewusst zu werden, die Wahrheit zu sagen und auch Geheimnisse für sich zu behalten. Dadurch, dass ich schon als Kind einem fremden Priester meine intimsten Gedanken beichtete, wiederholte sich dieses Verhalten bei meinem Psychotherapeuten. Ich habe meine Einstellung geändert und sage nur so viel wie ich will und schone auch durch diese Vorgehensweise meinen Partner, der sonst, bürde ich ihm zu viel auf, wieder in sein Helfersyndrom abgleitet, weil zu viel Verantwortung auf seinen Schultern lastet.

Wir beide, mein Freund und ich, gehen einen neuen Weg, der zu mehr Freiheit führt. Wir sind nicht mehr so oft zusammen, und wenn wir zusammen sind, ist das ein richtiges Fest. Mein Freund kocht sehr gesund, meist mediterran, und wir essen kaum Fleisch. Meine Kinder sind sehr tierlieb und sind auch zu Vegetariern geworden. Mein Sohn David klärt mich mit Broschüren über Massentierhaltung auf, die ich unseren Köchinnen in der Wohnstätte, in der ich lebe, zukommen ließ. So mache ich Werbung für ein gutes Essverhalten, für eine

Bewusstseinsänderung in Bezug auf natürliche und gewaltfreie Nahrungsaufnahme. Denn es stecken viel Gewalt, Todesangst und Stresshormone in dem Fleisch, das wir konsumieren.

Ich habe mich schon immer für die Wahrheit interessiert und habe meine Kinder dahingehend erzogen. Nie habe ich sie zu egoistischen Wesen herangebildet, sondern ihnen das Gefühl für die Schöpfung mit all ihren Wesenheiten mit auf den Weg gegeben. An dieser Stelle möchte ich Gott für meine drei wunderbaren Kinder danken, für all die jungen Menschen, die ihr Leben noch vor sich haben und denen wir Eltern viel zu viel aufbürden. Welche Werte geben wir unseren Kindern mit? Wir sollten für unsere Kinder ein Heim schaffen, ein Zentrum, ein Nest der Geborgenheit, in das sie, wann immer der Bedarf besteht, zurückkehren dürfen und mit offenen Armen aufgenommen würden.

Als mein Vater, nachdem der Krieg zu Ende war, an der Haustür klopfte, öffnete sein Vater die Haustüre und warf ihn in hohem Bogen hinaus. Wie grausam können Menschen sein. Meine Liebe zur Menschheit machte keinen Halt, ich schrieb sogar dem damals amtierenden Bundeskanzler Kohl einen Brief, er solle seinen Freund Jelzin dahingehend beeinflussen, den Krieg in Tschetschenien zu stoppen, und in der Hölle sei es furchtbar. Sein Sekretär schrieb mir zurück, bedankte sich herzlich für den Brief, und er wünschte mir viel Gesundheit.

Was kann eine »arme Irre« in der Weltgeschichte bewegen?

Im Jahre 1988 zogen wir von Waiblingen nach Nellingen. Das Haus, in dem wir wohnten, war alt und verkommen. Mein Mann und sein Bruder, der Maler war, richteten es, und es wurde ein schmuckes Häuschen. Wir kauften bei Ikea wunderschöne Tapeten, und die alten Türen wurden gestrichen, es sah nach vier Wochen ganz anders aus. Wir freuten uns riesig, dass wir ein neues Zuhause hatten, wo wir uns bewegen konnten wie wir wollten. Meine Kinder konnten hüpfen, springen und Lärm machen wie es ihnen beliebte.

Auch hatten wir hinter dem Haus einen kleinen Garten angepflanzt mit Tomaten, Zucchini, Gurken und Bohnen. Ringelblumen wuchsen wild, auch waren da einige alte Rosenstöcke, die wunderschön, auch noch im Herbst, strahlten. Gladiolen in allerlei Farben blühten im Herbst, wie auch Dahlien und Astern. Auf meinen Wunsch hin wurde ein kleiner Kräutergarten angelegt mit Thymian, Rosmarin, Borretsch, Majoran, Schnittlauch, Bohnenkraut und Petersilie. Auch wuchs ein Maggikrautbaum wild. Mir schmeckte das Maggikraut besonders in Gemüseeintöpfen und Salaten. Dann gab es noch ein paar Meerrettichwurzeln, die ich mit einer Hacke ausgrub, sie mit einer Bürste fein säuberte und mit Hilfe einer Küchenmaschine klein zermürbte. Das Ganze vermischte ich mit saurer Sahne, und dies gab einen wunderbaren Brotaufstrich. Auch passte diese Sauce zu Tafelspitz, das ist gekochtes Rindfleisch mit Salzkartoffeln. Damals aß ich noch Fleisch, heute brauche ich es nicht mehr. Man kann die Meerrettichsahnesauce auch zu Kartoffeln reichen, das schmeckt köstlich.

Es war ein herrliches Leben, ich war innerlich verbunden mit meinen Kindern und mit der Natur. Mein Mann war sehr still und hatte die Ruhe weg. Wann immer ein Problem auftauchte, sei es technischer oder juristischer Art, immer wurde Dieter herangezogen, er wusste auf alles eine Antwort, er konnte Auto fahren, kannte sich überall aus und war ein »allround man«. Ich dagegen war eher häuslich veranlagt, konnte kochen und backen und war eine liebevolle Mutter. Das Haus, die Kinder und alles drumherum war viel Arbeit, aber arbeiten war ich gewohnt, musste ich doch in der Jugend und schon als Kind hart arbeiten.

Allmählich jedoch konnte ich morgens nicht mehr früh aufstehen. Es wurde immer später mit dem Erwachen. Meine Kinder, um die ich mich immer so gekümmert hatte, machten sich selbständig ein Frühstück, das aus Haferflocken bestand. Oft half auch mein Mann, der zur Arbeit musste, beim Frühstück zubereiten. Liebevoll richtete ich immer das Frühstück mit Müsli, das aus frischem Obst bestand, Leinsamen und verschiedenen Körnern. Ich wollte meinen Kindern ein gesundes Essen zubereiten, das fürs Wachstum der Knochen, der Haut, des gesamten Organismus geeignet war.

Noch ein Jahr musste ich auf meinen Therapieplatz warten. Im April 1989 hatte mein Sohn David Erstkommunion. Ich leitete den Kommunionsunterricht, ja, ich war mit Leib und Seele eine Religionslehrerin, die Kinder freuten sich an mir, ich buk Kuchen und brachte ihn mit zur Stunde. Ich berichtete von dem Wirken und Leben meines geliebten Jesus. Einmal schenkten sie mir einen Tulpenstrauß, ich habe mich sehr darüber gefreut. Im gleichen Jahr begann meine Therapie. Zuerst möchte ich jedoch von der Kommunionsfeier berichten. Ich lud meine gesamte Verwandtschaft ein, so auch Giselher und seinen Freund Knut, die inzwischen auch zur Familie gehörten, und ich war nicht mehr böse mit ihnen, dass sie früher so gemein zu mir waren. Ich bin ein Meister der Vergebung, und mein Herz ist groß.

Auch Tante Sofie mit ihrem Mann Oskar, Tante Klothilde mit Onkel Karl, meine Cousine mit ihrem Mann, der querschnittsgelähmt ist und im Rollstuhl sitzt, mein Vater, meine Mutter waren anwesend. Das Gasthaus, das wir aussuchten, war bekannt als gut bürgerlich und gepflegt. Mein Mann und ich hatten ein Probeessen vier Wochen vor dem Fest, das sehr gut schmeckte.

Nach dem feierlichen Gottesdienst ging die ganze Verwandtschaft ins Lokal. Die Fädlesuppe war total versalzen, auch das Hauptmenü Kalbsmedaillon mit Champignons und Schinken war schier ungenießbar. Tapfer und ohne Beschwerde schluckten die Gäste das Menü, und keiner beschwerte sich. Wir sollten 1.500,- DM für das Essen bezahlen, ich jedoch konnte mich nicht durchsetzen, und ich flehte meinen Mann an, zumindest nur einen Teil des Betrages zu überweisen, er jedoch überwies den Betrag vollständig. Normalerweise bin ich eine Kämpferin, aber oft verließ mich der Kampfgeist und ich gab nach. Wenn es um meine Kinder ging, konnte ich kämpfen wie eine Löwin, wenn es um meine Bedürfnisse ging, hatte ich keinen Kampfgeist. Tante Klothilde war reich, sie erbte von einer Tante ein großes Grundstück, jedoch blieb sie bescheiden und hielt das Geld zusammen, um es später ihrer Tochter, meiner Cousine zu vererben. Sie wollte zur Kommunion von David eingeladen werden und sie telefonierte mit meiner Mutter und sagte, sie wolle zum Fest kommen, sie würde auch etwas beisteuern. Eigentlich wollte ich sie nicht einladen, wollte nur ein bescheidenes Fest, aber ich fügte mich ihrem Wunsch. Ich war halt zum Untertanen und »Jasager« erzogen und fürchtete Strafe, wenn ich selbstbewusst »Nein« sagen würde. Ich dachte, um der Gleichheit willen, möchte ich auch Tante Sofie und Onkel Oskar einladen, die mit Klothilde und Karl zerstritten waren, sowie meine Mutter und meinen Vater, die geschieden waren. Sie ließen sich scheiden als ich 16 Jahre alt war. Ich wollte aus diesem Fest eine Begegnung des Friedens gestalten, wo die zerstrittenen Parteien wieder zusammenkommen und sich fröhlich miteinander unterhielten.

Dies ist mir zumindest teilweise gelungen. Tante Klothilde winkte zu mir herüber, ich solle zu ihr kommen. Ich folgte ihrem Befehl und stellte mich zu ihr. Sie drückte mir einen 100 DM-Schein in die Hand. Ich war so enttäuscht, ich dachte ich bekäme mindestens 500,- DM, ich bedankte mich und niedergeschlagen setzte ich mich wieder an meinen Platz. Meine Mutter schaute mich mit einem bösen Blick an und beschwerte sich bei mir über das Essen, das schier ungenießbar war. Ich fühlte mich wieder schuldig, aber ich konnte doch nichts dafür. Schon wieder so eine böse Geste wie bei meiner Hochzeit, wo sie mich wegen der Brautentführung ausschimpfte. Tante Klothilde wollte unbedingt zu der Kommunionsfeier, ich dachte bei mir, dass sie ein schlechtes Gewissen hatte, weil sie und Onkel Karl nicht zu meiner Hochzeit kommen wollten, ebenso Tante Sofie und Onkel Oskar, die sich weigerten zu meiner Hochzeit zu erscheinen. Was habe ich bloß angestellt, warum liebten mich die Menschen nicht, was habe ich verbrochen? Als Dieter und ich zu Tante Sofie gingen und ihr und Onkel Oskar die Nachricht überbrachten, dass wir uns verloben wollten, wurden wir heftig von ihnen ausgeschimpft. Meine Tante sagte, sie hätte geglaubt, ich würde studieren und mit einem Mercedes vorfahren. Ich war geschockt. Ich sollte studieren, sollte den Führerschein machen, hatte ich doch gar kein Selbstvertrauen und vor allem, was tun mit diesen Panikattacken? Ständig war ich in Gedanken, wie ich Probleme zu lösen hatte, nie durfte ich bei mir sein, immer ging es um die Bedürfnisbefriedigung anderer, mir half niemand zu mir selber zu finden. Aber ich hatte zeitweise doch Glück im Unglück. Ich war mit einem Mann verheiratet, der sehr sanft und liebevoll war, zu mir und zu unseren Kindern. Da ich in meine Kinder »verliebt« war, kam mein Mann zu kurz.

Ich hatte ein ambivalentes Verhältnis zur Sexualität. Weil ich keine eigene Sexualität hatte, fühlte ich auch keine Erfüllung, wenn ich mit meinem Mann schlief, ich hatte Durst. Aber das durfte nicht sein, weil, wenn ich es getan hätte, ich vor Schuldgefühlen ihren Partnerinnen gegenüber gestorben wäre. Mein Übergewissen war so übermächtig und mein »Es«, meine Triebe ebenso. Das »Ich«, das dazwischen war, wurde regelrecht zermalmt. Aber davon später.

Onkel Oskar und Tante Sofie weigerten sich auch zu meiner Hochzeit zu erscheinen, sie mochten Dieter nicht, weil er studiert hatte und sein Staatsexamen in Jura machte. Sie waren eifersüchtig und neidisch. Sie wollten nicht, dass ich einen gebildeten Mann heirate, sie beanspruchten »Intelligenz« nur für sich und ihre Kinder, die vor »Intelligenz« strotzten. Das Kind der »gefallenen« Tochter durfte kein Glück haben, nicht studieren, nicht höher sein als die Privilegierten. Mein Schicksal war dies eines Aschenputtels, eines Dornröschens, eines Schneewittchens, das, wo immer es sich aufhielt, verfolgt wurde. Ich wollte den Fluch, der auf mir lastete, auflösen, meine Kinder retten, indem ich meine Libido an einen Mann, der mir gefiel, hingab. Aus diesem Grund bin ich bei einem Psychotherapeuten gelandet, der mein Problem erkannte, der aber den ganzen Schuldkomplex mit mir nicht durcharbeitete, sondern durch sein »Grinsen« alles nur noch schlimmer machte.

Im Jahre 1988 hatte ich ein Anamnesegespräch mit einem Psychotherapeuten in einem Institut in Stuttgart. Es dauerte ungefähr drei Stunden. Ich glaube damals, dem Therapeuten schwirrte der Kopf von all den Informationen aus meinem Leben. Noch ein Jahr musste ich auf einen Therapieplatz warten.

Im April 1989 war es dann so weit. Ich war gegen 10 Uhr morgens bei ihm einbestellt, und ich musste zwei Stunden warten. Ich wartete geduldig bis er so gegen 12 Uhr erschien. Er hatte lauter Dokumente unterm Arm und außer Atem schnaubte er, er habe einen Unfall gehabt und sein Auto hätte gebrannt. Die Unterlagen, die er unterm Arm trug, fielen ihm hinunter, ich wollte ihm helfen, aber er wollte das nicht. Damals schon dachte ich, dass irgendeine schwierige Aufgabe auf mich zukam. Mein Adrenalinspiegel schoss in die Höhe, schon wieder war ich verliebt. Schon wieder in der aufregenden Verliebtheitsfalle. Jedes Mal pochte mein Herz bis zum Hals, wenn ich an ihn dachte und wenn ich ihn sah. Ich war eifersüchtig auf seine Frau, von der ein Foto an der Wand hing und die sehr schön war. Ich fand mich nicht so hübsch, obwohl ich eine sehr attraktive Frau war und heute noch im Gesicht bin. Das Gefühl schlechter und minderwertiger zu sein als alle anderen, weniger intelligent, verfolgte mich mein ganzes Leben lang. Ich verschmolz mit allen Lebewesen, und ich hatte ein Herz, das für alle gering Geachteten und für alle, die am Rande der Gesellschaft standen, schlug. So hatte ich auch Mitleid mit Dr. Schrott, meinem Therapeuten. Ich dachte oft, dass er sehr einsam sei und Liebe suchte, die er von Opfern, ungeliebten Frauen, zu holen trachtete. Er wollte zwei Mücken auf einen Streich erwischen. Die Bedürftigen kamen wie ein Fliegenschwarm zu ihm, diesen Prozess verfolgte ich und jedes Mal, wenn ich im Vorzimmer seiner Praxis auf ihn wartete, kamen eine Frau oder auch ein Mann mit Silberblick und oft mit geröteten Wangen und – ich glaubte es ihnen anzusehn – in erregtem Zustand aus seinem Zimmer. In seinem Zimmer hing ein Bild von Chagall von zwei Liebenden, die sich in Liebe vereinigten, in Rot. Ein riesiges Poster, ein Druck von Grieshaber, hing an der Wand, sowie ein Druck von Munch, Der Schrei. In dieser Praxis wimmelte es vor knisternder erotischer Schwingungen. Manchmal meinte ich vor aufgestauten Liebesgefühlen zu platzen. Ich dachte immer an das »Vater unser«, wo es heißt: »Und führe uns nicht in Versuchung, sondern erlöse uns von dem Bösen.« Ich wusste, dass in mir ein tosender Orkan wütete, der alles zunichte machen wollte, was so gut gewachsen war, alle guten, warmen Gefühle, zum Beispiel Liebesgefühle meinen Kindern gegenüber, die sehr stark waren. Aber die Kehrseite der Medaille war, dass ich die Kinder mit meiner Mutterliebe schier erdrückte. In Märchen und Mythen kommt oft der Ödipuskomplex vor, von dem sich die Kinder trennen müssen um frei zu werden für ihr eigenes Leben. Mit diesem Wissen ausgestattet, hielt ich die Therapie drei Jahre lang durch. Nun möchte ich ein Gedicht niederschreiben, das ich vor der Therapie verfasst habe, wo ich in die Wolken geschaut habe und das meine Sehnsucht nach Unvergänglichkeit und Schönheit zum Ausdruck bringen soll:

Durch und durch
Mit der Zeit
da sah ich Rosen, Rosen
am Vorübergehen,
und sie streckten traurig-stolz –
und ihr Blick war traurig-schön –

ihre Blüten in die Luft.
»Sinnlos«, schienen sie zu denken,
»sinnlos, Schönheit zu verschwenden.«

Da nahm ich sie in mir auf,
wo sie niemals mehr verblühn.

Freundlich-stolz ist ihre Haltung,
und sie blicken freundlich-schön.

Mit der Zeit,
da wurden Kinder zu Engeln ohne Schwingen,
ihr helles Lachen lockte mich
und konnte meins zum Klingen bringen;
das Kind wurde ein Mann – helles Lachen
wurde hohler Klang –
der Engel war verloren.
Wissend um den Engel, suchte ich und fand.
Erleichtert und versöhnt,
nahm er mich bei der Hand:
Es war der Mensch geboren.
Mit der Zeit,
da wurden Schwalben mehr als schmuckes Zubehör
für einen Himmel, von dem ich bisher glaubte,
dass es nur der meine wär'.
Die schweigend-schwarze Formation
ließ pfeilschnell mich verstehen:
Dieselben Schwalben an diesem Ort
werd ich niemals wiedersehen.

Von da an wusste ich wohl:
Die Schwalben sind Symbol für Vergangenes,
nicht Vergessenes, und mein Herz war voll davon.

Meine Seele brauchte Natur, die Schöpfung mit all ihrer Schönheit. Sei es das Halleluja von Händel, die kleine Nachtmusik von Mozart, »An einem Bächlein helle, da floß in froher Eil, die launische Forelle vorüber wie ein Pfeil« von Schubert, »Sah ein Knab ein Röslein stehn« etc. Ich heiße Roswitha, auch Rosi genannt, und so identifizierte ich mich mit dem Röslein, das vom Knab geknickt wurde. Ich zahlte es ihm heim, indem ich ihn mit meinen Dornen stach, aber leiden musste ich trotzdem. Ich bin eine Frau, die sehr tiefe Gefühle hat, die himmelhochjauzend und zu Tode betrübt sein kann. In der Schulmedizin nennt man diese Krankheit »manisch depressiv« oder heutzutage »bipolare Störung«.

Durch die tiefen Verletzungen, die mir geschahen, ist eine schizoaffektive Psychose entstanden, die man versuchte mit Spritzen wegzubringen. Das hat leider nicht geklappt, und nun sitze ich mit einer Depression hier und versuche mich in Liebe anzunehmen, so wie ich bin. Von allen Seiten werde ich getröstet, ermuntert, wird mir Mut gemacht, und so langsam kann die tiefe Wunde heilen.

Nach meiner Verbrennung kam ich in die Wohnstätte, wo ich gepflegt und gehegt wurde, wo meine Wunden versorgt wurden und mir geholfen wurde von Diakonieschwestern, meinen »Gummianzug«, den ich anziehen musste wegen der vielen Verbrennungssnarben, aus- und anzuziehen. Auch bekam ich Krankengymnastik einmal pro Woche. Ich hatte ein Heim, wo es mir sehr gut gefiel, ich fühlte mich wohl unter den vielen psychisch kranken Menschen. Ich engagierte mich und wurde in den Heimbeirat gewählt, organisierte ein Weihnachtsfest, gab Nachhilfe in Englisch und Französisch, buk mit den anderen Weihnachtsgebäck, wie zum Beispiel Engelsaugen, Haselnussmakronen, Kokosplätzchen, Terrassenbrötle, Ausstecherle und mehr. Ich blühte regelrecht auf trotz meiner Schmerzen in den Beinen und Füssen. Die Liebe für diese Menschen befähigte mich, die Schmerzen zu ertragen und liebevoll mit ihnen umzugehen. Jedoch der manische Teil von mir war durchaus anders. Wenn ein strenges Wort von den Betreuern an die Bewohner gerichtet wurde, mischte ich mich ein und sorgte so für einen guten Umgang mit den Bewohnern. Ich muss zugeben, dass ich mich oft verantwortlich fühlte für die Leidenden und mich deshalb öfters als eigentliche Betreuerin oder als Mutter für alle sah. Ich dachte immer, dass Gott mich führte, und ich sah in meiner Umgebung immer Zeichen von ihm, was im Nachhinein betrachtet oft schon als Paranoia angesehen werden musste. Schon früh in meinem Leben hatte ich sehr starke Muttergefühle, etwa zu meiner Schwester Franzi, dann meinen eigenen Kindern gegenüber, sogar fremde Kinder gehörten zu meinen Favoriten, auch afrikanische, hungernde und kranke Kinder. Deshalb spendete ich für Brot für die Welt, SOS Kinderdorf und terre des hommes. Diese Geschichte bringe ich zu Papier, nachdem ich mich verbrannt habe und die Psychotherapie hinter mir gelassen habe. Nun zurück nach Nellingen, wo ich auch ein paar gute Gefühle erleben durfte. Ich könnte das Buch auch nennen »Nicht ohne meine Kinder«. Meine Kinder waren mein Leben, wenn sie herumsprangen und sich freuten, freute ich mich mit ihnen, es war wie wenn ich meine karge Kindheit nachholte, ich fühlte mich wie ein Kind und doch als Mutter, die wärmt und Geborgenheit spendet.

Nun ein Gedicht über die Wohnstätte:

Die Hütte im Herbst

Den Stürmen des Lebens hielten wir stand,
woher kam die Kraft? Wir hielten uns die Hand.

Naturgewalten suchten uns zu kippen,
auf unseren Lippen
Wüstensand.

Bedrängnis von außen und von innen,
in der Hütte dürfen wir spinnen
den Traum vom heiligen Land.

Unsere Seelen fanden zusammen
auf geheimnisvolle Weise
und ihre Wunden so tief
überstanden die Reise.

Hier ist viel Trost für einsame Herzen,
viel Balsam, viel Pflege für brennende Schmerzen.

Der Geist allein sorgt für uns alle,
kein Stolperstein im Weg – keine Falle.

Ich freu mich schon jetzt aufs Weihnachtsfest:
auf Plätzchen und Tannen und –
alles ist echt.

Jetzt zurück zum Jahre 1989, wo meine »Therapie« begann.

An einem Apriltag im Jahre 1989 rief ich Dr. Schrott in seiner Praxis an. Mein Herz klopfte laut, schon wieder war ich verliebt, obwohl ich Dr. Schrott noch nicht mal gesehen hatte. Endlich jemand, der vom Fach war und dem ich mein Herz ausschütten konnte, was ich auch bei meinem Mann tat. Schon zu diesem Zeitpunkt ahnte ich, dass ich durch eine harte Schule gehen musste. Ja, ich musste tausende Tode sterben. Das Sterben war ich gewohnt, sollte es jedoch noch schlimmer kommen?

Am Telefon erzählte ich ihm, dass ich Streit mit meinem Mann hätte und es mir deshalb nicht gut ginge, worauf er zur Antwort gab, es wäre gut, wenn ich baldmöglichst bei ihm eine Therapie beginnen würde. Ich war überhaupt nicht selbstbewusst, ja, wen wundert das? Laut Dr. Schrott sollte ich zu einer selbstbewussten Frau werden, mit seiner Hilfe mir selber zu helfen, war das Motto. Bei mir geht alles über das Gefühl, und da ich in meinen Gefühlen sehr verletzt war, erhoffte ich bei ihm Hilfe und Beistand. In meiner Seele loderte der Wunsch, ihn zu befreien, weil ich dachte er sei liebesbedürftig und armselig. Ich hatte so viel Humor, und ich erzählte Witze und lachte mit ihm. Endlich einen »Vater«, der mir zuhörte und mich liebte, dem ich von der Bibel erzählte, jedoch nicht kontinuierlich. Auch ich hatte etwas zu lernen. Was mich sehr verletzte war, dass ich das Gefühl hatte, ich würde manipuliert. Gleich zu Beginn sagte ich ihm: »Sie haben einen Plan mit mir.« Er stritt das lauthals ab und der eher ruhige Mann wurde ungewöhnlich laut. Schon damals dachte ich, der hat etwas zu verbergen, und ich dachte: »Da ist doch etwas faul.« In der nächsten Stunde fragte ich ihn, ob er an Gott glaube, er schaute leicht verunsichert, ich kam ihm entgegen und sagte: »Sie glauben an den inneren Gott, nicht wahr?« Dankbar und erleichtert nickte er. Ich spürte, dass er vom Geistigen nichts wissen wollte, und ich wollte ihm die »frohe Botschaft« der Bibel überbringen. Ich beschäftigte mich mein ganzes Leben lang mit den Weisheiten der Bibel, die mir auch nicht wirklich geholfen haben. In mir war alles von Geboten und Verboten blockiert, und die Liebe, die ich in meinem Inneren fühlte, durfte nicht ausgelebt werden. In der 4. Stunde zitierte ich eine Stelle vom Neuen Testament, wo es heißt: »Ich bin der Weinstock, ihr seid die Reben, wer in mir bleibt und ich in ihm, bringt reiche Frucht.« Als er dies hörte, hatte er Tränen in den Augen. Ich hatte Mitleid mit ihm und ich wollte ihn mittels meines Glaubens retten. Was für ein Unterfangen! Was für eine Überheblichkeit! Ich wollte Gott spielen, obwohl ich psychisch krank und selber auf Hilfe angewiesen war.

Ich hatte einen Initialtraum. Laut Jung ist dies der Traum nach der ersten Sitzung. Schon damals hat mich dieser Traum gewarnt. Ich war sehr verletzt wegen seiner oberflächlichen Art und gleichzeitig fühlte ich mich sehr zu ihm hingezogen. Ich war hin und her gerissen. Ich spürte eine große Gefahr, die mich erwartete, und ich hätte die Therapie selbst abbrechen müssen. Ich träumte ich wäre ein kleines Mädchen mit etwa sechs Jahren, und ich befand mich im Wohnzimmer von Tante Klothilde. Es tummelten lauter etwa gleichaltrige Buben und Mädchen herum, und sie alle hatten ein Messer in der Hand und stachen auf den guten alten Holzboden ein. Dann erschien Dr. Schrott, nahm mich an der Hand und führte mich vors Haus. Es regnete und ein Embryo lag in der Pfütze und war tot. Mein Unterbewusstsein wollte mir etwas sagen: »Trau diesem Menschen nicht, er führt dich in den Tod.« Aber ich überhörte die Stimme, weil ich gleichzeitig dachte, ich müsste eine Hemmschwelle überwinden. Gewalt war nichts Neues für mich und sie auszuhalten, war ich gewohnt. Aber ich konnte endlich einmal nach Herzenslust flirten, ja, es war legitim, mit einem erotischen Mann zu flirten und das wollte ich um keinen Preis aufgeben. Ich überwand teilweise mein Übergewissen und träumte viele Träume von ihm, von Phallussymbolen und auch von Gewalt. Ich träumte von Saddam Hussein, von Juden, die verschleppt wurden, von Krieg, von Abraham von Saulus, der zu Paulus wurde und so weiter. Ganz am Anfang träumte ich von einem riesigen Computer, mit lauter freiliegenden Kabeln, der anfing zu brennen. Ich war so verliebt, dass mir das Herz brannte. Er, als erfahrener Therapeut, merkte dies, gab ich ihm doch das Allerintimste in die Hände, meine Träume.

Ich schrieb wie wild, es machte mir großen Spaß, ganze Romane meiner Träume aufs Papier zu bringen, selber die Träume mit all ihren Symbolen zu deuten, mich auf mein Innerstes zu konzentrieren und es zur Sprache zu bringen. Endlich jemand, der sich alles anhörte, was mein Herz bewegte. Meine Fantasie blühte regelrecht auf und dafür liebte ich ihn.

Jedoch mein Alltag wurde immer schwieriger. Die Kinder stritten sich oft, sie merkten, dass ich oft nicht bei der Sache war und in Gedanken abgehoben. Zwei Mal die Woche hatte ich Therapie. Einmal Montagmittag und einmal Mittwochmorgen. Ich machte mich hübsch, schminkte mich vorteilhaft, und ich war sehr attraktiv, und das Schönste an all dem war, dass es mir von niemandem verboten wurde, ich durfte meinen Gefühlen freien Lauf lassen. Jedoch eines durfte ich nicht: mit ihm schlafen. Jedoch ich wünschte es mir so sehr und ich rutschte immer weiter in eine Sackgasse, aus der es kein Entrinnen geben sollte. Ich weinte sehr viel, ich dachte immer nur an ihn, ich wünschte mir, dass er mich zu Hause besuchte, wollte mit ihm in eine Disco gehen und tanzen, ja ich wollte eine romantische Beziehung. Ich war aber verheiratet und hatte drei Kinder und ich wollte auch meinem Mann nicht untreu werden. Mein Mann tolerierte mein Verhalten, er gab mir Geld für Geschenke, die ich ihm mitbrachte, ich kaufte Blumen, die ich abmalte, buk Kuchen, schenkte ihm Gefäße, die ich selbst aus Ton herstellte, ja, ich schenkte ihm dies alles aus Liebe. Ich wollte ihm zeigen, was ich alles kann. Ich wollte ihn umarmen, was ich dann auch tat, und bereitwillig stand er mir zur Verfügung und ließ sich umarmen. Dies geschah im letzten Viertel der Therapie.

Ich träumte einmal, ich läge auf der Schulbank und würde meinen Hals ihm entgegenstrecken und er würde mich streicheln. Als ich diesen Traum mit ihm besprach, wurde er ganz erregt und ich hatte das Gefühl, dass er wollte, dass ich diese Szene in der Realität nachahmen sollte. Ich war hin und her gerissen von dem was ich unbedingt wollte und was mir jedoch von meinem Übergewissen verboten war, ja, es stand die Todesstrafe darauf. In diesem andauernden Konflikt befand ich mich drei Jahre lang und Selbstmord war der Ausgang. Jedoch ich lebe immer noch, was für ein Wunder! An dieser Stelle möchte ich meinem Ehemann keinerlei Vorwürfe machen, er war kein Therapeut, und er vertraute darauf, dass mir geholfen würde. Auch hätte es nichts genutzt, wenn er mir verboten hätte dort hinzugehen, in mir loderte die »Liebe« und ich war stur. Ich wollte einmal in meinem Leben glücklich sein und wollte nur eines: Freiheit für mich und alle Menschen.

Inzwischen habe ich einen Freund, den ich sehr schätze wegen seiner Aufrichtigkeit, seiner Ehrlichkeit und seinem großen Herz. Ich habe mich Hals über Kopf in ihn verliebt, er stand mir immer zur Seite mit Rat und Tat und hat sich immer um Lösungen bemüht. Jedoch die Welt kam uns dazwischen. Wir haben uns in Zwiefalten in der Psychiatrie kennengelernt, nachdem ich von Ludwigshafen von der Verbrennungsklinik entlassen worden bin. Gleich als ich ihn sah, sprühte mein Herz vor Freude. Trotz meiner Verbrennungen habe ich die Vision der Liebe nicht aufgegeben. Wir küssten uns, gingen ins Café, diskutierten, ja, wir blühten beide auf. Er flüsterte mir ins Ohr: »Je t'aime!« Und ich musste laut lachen. So, wie wenn ich Liebe als etwas sehr Schwieriges und kaum zu Erreichendes ansah. Es entwickelte sich jedoch eine tiefe Liebe zwischen uns beiden, und als wir beide auf den Friedhof gingen und unserer Freundin Gaby ein Blumenherz aufs Grab legten, um uns von ihr zu verabschieden – sie nahm sich das Leben – wollte ich unbedingt bei Daniel übernachten. Er wollte das anfänglich nicht, jedoch, als ich ihn so oft darum bat, willigte er schließlich ein, und ich verbrachte die Nacht mit ihm. Endlich geborgen in der Liebe, endlich vereint in großem Frieden.

Nun möchte ich wieder in die Gegenwart kommen. Schon seit über einem Monat lebe ich wieder hier im stationären Rahmen in der Wohnstätte, einem Heim für psychisch kranke Menschen, und die Gemeinschaft mit diesen Menschen tut mir gut. Vor etwa zwei Jahren wurde ich mit einem Burn-out-Syndrom in die Klinik nach Reutlingen gebracht, und ich war sehr suizidal. Zuhause überkam mich eine dunkle Wolke. Eine Psychose hat mich eingeholt, nachdem ich meine Spritze abgesetzt habe. Meine

Libido war zerstört, ich hatte meine Körpergefühle verloren, und ich spürte nichts mehr.

In der Psychiatrie fühlte ich mich sehr unwohl. Ich hatte kein Vertrauen mehr zu den Ärzten, weil sie nicht auf mich eingingen. Ich hatte starke Nebenwirkungen von den Psychopharmaka, schlimmer Speichelfluss in der Nacht, Hautausschläge, Übelkeit, Herzrhythmusstörungen, ungewöhnliche Wärmegefühle, Schläfrigkeit und so weiter. All das schien die Ärzte nicht zu interessieren. Sie behandelten nur die Symptome. Das gefällt mir an der Schulmedizin nicht. Der Mensch besteht aus Körper, Geist und Seele. Und, obwohl es »seelische Erkrankung« heißt, wird in den seelisch-geistigen Haushalt mittels Chemie eingegriffen, der feinstoffliche Körper wird zerstört, so dass man die Gefühle der Liebe, des Einsseins mit Allem was ist, verliert. Ich wurde aus dem Grund, dass man mir nicht zuhörte, dass man mich fixierte und spritzte, noch viel kränker. Die Manie, beziehungsweise die Psychose hat vehement zugeschlagen. Im Jahre 2008 an Weihnachten wurde ich in die Psychiatrie eingewiesen, dort schlug ich alles zusammen. Ich ging auf Ärzte los und verprügelte sie, ich schlug die Bilder von der Wand und trat auf Scherben. In mir war pure Gewalt, und ich bin sehr dankbar, dass niemand durch mein Verhalten zu Schaden gekommen ist. Alles was mich am Leben erhielt, waren meine Kinder, sie sind es auch heute noch.

Ich komme immer wieder – kaum bin ich in der Gegenwart – in die Vergangenheit. Aber sie ist wichtig, um die Gegenwart und die Zukunft zu verstehen. Deshalb geht es vor und zurück, zurück und vorwärts.

Ich habe gestern ein Bild gemalt: »Der Märchenbaum«, 50 × 70 cm Aquarell auf Leinwand, in orange-violett, das ich meinem Apotheker, Herrn Wagner, zum Ausstellen überreichen möchte. Wie schon zuvor erwähnt, ist dieser Mann sehr kompetent und menschenfreundlich, und er hat immer ein offenes Ohr für alle Wehwehchen und nimmt sich Zeit. »Bei Fragen wenden Sie sich an Ihren Arzt und Apotheker«, heißt es in der Werbung. Inzwischen gehe ich immer zu meinem Apotheker, da fühle ich mich aufgehoben und gut versorgt.

Jetzt zurück zu meiner Therapie. Ich wusste wohl, dass mit mir etwas nicht stimmte, wusste, dass ich sehr »verklemmt« war, was mir viele Bekannte in meiner Jugend sagten und worüber ich sehr traurig war, ja, es hat mich sehr bis ins Innerste verletzt, wenn meine Freundinnen über mich lästerten, ich sei verklemmt. Deshalb habe ich in dieser Therapie so lange ausgehalten, ich wollte mich ändern, wollte meine Familie retten, hierzu ein Gedicht:

Ich will Dich wissen,
ich werfe mich an Deinen Hals,
oh beuge Dich zu mir,
damit ich Deine Nähe spür'
und somit die Gewissheit von Dir nie mehr verlier'.
Noch ärger als je zuvor bedräng ich Dich:
Nimm Dich doch meiner an
mit allem was dazugehört,
den Kindern und dem Mann.
Wir hinterlassen Spuren,
ich wünschte, die Deinen wären auch dabei.
Wir schauen auf die Uhren,
die Zeit, worin wir viel geträumt, viel versäumt,
sie ist schon fast vorbei.
Renn Du doch noch das letzte Stück mit uns!
Kämpf uns den Weg zu Dir hin frei!

Ja, ich war auf der Suche, wie Dr. Schrott richtig bemerkt hat. Ich suchte Gott, der sich meiner Meinung nach in Liebe zwischen Mann und Frau manifestierte. In einer Liebe, die menschliche Wesen hervorbringt, eine solch hohe Stufe der geistigen

Intelligenz, die durch den Orgasmus ein unvorstellbares Wunder hervorbringt. Aber im Laufe der Zeit verwandelt sich diese hohe Form der Geistigkeit ins Primitive und alles dreht sich ums Materielle. Der Mensch ist dazu erkoren, die Schöpfung, die ihm anvertraut ist, zu beschützen und zu bewahren. Siehe mein Gedicht »Durch und durch«. Und was tut der Mensch? Er beutet aus, um seine niedrigen Bedürfnisse zu befriedigen, denkt weder an die geplagten Tiere, noch an seine Kinder und Enkelkinder, die in eine lieblose Gesellschaft hineingeboren werden, die die Kraft aufbringen müssen, unsere Zukunft mit all den Naturkatastrophen wieder ins Lot zu bringen. Wenn die Moral nicht mehr gefragt ist, nur Bedürfnisbefriedigung und Arbeitsplätze an erster Stelle stehen, dann ist es weit gekommen mit der Welt.

Gestern konsultierte ich einen Arzt bei Nürtingen, ich wollte eine Zweitmeinung bei einem Naturheilmediziner einholen wegen der Nebenwirkungen der Psychopharmaka, die ich täglich in hohen Dosen einnehmen muss und die mein Denken ziemlich beeinträchtigen. Die Praxis sowie auch die Sprechstundenhilfen hatten eine positive Ausstrahlung. Als ich mein Befreiungskärtchen vorzeigte, bemerkte ich bei der Dame am Empfang so etwas wie eine Verachtung in ihrer Mimik. Der Arzt begrüßte mich freundlich. Ich erzählte ihm von meiner Verbrennung und von meinen Hauttransplantationen und dass ich psychisch krank sei. Er antwortete mir eiskalt, er wäre für mich als psychisch Kranke nicht der Richtige, er könne nichts für mich tun, ich solle weiterhin bei meinem Hausarzt bleiben und zu meinem Psychiater gehen. Ich wollte bei ihm Hilfe holen wegen der Nebenwirkungen, die meinen Körper so sehr belasteten. Ich kann kaum mehr gehen, die Beine und der linke Fuß tun so weh beim Auftreten, die zuerst weiche transplantierte Haut ist sehr hart geworden. Ich denke dies sind Nebenwirkungen von den vielen Psychopharmaka, die ich täglich einnehmen muss. Viele behaupten, dies käme von den Verbrennungsnarben und von zunehmendem Alter. Aber ich weiß es besser, ich bin mit meinem Körper verbunden, nur ich mithilfe meiner immer noch intakten weiblichen Intuition kann das wissen. Dieses Recht auf das Hinspüren des eigenen Körpers wird einem von der Ärzteschaft genommen. Das Patriarchat ist auf der Spitze seiner Macht angelangt, Frauen und auch Männer sind Versuchskaninchen, sowie unschuldige Tiere, die extra zum Experimentieren herangezüchtet werden, damit Frauen über 50 ihre Anti-age-Creme gegen Falten erwerben können. Dies ist Blasphemie in meinen Augen, denn auch Tiere sind Gottes Geschöpfe und haben eine Seele, sind sie doch Weggefährten für ältere einsame Menschen, eine Tablette kann die Einsamkeit und Isolation nicht wegzaubern. Tiere sind oft eine Therapie für Menschen, denke man nur an Delphine, die sich um psychisch kranke Kinder kümmern und ihnen durch ihre Liebe eine Hilfestellung und Bereicherung für ihr Leben vermitteln.

Nachdem ich gestern beim Arzt gewesen war, ging ich noch zu meinem Apotheker, um ein bisschen mit ihm zu plaudern. Er hat immer ein offenes Ohr für mich, und er schenkte mir einen Kalender.

Er will meine Bilder ausstellen, und wenn ich eines verkaufe, lade ich ihn zum Essen ein. Ich habe eine solche Freude, wenn sich Menschen zusammentun und sich gegenseitig achten und respektieren. Ich freue mich an jedem Bild, das ich male, an den verschiedenen Farben. Ich male Aquarell auf Leinwand mit Jaxon Kreide, oder Acryl auf Leinwand in den Komplimentärfarben, z.B. rot mit grün, blau mit gelb, violett mit orange.

Nun zurück zu meiner Therapie:

Zu Beginn der Therapie fragte mich Dr. Schrott, ob ich ein Lieblingsmärchen hätte. Ja, ich hatte eines und zwar von den Gebrüdern Grimm: »Die zertanzten Schuhe.« Es handelt von zwölf Prinzessinnen, die jede Nacht in den Untergrund gingen, die sich mit Prinzen trafen, mit ihnen die ganze Nacht tanzten und die ihre zertanzten Schuhe vors Schlafzimmer stellten. Der König, ihr Vater, war verzweifelt, seine Töchter sollten doch heiraten, und so machte er im ganzen Land bekannt, wer es fertigbrächte herauszufinden, wo seine Töchter die Nacht verbringen, den würde er zum König über sein gesamtes Reich krönen, wer es aber versuchte und das Geheimnis nicht enträtselte, musste einen schrecklichen Tod sterben. Viele versuchten es und scheiterten, weil sie den Schlaftrunk, den ihnen die Prinzessinnen reichten, tranken und einschliefen. Da war ein alter Soldat, der gerade vom Krieg kam. Er hatte eine Wunde. Er traf auf eine alte Frau, die er nach dem Weg fragte. Die Frau fragte ihn, ob er die zwölf Prinzessinnen befreien wollte, ob er sich das zutrauen würde. Der Soldat willigte ein, er hatte nichts zu verlieren. Die alte weise Frau warnte ihn und sagte, er dürfe nicht den Wein trinken, der ihm gereicht würde, sonst würde er einschlafen und könne das Rätsel nicht lösen. Auch gab sie ihm ein Mäntelchen und wenn er dies anzog, war er unsichtbar. Außerdem ein Schwämmchen, das er sich umbinden sollte, um den Wein dahinein fließen zu lassen. Frohen Herzens machte er sich auf den Weg zum Schloss. Er stellte sich dem König vor, wurde freundlich begrüßt und bewirtet, und er ließ es sich schmecken. Bald kam der Abend, die Prinzessinnen schminkten sich und richteten sich her aufs Feinste, eine war schöner als die andere.

Es wurde gelacht und gescherzt, und es wurde Wein gereicht. Der Soldat band sich den Schwamm, den er von der alten Frau bekommen hatte, um den Hals, und anstatt den Wein zu schlucken, ließ er ihn in den Schwamm fließen, wo er aufgesaugt wurde. Er stellte sich schlafend und die Frauen lachten ihn aus und freuten sich, dass es ihnen wieder einmal gelungen war, einen Bewerber auszuschalten. Als sie sich sicher waren, dass er fest schlief, machten sie sich auf den Weg in die Unterwelt. Der Soldat jedoch tat sein Mäntelchen um, war somit unsichtbar und folgte ihnen. In der Unterwelt angelangt war da ein Wald mit lauter silbernen

Bäumen. Als Beweis für den König brach der Soldat einen Zweig ab und es krachte laut. Die Jüngste erschrak und sagte: »Was war das für ein Geräusch?« Die Älteste antwortete: »Du dumme Gans, das sind die Freudenschüsse unserer Prinzen, die auf uns warten.« Sie stiegen in ein Boot, das am Ufer stand und sie abholte. Am zweiten Abend war das gleiche Ritual, wieder gossen sie ihm den Schlaftrunk ein, er jedoch ließ den Wein in das Schwämmchen fließen und zog sich, nachdem sie sich vergewissert hatten, dass er schlief, sein Mäntelchen um und folgte ihnen. Unten angekommen, war da ein Wald voller goldener Bäume, er knickte einen goldenen Zweig als Beweis ab und wieder krachte es. Die Jüngste bemerkte das wieder, und die Älteste beruhigte sie wie das vorige Mal, und alles wiederholte sich. Am dritten Abend war da ein Wald mit lauter diamantener Bäume, der Soldat brach wieder ein Beweisstück ab, und es krachte wieder. Nun war das Rätsel gelöst. Der Soldat brachte dem König alle drei Zweige als Beweis mit und berichtete ihm, wo sich seine Töchter in den drei Nächten aufgehalten hatten. Der König war ganz erfreut und übergab ihm das Königreich. Er durfte sich eine von den zwölfen aussuchen. Er entschied sich für die Älteste, weil er auch nicht mehr der Jüngste war. Die elf Zurückgebliebenen aber weinten bitterlich, weil das Spiel jetzt beendet war.

Dies war die Geschichte meiner Angstneurose. Ich habe mich aufs Schönste hergerichtet, war attraktiv und verführte Männer mit meiner Ausstrahlung, mir genügte das. Ich hätte, wenn da nicht die Schuldgefühle gewesen wären, mit einigen Männern geschlafen, um mich so zu befreien. Ich dachte, Dr. Schrott wäre der »alte Soldat« und es wäre an der Zeit, mich zu erlösen. Ich hatte das Gefühl, Dr. Schrott bot sich mir an, ich hätte nur zugreifen müssen. Aber da war doch die Kirche, die Beichte, die heilige Kommunion, der liebe Gott! Ich war ganz alleingelassen mit meinem furchtbaren Schuldkomplex, und jetzt begann der Hass auf Dr. Schrott, der immer nur grinste, wenn ich von meinem Leid erzählte und der mich oft auch böse ansah, wenn ich in meinem Selbstmitleid badete. Um ihm zu gefallen und ihn zu reizen, setzte ich alle Hebel in Bewegung. Ich lieh mir aus der Bücherei Kunstbücher aus und malte nackte Frauen ab, z. B. von Gustav Klimt »Die zwei Freundinnen«, und noch vieles mehr.

Jedes Mal, wenn ich solche Akte mitbrachte, bekam er rote Ohren und ich war befriedigt, endlich konnte ich ihm mitteilen, dass ich sehr begabt sei und etwas kann, was er nicht kann. Ich glaube, ich habe einen tiefsitzenden Männerhass, ausgelöst durch diesen behinderten Jungen, der mich aufforderte, meine Hose herunterzuziehen und der mich begaffte. Ich sollte dies bei einem Pfarrer beichten, und ich schämte mich damals zu Tode. Nichts, aber auch gar nichts hat Dr. Schrott mit mir aufgearbeitet. Ich hasste ihn wegen seiner Oberflächlichkeit und der Einstellung, durch freies Ausagieren des Sexualtriebes wären alle Probleme gelöst. Ich hätte handeln und die Therapie abbrechen müssen.

Nach etwa zwei Jahren Therapie wurde es allmählich immer schlimmer mit mir. Große Trauer wegen meinem »Geliebten«, den ich nicht lieben durfte – überall waren Verbotsschilder. »Vorsicht Falle wegen Ehebruch, geh, lauf schnell in die Sackgasse, aus der du nicht mehr herauskommst«, lachte der Teufel höhnisch. Ich war nach drei Jahren völlig am Ende, und hilfesuchend wandte ich mich an die Psychiatrie in Göppingen. Den Aufenthalt dort habe ich schon weiter vorne beschrieben. Als ich von Göppingen entlassen wurde, war ich nach fünf Wochen wieder hergestellt, machte aber den großen Fehler und ging wieder zu Dr. Schrott, ich wollte sterben.

Der Entschluss zu sterben saß tief und fest in meinem Unterbewusstsein. Dieses Verlangen nach dem Tod und gleichzeitig die Sehnsucht nach Leben waren im Widerstreit zueinander und brachten mich etwa 20 Jahre in alle möglichen Psychiatrien in ganz Baden-Württemberg und sogar nach Oberursel bei Frankfurt. In all den Kliniken waren Opfer einer lieblosen Gesellschaft, von harten, egoistischen Eltern, und wann immer sich eine Gelegenheit bot zu trösten, zu beten, spazieren zu gehen, ergriff ich die Chance und mischte mich ein, indem ich den kranken Menschen Bonbons gab, ab und zu ein gutes Wort, ein Lächeln, ein paar schöne Blumen schenkte, für andere Einkäufe machte, wenn sie nicht raus durften, Brezeln und Kuchen verschenkte oder jemanden zu einem Kaffee einlud und mit ihm gute Gespräche führte.

Der Chefarzt in der Klinik in Oberursel ließ mich auf den Boden knien, er segnete mich und hielt seine Hand über meinen Kopf. Als sich bei mir nichts tat, gab er auf und schickte mich als unheilbar krank nach Hause. Zuhause angekommen, suchte ich viele Stellen auf wie die Beratungsstelle der Caritas, Baptisten, christliche Hauskreise wie die BGG (biblische Glaubensgemeinde), Bibelkreise etc. Bei meiner Suche nach Heilung stieß ich auf eine alte Dame, die Gebetsstunden anbot. Sie kümmerte sich rührend um mich und lud mich einmal in der Woche zum Gebetskaffee ein. Sie las Stellen aus der Bibel vor und stellte Gottes Vergebung ganz obenan. Sie schenkte mir sogar 300,- DM für einen Therapeuten in Esslingen, der auch ein Scharlatan war und der es sehr aufs Geld abgesehen hatte. Er berechnete auch die Telefonate, die ich mit ihm führte und wo ich sehr verzweifelt war. Ich traute meinen Augen nicht, als ich die Rechnung sah. Er hat meine Verzweiflung ausgenutzt und für die wenigen Minuten, die er mir widmete, Honorar berechnet. Die erste Stunde ließ er mir nach mit der Begründung des Lebens und Sterbens meiner Großmutter väterlicherseits. Meine Großmutter ist in Grafeneck vergast worden, sie hatte das gleiche Krankheitsbild: Schizophrenie, wie ich. Das fand ich sehr anständig von ihm und eine würdevolle Geste. Er konnte mir jedoch auch nicht helfen und so suchte ich den Nächsten auf. Diesmal war es eine Frau in Esslingen, die auch Buchautorin war. Als mein Mann und ich sie konsultierten, schwänzelte der große schwarze Hund um uns herum und schnupperte aufgeregt. Manche Hunde finde ich nicht gut, viele werden als Machtinstrument benutzt, und ich habe Angst vor Hunden, worauf die Besitzer in einem solchen Fall immer besänftigen: »Der tut doch nichts, er will bloß spielen.« Ungeachtet dessen, dass schon kleine Kinder von einem so lieben Schäferhund zu Tode gebissen wurden. Diese Psychologin schickte mich zu einer Homöopathin, die für eine Dreiviertelstunde 100,- DM abkassierte und die aufgeregt in ihrem schlauen Buch blätterte, ob es Globuli für meinen Fall gebe. Verzweifelt sagte ich ihr, dass ich keine Gefühle mehr habe und sie versicherte mir, dass für den Fall ein bestimmtes Medikament in Frage kommen würde. Ich nahm die Kügelchen über ein paar Wochen ein, und es tat sich nichts. Ich führte meine Familie in den Ruin, was mich zu all den Problemen noch zusätzlich belastete. Die Psychologin aus Esslingen verlangte pro Therapiestunde 150,- DM, nach einer Dreiviertelstunde klingelte der Wecker, und ich wurde mit meiner Verzweiflung wieder nach Hause geschickt. In Göppingen machte ich einen Hypnosetherapeuten ausfindig, den ich, während ich mich in der dortigen Klinik aufhielt, konsultierte. Er verlangte pro Stunde 200,- DM. In einem völlig dekompensierten Zustand suchte ich ihn auf. Ich hatte kein gutes Gefühl, als ich im Wartezimmer saß. Dort befanden sich allerlei Kuscheltiere, Schlümpfe etc. Ich sollte mich auf eine Liege legen und er sprach die verschiedenen Chakren an. Ich sollte mir eine Wiese vorstellen. Ich stellte mir eine Wiese vor, wo ich Ball spielte und eine Burg war. Ich ging in die Burg und stieg die Wendeltreppe empor und schaute aus dem Turmfenster. Solche und ähnliche Bilder ließ er in mir aufsteigen, aber das alles führte zu nichts. Bei diesem Hypnosetherapeut ließ ich 6.000,- DM liegen. Zum Glück hinterließ mir mein verstorbener Vater 42.000,- DM, womit der Betrag bezahlt werden konnte. Ich flüchtete von einer Stelle zur anderen, weil ich keine Ruhe mehr fand. In Stuttgart Botnang praktizierte ein Psychotherapeut, den ich aufsuchte. Es war Montagmorgen, und mein Mann fuhr mich mit dem Auto dorthin. Als ich an der Tür läutete, kam mir ein ziemlich verschlafener Mann entgegen und, als ich eintrat, stieg mir ein übler Geruch in die Nase. Er führte mich in das Behandlungszimmer, wo es fürchterlich roch. Die Katze war übers Wochenende dort eingesperrt und in ihrer Panik riss sie die Vorhänge runter und verrichtete ihr Geschäft dort. Bei diesem Mann war ich über eine Stunde lang, und als ich ihm erzählte, ich hätte keine Gefühle mehr, kam er auf mich zu und forderte mich auf, mich hinzulegen, und er wollte mich im Brustbereich massieren, damit ich wieder Gefühle spürte. Dies ließ ich nicht mit mir machen, ich stand wutentbrannt auf und verließ die Praxis. Zwei Wochen später kam die Rechnung. Er verlangte für die Behandlung, die ja gar keine war, 180,- DM, worauf ich mich telefonisch bei ihm beschwerte und nur die Hälfte überwies. Er sagte, wenn ich so radikal mit anderen umgehen würde, würde es ihn nicht wundern, wenn es mir so schlecht ginge.

Die Selbstmordgedanken hörten nicht auf mich zu plagen, und verzweifelt telefonierte ich mit der Telefonseelsorge. Wenigstens für ein paar Minuten ein Gegenüber, das mir zuhörte. Die meisten Personen am anderen Ende waren freundlich und hilfsbereit, und es ging meistens ums Einkaufen und Kochen. Jedes Mal, wenn ich aufhörte zu telefonieren, gab ich mir einen Ruck und ich kaufte fürs Mittagessen ein, und danach versuchte ich zu kochen, was mir sehr schwer fiel. Meistens gab es in dieser schwierigen Zeit Spaghetti mit Tomatensauce, die Kinder, die hungrig waren, gaben sich damit zufrieden.

Nach den verschiedenen Klinikaufenthalten wurde ich immer wieder für zwei Wochen nach Hause entlassen, um in eine andere Klinik aufgenommen zu werden. Ich war unfähig meinen Haushalt zu machen, zu kochen oder gar zu putzen. Wenn ich den Staubsauger hielt, meinte ich, ich wäre mit einem Betonklotz zu Gange. Ich hatte keinerlei Kraft mehr und eine unsägliche Kälte von innen her überwältigte mich. Oft lag ich bis um 11.00 Uhr im Bett und fing erst kurz bevor meine Kinder von der Schule kamen an zu kochen. Wenn es um die Mittagszeit klingelte, sprang ich aus dem Bett, öffnete die Türe, und meine Franzi stand da. Ich legte mich mit ihr ins Bett, sie sollte nicht merken wie schlecht es mir ging. Dann versuchte ich mit aller Kraft, uns das Essen zu schöpfen, dann klingelte es wieder und Hannes stand vor der Türe. Er wollte sich auch zuerst ausruhen und erst nach dem Mittagsschlaf etwas essen. Manchmal wollte er noch Computerspiele machen, was mir nicht besonders gefiel, jedoch hatte ich keine Kraft mehr zu erziehen oder gar zu kritisieren. Dies alles geschah nach der »Therapie«. Ich durchlief eine Psychiatrie nach der anderen, kaum war ich entlassen, wurde ich spätestens nach zwei oder drei Wochen wieder in die gleiche oder einer anderen Klinik eingewiesen.

Sehr oft hatte ich Kältegefühle von innen heraus, ja, ich dachte oft, dass die Wände in unserem Haus unsägliche Kälte ausstrahlten, die auf mich überging. Ich dachte eine große Zeitspanne lang, ich sei Hitler, oder das Böse selbst, der Satan, der alles zerstörte. Ich befand mich über Jahre hinweg in der Hölle. Ich dachte bisher die Hölle sei heiß, ich sage sie ist beides, heiß und eiskalt.

Nach Abbruch der Therapie, den ich selbst herbeiführte, starb mein Vater an Lungenkrebs. Mein Vater war verwahrlost. Er rauchte wie ein Schlot, trank viel Alkohol und ernährte sich nicht gesund. Einmal, als er mitten im Sommer sehr depressiv war, besuchte ich ihn in seiner Wohnung. Es sah dort verheerend aus. Neben seinem Sofa, auf dem er schlief, waren Zigarettenkippen und Erbrochenes, die Fensterläden waren am Mittag noch unten, und zuerst öffnete ich das Fenster und zog die Rollläden hoch. Als er so dalag, völlig hilflos, tat er mir so leid, und ich verzieh ihm alles, was er mir angetan hatte. Ich rief seinen Hausarzt an, der ihn ins Marienhospital einwies. Die Ärzte dort sagten, es wäre eine Rettung in letzter Minute gewesen, hätte er noch eine Weile zuhause verbracht, wäre das sein Tod gewesen. Als ich ihn an diesem Sommertag besuchte, hatte er Halluzinationen und faselte die ganze Zeit von seinem Vater und weinte bitterlich. Er lag da wie ein Säugling, der im Sterben lag. Und immer winselte er und sprach zu mir: »Roswithale, ich habe solche Angst vor dem Sterben, ich hatte einen Traum heute Nacht, wo ein paar vermummte schwarz gekleidete Männer mich mit einer Trage aus dem Haus trugen, ich glaube ich muss bald sterben.« Ich tröstete ihn so gut ich es konnte, und dann wurde er von einem Sanitäter an der Hand zum Auto geführt, das ihn ins Hospital brachte. Ich besuchte ihn öfters, und nach ein paar Wochen wurde er entlassen. Einige Zeit später kam er wieder ins Krankenhaus wegen Durchfall und Erbrechen. Er wurde dort untersucht und man stellte fest, dass er Lungenkrebs hatte, auch hatten sich schon Metastasen gebildet. Auf jeden Fall verließ mein Vater heimlich das Krankenhaus ohne sich anzuziehen, im Schlafanzug, und tauchte in seiner Stammkneipe unter, wo er sich oft aufhielt, wo ich ihn als 10-Jährige immer wieder besuchte und wo er sich so darüber freute.

Mein Vater tat mir in der Seele leid, er hatte ein sehr tiefes, melancholisches Gemüt, und hinter seiner harten Schale war ein weicher Kern verborgen. Mit siebzehn Jahren musste er in den Krieg, er hatte keine gute Kindheit und Jugend. Er hatte einen bösen Vater, der ein Nazi war und der beinahe seine Kinder mit einem Beil getötet hatte. Gerade noch rechtzeitig warnte mein Vater, der damals erst sieben Jahre alt war, seine Geschwister, die alle in einem Bett schliefen, sie sollten schnurstracks unters Bett, was sie auch taten. Der Betrunkene stapfte mit einem Beil bewaffnet die Treppe hinauf, schlug auf das Bett ein und befriedigt verließ er das Schlafzimmer. Als die Gefahr vorüber war, krabbelten die Kinder unterm Bett hervor.

Mein Vater hatte zehn Geschwister, drei davon nahmen sich das Leben. Der Jüngste, Benedikt, erhängte sich, nachdem ihm sein Vater einen Strick gab und ihn zum Selbstmord aufforderte.

Onkel Ludwig war in der ehemaligen DDR verheiratet, er war unglücklich, und er fuhr mit seinem Motorrad in einen fahrenden Zug.

Onkel Anton fand seine Frau und seine zwei Kinder, als er von der Arbeit heimkam, leblos am Boden liegend, den Gashahn geöffnet, und er legte sich hinzu, wie es die Kripo feststellte.

Dies alles bekam ich mit. Niemand sprach mit uns Kindern über diese Vorfälle. Ich war sehr traurig, und ich wollte, dass sich dies in meiner Familie nicht fortsetzte, ja, ich wollte mich schützend vor meine Kinder stellen, alle Gewalt mit Gutem überwinden, für die Liebe einstehen, sie praktizieren, so oft es nötig war, mit Liebe die Welt retten. Immer wieder kreisten meine Gedanken um die Liebe, ich hatte so viel zu geben, und ich beschenkte die Welt um mich herum mit guten Gaben: mit Liebe, Mitgefühl, Freude, Glück, Friede. Trost.

Nun ist es Dienstagmorgen, ich habe schon gefrühstückt und meine Medikamente eingenommen. Freudig sitze ich wieder an meiner Schreibmaschine, und ich bin dabei, mich zu erinnern. In mir ist eine tiefe Ruhe, ich habe gut geschlafen. Heute Mittag habe ich einen Termin bei der Krankengymnastin. Dies ist eine sehr liebenswerte Person, und sie hat sich bei meiner Krankenkasse für mich eingesetzt, dass ich eine Dauerbehandlung für Lymphdrainage bekomme. Sie macht ihre Arbeit gut, sie löst durch ihre Griffe die Blockaden, die durch meine Narben entstanden sind, auf. Ich bin so dankbar, dass ich noch am Leben bin und einiges in die Gänge bringen kann. Heute möchte ich noch mein schönes Bild mit dem Märchenbaum bei meinem Apotheker vorbeibringen. Es ist Therapie für mich, meine Bilder immer wieder zu betrachten. Es steckt so viel Leben darin. Nun muss ich zur Ergotherapie. Ergo kommt vom Griechischen und heißt Arbeit. »Ora et labora, bete und arbeite.« Das tue ich jeden Tag. Ich bin so froh, dass ich beschäftigt bin. Am Wochenende war Weihnachtsmarkt, wir verkauften Selbstgebasteltes und machten einen Gewinn von über 600.- Euro. Es macht mir großen Spaß zu verkaufen, und ich bin stolz, wenn ich das Rückgeld rausgeben kann. Obwohl ich vom Geld nichts wissen wollte, weil es eine schlechte Energie in meinem jungen Leben ausstrahlte – meine Eltern stritten sich wegen des Geldes, alles drehte sich ums Geld, die Liebe fehlte – hat es jetzt in meinem Rentnerdasein eine gute Ausstrahlung. Ich bezog über 1.000,- Euro Erwerbsunfähigkeitsrente, die ich jetzt leider dem Landratsamt abgeben muss, ich bekomme nur noch ein Taschengeld von etwa 120,- Euro. Ich war schon immer bescheiden, Kost und Logis sind in den Heimkosten enthalten, und ich brauche nur etwas Geld für meinen Tabak, der naturrein ist und mit dem keine Tierversuche gemacht werden. Ich fühle mich wohl in diesem kleinen Zimmer, das überschaubar ist und wo ich nicht allzu viel putzen und abstauben muss. Ich bin froh, dass ich nicht in einem Altersheim gelandet bin, wo einem alles abgenommen wird. Wir haben hier einen gut strukturierten Wochenplan, wo man eingeteilt wird zum Kochen, Putzen, Wäschewaschen, Ziegen füttern, Hasen und Hühner versorgen. Dieser Rahmen, der für äußere Ordnung gesteckt wird, hilft auch, die »innere Ordnung« zu finden. Man hat auch viel Freizeit, und man wird zur Selbständigkeit aufgefordert. Jetzt bin ich mit meinen Ausführungen ganz in der Gegenwart und möchte wieder in die Vergangenheit gehen, wo es noch einiges zu berichten gibt.

In Waiblingen im Jahre 1985 kam meine kleine Franzi zur Welt, ich war schon vier Wochen vor der Geburt in der Filderklinik, weil ich starke Wehen hatte. Ich wurde wieder heimgeschickt. Als es vier Wochen später so weit war, hatten wir nicht mal die Zeit nach Bonlanden in die Filderklinik zu fahren, so gingen mein Mann und ich ins städtische Krankenhaus in Waiblingen. Ich hatte von Mittag bis abends starke Wehen, die aber immer wieder aufhörten. Mir wurde verordnet den Korridor auf und ab zu laufen, damit die Wehen in ihre letzten Phasen übergingen. Es wollte einfach nicht vorwärts gehen und so bekam ich um 18.30 Uhr eine wehenfördernde Spritze. Endlich setzten die Presswehen ein, und alles ging ganz schnell. Meine Franzi hatte schwarze Haare und ein sehr süßes Gesichtchen. Als meine Schwiegermutter mich besuchte, machte sie eine Bemerkung, die mich sehr verletzte: »Die sieht ja aus wie ein Äffchen.« Wie kann man eine solche Äußerung machen seinem frischgeborenen Enkelkind gegenüber!

Noch drei Jahre lang sollten wir in Waiblingen verweilen und das Gemecker von den Hausmeistern mit anhören und das Gejammer von meiner Schwiegermutter wegen ihren Zähnen und wegen ihrer Mutter, die sie ins Altersheim steckte. Sie wollte ihre Mutter nicht bei sich aufnehmen, sie litt unter der Macht ihrer Mutter, die sehr dominant war und die gegen ihren Schwiegersohn war und über ihn schimpfte. Er verstarb schon frühzeitig, meine Schwiegermutter trauerte jahrelang um ihn, und wenn sie uns besuchte, kam immer das Thema auf von ihrem verstorbenen Mann und ihrer »bösen Mutter«.

Als Franzi drei Jahre alt war, stand der Umzug nach Nellingen an. Dort ansässig geworden, kamen sie und Hannes in den evangelischen Kindergarten. Jeden Tag begleitete ich sie dorthin. Als sie älter geworden waren, ließ ich sie alleine zum »Kindi« gehen, rief aber zehn Minuten nachdem sie von zuhause losgegangen waren bei der Erzieherin an. Ich war jedes Mal so erleichtert, als ich vernahm, dass sie gut angekommen seien. Ich musste mich jedes Mal überwinden, bevor ich sie alleine aus dem Hause gehen ließ. Ich dachte, dass ich von meiner Übervorsicht loslassen sollte, damit sie selbständig werden konnten. Ich hatte ein ungutes Gefühl dabei. Wie oft hört man von Entführungen und sonstigen Delikten. »Gott sei Dank« hatten sie immer einen Schutzengel, bis heute.

Kaum waren wir in unserer neuen Heimat eingezogen, forderte meine Mutter mich auf, mich um eine Nachbarin, die keine Kinder hatte, zu kümmern. Sie sei so einsam. Schon wieder musste ich mich um andere sorgen, hatte ich doch genug mit meinen drei Kindern zu tun. Ich konnte mich nicht wehren, und so lud ich die Nachbarin öfters zum Nachmittagskaffee ein. Meine Mutter kam auch oftmals mit, und es wurde getratscht über andere, auch über Tante Weiss, die jetzt »Omi« genannt wurde. Ich regte mich so sehr auf, mich interessierte das Geschwätz nicht, und ich hätte die Zeit lieber mit meinen Kindern verbracht, mit ihnen Hausaufgaben gemacht und gespielt. Aber einiges setzte ich durch, jedoch war ich immer verspannt, musste ich es doch jedem recht machen. Ich konnte damals einfach nicht »nein« sagen, dies fällt mir heute auch noch schwer. Die Nachbarin brachte öfters Kuchen mit, weil sie und ihr Mann den ganzen Kuchen nicht essen konnten. Die ganzen drei Jahre, in denen ich in meine »Therapie« ging, kamen meine Mutter und die Nachbarin und hüteten das Haus. Meine Mutter kochte am Mittwochvormittag meinen Kindern ein Essen, ich kam so gegen Mittag und, kaum war ich zuhause, verließ meine Mutter das Haus. Es war keine Wärme zwischen meinen Kindern und meiner Mutter. Sie erzählte Hannes eine Geschichte von der Hölle, aus der man nicht mehr herausfand, dort würde es brennen bis in alle Ewigkeit. Hannes kam tränenüberströmt zu mir und erzählte mir, was seine Oma gesagt hätte. Ich musste ihn wochenlang trösten und ihm versichern, dass es keine Hölle gebe, sondern dass wir alle in den Himmel kommen, wo es wunderschön sei. Nun noch einmal zurück zu meiner »Therapie«.

Ich malte Bilder wie ein Weltmeister, der Stoff ging mir nicht aus. Ich malte wie eine Besessene, vor allem Blumen in Aquarell und nackte Frauen. Ich wollte ihn reizen und ihm zeigen, was ich alles drauf hatte. Ich malte wie ein großer Künstler. Es war vorbei mit den Verliebtheitsgefühlen und ein starker Hass trat an deren Stelle. Nun wollte auch ich zerstören, mich selbst und auch ihn. Es gab kein Entrinnen mehr aus der Sackgasse. Nun begann eine große Irrfahrt durch viele Psychiatrien in ganz Baden-Württemberg und in Frankfurt. Ich konnte beten was ich wollte, es half nichts, ich schluckte Tabletten, aber auch da änderte sich nichts wesentlich, ich hatte Angstattacken, teilweise Amnesie, Burn-out-Syndrom, schlicht niemand konnte mir helfen. Ich könnte noch so vieles erzählen, aber ich möchte auch nicht weiter ins Detail gehen. Auf jeden Fall half ich, wo ich nur konnte. In den Kliniken herrscht ein Missstand von kompetentem Personal. Die Traumata der Patienten werden nicht behandelt, dafür sind Tabletten zuständig und Ergo- und Maltherapie. Ich entwickelte einen großen Hass gegen die behandelnden Ärzte, weil sie nicht auf die Nebenwirkungen, die die Medikamente mit sich brachten, eingingen. All dies trug nicht gerade zu meiner Genesung bei, überall sah ich Missstände, Not, Krankheit und auch Tod.

In Zwiefalten war ein junger Mann namens Uwe. Er besuchte mich öfters und bat mich, mit ihm zu beten. Er habe den Essensplan nicht ausgefüllt, deshalb bekäme er nichts zu essen, er wünschte sich so sehr ein Laugenbrötle und einen Liter Vollmilch. Dies besorgte ich ihm so lange, bis er den Essensplan wieder ausfüllte und er wieder seine Mahlzeiten bekam.

Ich war auf Station 12. Auf Station 11 war ich öfters und machte Besuche dort. Es gab einen indischen Mann, der im Bett lag und schrie, er könne nicht mehr gehen. Ich setzte mich zu ihm ans Bett, machte ihm ein Kreuz auf die Stirn und umarmte ihn. Plötzlich richtete er sich auf, und langsam ging er mit mir den Gang entlang und konnte wieder gehen. Einen Tag später kam er auf meine Station und spielte mit einem Freund Billard. Ich war so erleichtert, dass es ihm wieder gut ging, bald darauf wurde er entlassen. Einmal machte ich wieder einen Besuch auf Station 11, wo Uwe war. Als ich zur Türe hereinkam, sah ich Uwe als schwangere Frau, er hatte einen Luftballon um den Bauch gebunden, und er sagte er sei schwanger. Ich erschrak heftig, und ich dachte: »Oh Gott, jetzt hat er endgültig seine Identität verloren.« Einen Tag später erfuhr ich, dass er sich vom Ulmer Münster gestürzt hätte. Nun war er tot. Kurz vor seinem Tod legte er mir ein Kuscheltier aufs Bett mit dem Namen »Mr. Tough,« was so viel heißt wie »zäher Mann«. Als er noch lebte, erzählte er mir, er sei in Reutlingen bei seinem Anwalt gewesen und habe ihn gebeten für ihn einzustehen für eine Wohnung und einen kleinen Job, und vor allem dass er entlassen würde. Der Rechtsanwalt unternahm nichts, und so hat er sich mitschuldig gemacht am Tod dieses wunderbaren Mannes. Ich lernte zu seinen Lebzeiten seine Mutter kennen, sie war eine eiskalte Frau und von schlechtem Gewissen oder gar Schuldgefühlen ihrem Sohn gegenüber gar keine Spur. Bei diesem Aufenthalt lernte ich viele Eltern, Verwandte und Bekannte der Patienten kennen und ich redete viel mit ihnen. Ich musste leider feststellen, dass Eltern Stolpersteine sind auf dem Weg ihrer Kinder zu Freiheit, Identität, Liebe und Friede.

Im Jahre 1992 im Monat August verstarb mein Vater an Lungenkrebs. Ich machte bei seiner Beerdigung die Hölle durch. Ich meinte, ich müsste mich mit ihm ins Grab legen. Mein Geist war so sehr unruhig, ich hielt es kaum mehr in meinem Körper aus. Mein Mann holte mich zur Beerdigung ab, ich befand mich in Göppingen in der Psychiatrie. Die Zeit, in der ich mich in Göppingen aufhielt, war die pure Hölle. Ich dachte, dass mir das Gehirn aufplatze, dass ich unheilbar an Krebs erkrankt und im Endstadium sei. Ich bekam Medikamente, aber nichts hat geholfen. Nach dem Aufenthalt im Herbst 1991 war ich wieder so weit hergestellt, dass ich in der Lage war, den Haushalt zu machen, aber das genügte mir nicht. Ich sah keinen Sinn mehr in der Hausarbeit, ich wollte befreit werden und nicht nur funktionieren. Also ging ich wieder zu Dr. Schrott. Dies war endgültig mein Untergang.

Mehrmals wurde ich von der Polizei und dem Krankenwagen

von zu Hause abgeholt und in die Kliniken gefahren. Nach Nürtingen, nach Zwiefalten, in die Ignisklinik, nach Tübingen, und jedes Mal wurde ich als unheilbar krank entlassen.

In Zwiefalten lernte ich nach meiner Verbrennung meinen Freund Daniel kennen. Es war Liebe auf den ersten Blick. Mir gefiel seine Aufrichtigkeit und seine liebenswerte und sanfte Art. Wir gingen miteinander spazieren, diskutierten über Gott und die Welt und küssten uns. All meine Verbrennungsschmerzen waren vergessen, und ich schwebte im siebten Himmel. Daniel war geschieden, ich war noch verheiratet, aber ich machte mir nichts daraus, ich wollte meine Kinder retten und meine Liebe einem Mann schenken, damit ich meine Kinder nicht mit meiner Mutterliebe erstickte. Dies war die Botschaft von Dr. Schrott.

Noch einmal zurück zu Dr. Schrott.

Am Tag vor der letzten Therapiestunde rief ich ihn an und sagte, dass ich nicht kommen würde. Am Abend vor diesem Tag trank ich eine halbe Flasche Schnaps leer. Ich wusste nicht ein noch aus. Er antwortete mir: »Ich bin da.« Und was tat ich? Ich ging wieder zu ihm. Dies war die letzte Stunde.

Er saß da mit gespreizten Beinen und ich glaubte, er wolle mich damit nonverbal auffordern, mich auf seinen Schoß zu setzen. In mir war alles verspannt, ich fühlte keine Liebe, nur inneren Widerstand und eine tiefe Abneigung. Ich umarmte ihn wie jedes Mal beim Abschied, und dann verließ ich das Zimmer. An der Bushaltestelle traf ich ihn wieder. Er hatte einen Hut auf, dies sah scheußlich aus. Einmal malte ich einen Mann mit Hut, der eine nackte Frau umarmte. Diese Szene wiederholte er, indem er jedes Mal, wenn ich Therapie hatte, den Hut aufsetzte. Einmal, gegen Ende der Therapie, brachte ich eine CD von Joe Cocker mit, der mir so gefiel mit seinen romantischen Liebesliedern. Er lauschte aufmerksam, und ich sah ihm an, dass er mich bald so weit hatte, mit ihm eine Liebesbeziehung einzugehen. Ich wollte ihn reizen und ihn dann fallenlassen, ich hatte einen regelrechten

Hass auf ihn. Wie schon weiter vorne erwähnt, ging er nicht auf meine Probleme ein, sondern er wollte alles über Träume mit mir durcharbeiten. Die Träume waren meist erotisch, er sah meine Not und wollte mir helfen. Ich konnte nicht zu ihm übergehen, wegen meines gesellschaftlich bedingten Übergewissens. Dies alles zerrieb mich, mein Selbst wurde getötet. Es gab keinen Ausweg mehr. Nach der letzten Stunde, wo ich das Gefühl hatte, dass er sich mir anbot, ihn körperlich zu lieben, gab ich den Geist auf und sagte ihm, dass ich jetzt nicht mehr kommen würde. Er wurde leichenblass und schlug seinen Kugelschreiber auf seinen Notizblock. Ich konnte nicht »Ehebruch« begehen, obwohl ich ihn schon gedanklich jahrelang begangen hatte. Meine Seele war zerfressen. Als ich ihn verließ, überkam mich eine große Erleichterung und ich ließ mich von einem Nervenarzt nach Göppingen einweisen, wo dieser freundliche Therapeut war. Dies war im Frühjahr 1992, wo im August mein Vater starb.

Von da an ging es weiter bergab.

Ich war in vielen verschiedenen Psychiatrien, auch in christlichen Einrichtungen, z.B. in der Hohemark bei Frankfurt und in der freikirchlichen Psychiatrie in der Ignisklinik. In der Hohemark wurde fleißig gebetet. Vor jeder Mahlzeit gab es ein Gebet. Das Gebetbuch wurde aufgeschlagen und ein Gebet heruntergesagt. Schnell und mit fester Stimme wurde gebetet. So ging das Tag für Tag. Mir ging es immer schlechter, ich fühlte nichts mehr. Mehrmals besuchte mich mein Mann mit den Kindern, einmal ging er mit uns in den Frankfurter Zoo, wovon ich nichts mehr wusste, ich hatte eine Amnesie, mein Gehirn konnte einfach nichts mehr aufnehmen. Sieben Monate lang hielt ich mich dort auf, ich ging jeden Abend zum gemeinsamen Gebet, und ich ließ mir dies von niemandem nehmen. Die Pflegeschwester der Station wollte mich immer zu einem Spaziergang überreden, aber ich blieb stur und besuchte die Gebetsstunde. Jeden Morgen war Gymnastik im Freien angesagt, ich überwand mich maßlos und machte mit. Dies war ein außerordentlicher Kraftakt. Ich konnte kaum aufstehen und mich duschen, wochenlang konnte ich mich nur mit letzter Kraft waschen, duschen tat weh, ich fühlte den Wasserstrahl als stechende Nadeln. In der Runde, die jeden Morgen für die Patienten anberaumt wurde, war »duschen« das Thema. Ich wurde gefragt, wann ich das letzte Mal geduscht hätte und wie aus der Pistole geschossen log ich, weil ich mich so schämte: »Vor zwei Wochen.« Die Pflegeschwester, die es sowieso auf mich abgesehen hatte, schaute mich mit einem strafenden Blick an, und ich korrigierte mich im Nachhinein und antwortete: »Vor vier Wochen«, worauf sie zufrieden mit dem Kopf nickte. Was ich sehr anstrengend fand, waren die Spiele, wie z.B. »Mensch ärgere dich nicht« oder »Halma« etc. Ich wurde oft aufgefordert mitzuspielen, ich konnte mal wieder nicht »nein« sagen und machte mit. Alles war so langweilig. Ich hatte jede Woche einmal eine Therapiestunde bei dem Stationsarzt. In diesen Gesprächen kam meine »Therapie« zur Sprache und auch dass ich meinem Mann gegenüber keine Gefühle mehr hätte. Der Arzt verordnete mir, ein Wochenende mit meinem Mann in einem Hotel zu verbringen, damit wir beide wieder zueinander finden konnten. Ich organisierte das Wochenende. Aber es fand, außer einem guten Essen, nichts statt.

Ich fühlte mich wie ein »Zombie«, hatte keinerlei sexuelle Gefühle, ich konnte doch nichts erzwingen. Wie sollte ich innerlich wieder zu meinem Mann finden?

In dieser Zeit verfasste ich trotz Krankheit ein paar Gedichte, ich trauerte darin um die verlorene Liebe zu meinem Mann und zu meinen Kindern.

Der Tag ist grau und leer
keine Brücke mehr zu Dir, mein Geliebter;
die Kinder sind fröhlich und spielen.

bunte Herbstblätter fielen
von meinem Haupte müd und schwer.

Oh, mein Liebster, wenn wir nur durch einen
Spinnfaden vereint wären, ich würde weiterspinnen
bis daraus ein Netz entstünde und keinem erlauben,
es auch nur anzuhauchen.

Der Wind pfeift ums Haus, die Fensterläden
erzittern, da ist keine Angst mehr wie früher,
kein leises Beben wegen der Sorge um die Kinder,
bin einsam, verlassen im luftleeren Raum.

Einmal erwachen, die Sonne lachen sehn,
einmal spüren, wie die kalten Winde wehn,
einmal Dich lieben wie am ersten Tag,
damit das Gesicht, das trübe, wieder zu strahlen
vermag.

Eine Tasse mit Kaffee,
ich dreh mich mit ihr im Kreis.
wo geht's hin, in welche Richtung?
So ist mein Leben –
ein Kreis ohne Lichtung.

Mein Herz ist müd und leer,
keine Schlüssel mehr zum verborgenen Grab,
ach, könnt' ich es doch empfinden –
es graut der Morgen, bald wird es Tag.

Mein Herzwasser ist trüb,
mein Geist ist müd,
meine Seele soll sich erheben

und schrein,
die Berge sollen erbeben
und doch: Ich bin allein,
wer gibt mir neues Leben?

Oh, meine Kinder,
ich habe Euch einmal herzlich geliebt,
ich will wieder zu dieser Liebe finden,
ich will Euer Lachen wieder sehn;
alles wird wieder gut.

Nochmals zu den zertanzten Schuhen: Ich war auch so eine Prinzessin, die sich für die Männer schön machte und sie dann fallen ließ. Aus diesem Grund blieb ich weiterhin bei Dr. Schrott, weil ich wusste, dass ich eine unerlöste Prinzessin war. Ich wusste keine Lösung in meinem Fall, ich wusste nur, dass ich an meiner Befreiung arbeiten und durchhalten musste.

Im Januar 1999 kam ich in ein betreutes Wohnen in Denkendorf, und ich arbeitete in einer Werkstatt für psychisch Kranke. Die Leute mussten viel arbeiten und putzen. Es war ein altes Gebäude, und ich half den Schwachen so gut wie ich konnte und putzte die Toiletten, wenn andere zu schwach dazu waren. Jeden Morgen holte ich ein Vesper für mich und andere, und ich strengte mich an, die Arbeit gut zu machen. Wir mussten Montagearbeiten verrichten, Scheibenwischer einpacken und Fotoalben herstellen. Es wurde sehr viel Wert auf gute Arbeit gelegt, und man durfte nicht zu spät kommen, obwohl bei psychischen Krankheiten einem gerade das Aufstehen schwer fällt. Einmal bekam eine Frau einen Anfall von Manie, der sich so äußerte, dass sie sehr schnell arbeitete. Weil sie ihr Tempo nicht verlangsamte, kam der Krankenwagen mit dem Arzt, und mitten auf der Straße wurde ihr eine Spritze ins Hinterteil gejagt. Ich fand das so menschenunwürdig, und ich mischte mich wie schon so oft ein und wollte bei ihr bleiben, ich wurde jedoch weggeschickt, und es wurde mir gesagt, ich könne nichts ausrichten, dies ginge mich nichts an.

In Denkendorf hatte ich einen Sozialarbeiter, Jürgen, ein sehr lustiger und intelligenter jüngerer Mann. Wir lachten viel, denn ich hatte viel Humor. Ich erzählte ihm viel von meinem Leben, und er hörte immer aufmerksam zu. In dieser Zeit war ich befreundet mit einem Mann, Helmut. Er war alkoholkrank, und ich lernte ihn in einer Psychiatrie kennen. Die Botschaft, die mir Dr. Schrott mitgab, war immer noch in meinem Inneren und, weil mir Helmut so gut gefiel, verliebte ich mich nach einer Weile heftig in ihn. Ich war so froh, dass ich wieder meine Gefühle spürte, und ich folgte meinem Herzen, und es begann eine romantische Liebesbeziehung. »Endlich«, dachte ich voller Erleichterung, »endlich kannst du wieder fühlen und deine Weiblichkeit, die du immer versteckt hast, voll ausleben und somit deine Kinder und dich retten.« Ich traf mich jeden Abend nach dem Vesper mit ihm, und wir gingen spazieren und küssten und liebten uns. Als wir beide entlassen wurden, trafen wir uns bei ihm in der Wohnung. Wir hörten schöne Musik, und ich fühlte mich frei und geliebt. Jedoch seine Erkrankung, der Alkohol, machte ihm schwer zu schaffen. Er machte schon mehrere Entzüge, aber diese waren nicht von Dauer, immer wieder wurde er rückfällig. Er hatte oft über Monate hinweg Depressionen mit starken Magenschmerzen. Jetzt ist er – dank eines guten Medikamentes – aus der Depression heraus, und er kann wieder normal empfinden.

Ich wollte ihn glücklich machen mit meiner Liebe, ich hatte und habe immer noch ein großes Herz. Ich dachte, wenn ich gesellschaftliche Tabus, Konventionen, Traditionen über Bord werfen und nur die reine Liebe leben würde, könnte ich die Menschen um mich herum glücklich machen. Im Nachhinein muss ich feststellen, dass ich mich dabei übernommen habe, weil fremdes Gedankengut sich in mich eingenistet hatte und ich es immer anderen recht machen wollte. Ich litt immer sehr, wenn ich das Gefühl hatte, andere zu verletzen mit meiner Kritik und meinem »Nein sagen«. Ich wurde zum »Jasager« erzogen und zwar mit viel Gewalt. In der Bibel steht: »Gewalt erzeugt wiederum Gewalt.« Es war viel Gewalt in mir, und diese Gewalt zeigte sich ganz deutlich im Jahre 2008, wo eine dunkle Wolke der Psychose mich überwältigte und ich in der Psychiatrie nur noch herumschrie, Bilder von der Wand riss, einen Arzt schlug. Damals wurde ich fixiert und gespritzt. Ich wehrte mich und schlug mit meinen Beinen den Helfern ins Gesicht, ich wurde zu einem gefährlichen Tier.

Ähnliche Situationen erlebte ich schon zuvor und zwar im Jahre 1992, kurz nachdem ich Dr. Schrott verlassen hatte und ich wieder nach Göppingen kam. Dort überwältigte mich eine furchtbare Psychose, nachdem mich der einst so liebenswerte Verhaltenstherapeut schwer schimpfte, weil ich, nachdem ich im Herbst davor wieder ganz hergestellt war, erneut zu Dr. Schrott ging. Ich kam mit der Botschaft nach Göppingen, mit dem Satz von Dr. Schrott: »Zuerst muss man unrein werden, bevor man wieder rein wird.« Der gute Therapeut in Göppingen war so wütend, als er das hörte, und er war bitterböse. Das gab mir den Rest. Ich rutschte in eine Psychose, aus der es kein Entrinnen mehr geben sollte. Mein Vater starb, während ich mich in Göppingen aufhielt. Wie schon erwähnt, machte ich die Hölle durch.

Eines Nachts, als ich im Bett lag, überkam mich eine unsagbare innere Kälte im Bauch, neben dem Bett befanden sich lauter schwarze Löcher, die mich verschlingen wollten – aber ich widerstand mit aller Kraft, indem ich laut den Namen »Gott« schrie, ich hatte das Gefühl, dass meine Seele sich in Gestalt eines Wirbelwindes ins Weltall verflüchtigte. Ab diesem Zeitpunkt spürte ich keine Seele mehr. Ich war ein »Zombie«, und zwar ganze fünf Jahre lang, mein Gefühl war gänzlich verschwunden, und dies war ein unbeschreiblicher Schmerz und Verlust, den ich kaum aushielt. In der Zeit, in der ich zu Hause war, rief ich alle möglichen Leute an, so auch Tante Sofie und Onkel Oskar, meine Schwester Isabell und die katholische und evangelische Telefonseelsorge. Mit zitternder Hand wählte ich die Telefonnummer und klagte mein Leid.

Schon morgens so gegen 7 Uhr rief ich meine Schwester an, die auch schon genervt war, und sagte zu ihr, ich könne nicht duschen und das Frühstück nicht machen. Sie gab mir zur Antwort, ich solle mich zusammenreißen und es einfach tun und sie dann wieder zurückrufen. Ich schaffte es einfach nicht, ich blieb im Wohnzimmer sitzen und qualmte eine Zigarette nach der anderen. Meine Franzi stand auch früh auf und sie schaute Comics an, zitternd ging ich an ihr vorbei in mein Zimmer, wo ich nur rauchte, mit den Augen rollte und mit den Zähnen knirschte. Das war eine regelrechte Hölle, unbeschreiblich!

Eines Sonntagnachmittags kam meine Schwiegermutter zu Besuch. Ich lag im Bett, nicht in der Lage aufzustehen. Als ich mich dann doch aufraffte, fragte mich mein Mann, ob ich nicht einen Kuchen backen wolle. Ich war in einem so miserablen Zustand, und, da ich ja nicht nein sagen konnte, machte ich mich ans Werk. Ich konnte nichts abmessen und leerte alle Zutaten in eine Schüssel und verrührte sie mit dem Rührgerät. Es war ein ungenießbarer Klumpen, den ich in den Backofen schob und den ich nach einer Stunde herausholte: schwarz und hart. Meine Schwiegermutter sagte genüsslich: »Rosi, ich glaube, den kann man nicht essen«, und sie lachte dazu. Sie war nicht in der Lage, uns einen Kuchen zu backen, obwohl es ihr gut ging, oder einen bei einem Bäcker zu kaufen. Sie durfte sich bei mir immer ausweinen, aber jetzt, wo ich Hilfe gebraucht hätte, war sie nicht für mich da. Sie, sowie auch die anderen Verwandten und Bekannten, besuchten mich nie in all den Jahren, die ich in den Psychiatrien verbrachte. Ich wurde abgeschoben, und ich verbrachte meine schönsten Jahre in den Kliniken. Endlich hatten die Neider das, was sie wollten. Mich, eine schöne, junge und intelligente Frau, so am Boden zu sehen.

In all diesen Jahren, in denen ich nicht zu Hause war, beantragte mein Mann mindestens acht Haushaltshilfen, die meinen Kindern kochten, Wäsche wuschen und bügelten. Die meisten konnten nicht kochen, meine Kinder ekelte das Essen und sie kauften sich von ihrem Taschengeld heimlich Brezeln und Brötchen. Meine ach so liebe Nachbarin, die immer ihre Kuchen brachte und der ich mit vielen gemeinsamen Nachmittagen ihre Einsamkeit versüßte, ließ sich nicht mehr blicken.

Als ich einmal wieder in meinem Bett lag und es nicht schaffte aufzustehen, kam die Nachbarin und forderte mich auf: »Raus aus dem Seich!« Ich war zutiefst gekränkt. Sie ließ sich nicht mehr blicken, und das allwöchentliche Kaffeetrinken war vorbei. Ich lebte wie ein »Assi«, ich konnte mich nicht mehr waschen und Zähne putzen, nicht mehr den Haushalt machen, und ich zitterte den ganzen Tag lang. Ich hielt es zuhause wieder nicht aus, und ich telefonierte ständig mit Psychiatrien, ob sie mich aufnehmen würden.

Als ich wieder einmal daheim war, telefonierte ich mit dem Messdiener einer katholischen Kirche in Altötting, einem Wallfahrtsort in Bayern. Der Messner gab mir die Telefonnummer von einem dort ansässigen Priester, den ich einmal besuchte. Mein Mann fuhr mit mir – auf meinen Wunsch hin – nach Altötting. Ich wollte eine Wallfahrt machen und meine Sünden abbüßen. Dort war eine kleine Kapelle mit einer golden strahlenden Muttergottes. Ich betete inständig und flehte die Muttergottes an, sie möge mir doch helfen aus meiner Not. Vor der Kapelle war ein Rundgang, wo viele Kreuze, vom kleinsten bis hin zu dem allergrößten hingen. Ich nahm mir das größte Holzkreuz und ging etwa eine Stunde mit dem schweren Kreuz auf dem Rücken im Kreis umher. Danach machten wir das Kloster ausfindig, wo uns ein sehr lieber alter Pater empfing. Ich legte eine Beichte vor ihm ab, und meine schlimmste Sünde »Onanie« kam dort zur Sprache. Ich schämte mich so sehr vor diesem alten Mann, er aber war sehr gütig, und obwohl ich ihm immer wieder das Gleiche beichtete, tröstete er mich und verwies mich auf das unschuldige Jesuskind, an das ich mich wenden sollte und das alle Schuld auf sich geladen hatte. Dieser Besuch war wohltuend für mich und, obwohl ich weiterhin von meinen Gedanken fertiggemacht wurde, habe ich heute noch diesen liebenswerten alten Pater vor meinem geistigen Auge, und vielleicht ist er schon gestorben und blickt gütig vom Himmel auf mich herab.

Nach dem Besuch im Kloster fragten wir Passanten nach dem Büro oder der Wohnung vom katholischen Pfarrer. Wir klingelten an der Haustüre des Pfarrers und seine Haushälterin öffnete. Der Pfarrer, ein etwas nüchterner Mann, hieß uns willkommen und lud uns zu Kaffee und Kuchen ein. Ich schilderte ihm meine Not und fragte ihn, ob er mir den Teufel austreiben könnte. Er hielt mir ein eisernes Kruzifix an die Stirn und es tat sich nichts. Er sagte, er könne den Teufel nicht austreiben, weil ich nicht von ihm besessen wäre, sonst hätte das Kruzifix ausgeschlagen. Ungetröstet machten wir uns auf den Heimweg.

Wir hatten einen liebenswerten Pfarrer in Nellingen, der sich immer Zeit nahm für mich, der mich tröstete. Einmal wusste er nicht mehr, was er mir sagen sollte, denn dauernd kreisten meine Gedanken um das immer wiederkehrende Thema: Selbstmord. Als ich bei ihm jammerte, sagte er zu mir: »Frau Madeleine, auch wenn sie es tun, niemand kann Sie dafür verurteilen.« Dieser Satz schockierte mich, weil ich solch eine Einstellung niemals von einem katholischen Pfarrer erwartet hätte. Andererseits fand ich diese Aussage sehr mutig.

In dieser Phase telefonierte ich oft mit dem Kloster Hegne von Hochaltingen. Ich sprach oft mit Pater Buob, der sehr schöne Gebete sprach und aus dessen Stimme eine große Güte sprach. Für den Moment am Telefon war ich getröstet, jedoch die innere Folter hörte nicht auf und so trieb es mich von einem Pfarrer zum anderen, von einem Psychiater zum nächsten, von den Adventisten zu den Baptisten, von der biblischen Glaubensgemeinschaft zu den Hauskreisen. Es wurde gebetet, ja es war der reinste Gebetsmarathon. In der biblischen Glaubensgemeinschaft wurde einem sogar die Hand aufgelegt und viele Menschen fielen nach der Handauflegung in Ohnmacht.

In der Ignisklinik bei Altensteig wurde mir die Hand aufgelegt und in Zungen geredet. Aber es tat sich bei mir nichts. Dort waren Menschen zugange, die nicht so krank waren wie ich. Damals dachte ich, dies sei ein Wellness-Hotel. Die Menschen dort waren fröhlich und konnten das Essen so richtig genießen, wobei mir beinahe der Bissen im Hals stecken blieb und ich am ganzen Körper zitterte bei der Nahrungsaufnahme. Auch konnte ich dort kein Fernsehen schauen, das Fernsehbild war ganz verzerrt, und meine Augen taten weh. Sehnsüchtig wartete ich bis um 22 Uhr, da gab es die Nachtmedikamente. »Gott sei Dank« hatte ich ein paar Stunden, in denen ich weg war und nichts mehr fühlen musste. Jedoch jeden Morgen, wenn ich die Augen aufmachte, überrollte mich eine dunkle Wolke, und ich fror körperlich wie auch psychisch und geistig. Jeden Morgen war Singen angesagt und Bibel lesen. Ich war zwar anwesend und doch nicht, ich befand mich in einer Geisterwelt, ich hatte keine Erdung mehr, ich schwebte in einem luftleeren Raum. Aus der Klinik rief ich oft meine Kinder an, ohne Gefühl, und fragte sie, wie es ihnen ginge. Ich spürte absolut nichts und wurde von meiner geschändeten Seele getrieben und gequält. Auch telefonierte ich öfters mit meinem Psychiater aus Bad-Cannstatt, der veranlasste, dass ich nach Tübingen in die Uniklinik eingewiesen wurde, und er meinte, dass in den USA in meinem Fall Elektroschocks angewendet würden.

Der in Tübingen praktizierende Stationsarzt war sehr freundlich und trotz meiner sich immer wiederholenden Sätze hatte er große Geduld mit mir. Er verordnete mir Reittherapie, er meinte

Kontakt mit Tieren täte mir gut. Als ich auf dem kleinen Pferd saß, überkam mich eine schreckliche Angst, jedoch als ich in der nächsten Stunde auf einem großen Tier saß, wurde die Angst noch gesteigert; der Höhepunkt der Angst, nämlich Todesangst, überkam mich, als das Pferd anfing mit mir durchzugehen, bestimmt hat das Pferd meine Angst gespürt. »Gott sei Dank« kam ein junges Mädchen herbei und zügelte das Pferd und redete ihm gut zu.

Als ich in der unsäglichen Tiefe war, hatte ich meine Periode nicht mehr. Die körperlichen Funktionen blieben aus, so sehr beeinträchtigte mich meine Psyche. Jeden Tag, wenn ich ein Messer sah, wollte ich mir die Pulsadern aufschneiden, und jeden Tag sagte ich zu mir: »Nein, heute nicht, morgen.« Dieser Zustand hielt fünf Jahre an. Ich sprang oft auf die Bühne und wollte mich erhängen, aber ich tat es nicht. Mein Geist war voller Unruhe. Ich setzte mich von einem Stuhl auf den anderen, ging von einem Zimmer zum nächsten, und ich rauchte wie ein Schlot.

Ich betete Tag und Nacht und hielt auch andere an, für mich und meine Kinder zu beten. Ich hatte große Angst um meine Kinder. Ich hatte Fotos von ihnen dabei, und überall zeigte ich die Fotos den Patienten und bat sie für meine Kinder zu beten.

Ich hatte eine Beziehung mit einem Forensiker. Er war wegen eines Gewaltdelikts in der Psychiatrie und machte gerade seine mittlere Reife nach. Ich verliebte mich in ihn, und ich dachte, ich täte etwas Gutes für mich und meine Kinder. Jetzt verliebte ich mich nicht mehr in Ärzte, sondern in die Hilfsbedürftigen, und ich hatte starke Muttergefühle. Diese Beziehung hielt nur ein paar Wochen an und der Freund entpuppte sich mir gegenüber als sehr gewalttätig. Sein Zimmer hing voller Bilder mit schnellen Autos und nackten Frauen. Ich schimpfte ihn aus, und er war sehr wütend auf mich, weil ich ihn kritisierte. Ich machte überall Besuche, und ich wollte das Reich Gottes verkündigen und mit meiner Liebe die ach so kalte Welt heilen und erwärmen. So z.B. besuchte ich einige Forensiker in einer Außenwohngruppe und machte ihnen den Haushalt. Ich putzte die Toilette und die ganze Wohnung. Dafür bekam ich eine Tasse Kaffee und eine Schachtel Zigaretten. Es war dort ein schmutziger Geist. Ein älterer Mann, es war ein Mörder, wollte mit mir Sex haben, worauf ich nicht mehr dorthin ging. Ich versuchte immer mit aller Kraft, die »frohe Botschaft« zu verkündigen und andere Menschen aufzubauen, und ich wollte mit aller Macht die Welt verbessern.

Wie kam es zu meiner Verbrennung?

Ich wurde, als ich in Denkendorf wohnte, Tag und Nacht angerufen von Bekannten und Freunden, die ich im Laufe meines Lebens gesammelt hatte. Ich betete immerzu für diese Menschen. Ein großer Fehler von mir war, dass ich die Tabletten selbständig absetzte, weil ich so stark unter den Nebenwirkungen litt. Eines Nachts, als ich wieder einmal von einem guten Freund angerufen wurde und er mir sein Leid klagte, habe ich nur etwa eine Stunde geschlafen und kam dann in einen Trancezustand, wo ich Gott lobte und im Zimmer umhertanzte. Eine Stimme, die von innen kam, befahl mir mein Bett anzuzünden, was ich dann auch tat. Ich fand ein Streichhölzchen in einer Schachtel und mit diesem zündete ich mein Bettlaken an. Das Feuer kroch an meinen Beinen hoch, es waren höllische Schmerzen. Als es dann an meinen Bauch kam, stand ich auf. Der ganze Raum war schwarz. Plötzlich standen vor meinem Bett ein Polizist und ein früherer Mitbewohner, die mich in eine Decke hüllten und mich die Treppe hinuntertrugen. Draußen standen der Krankenwagen, die Polizei, der Rettungshubschrauber und eine ganze Menge Leute. Eine Bewohnerin des Hauses hatte Tränen in den Augen, als ich sagte: »Ich sterbe für euch alle.« Im Hubschrauber war eine junge Ärztin, die ganz aufgeregt herumhantierte und mir eine Nadel anlegte. Ich bin im Leben noch nie geflogen, weil ich so viel Angst davor hatte, nun lag ich da in einem Hubschrauber und betete zu Gott: »Lieber Gott, egal wo ich hingehe, ich bin bei dir und du bist bei mir, gib, dass ich in dein Reich komme.« Dann war ich weg.

Ich erwachte erst wieder mit starken Schmerzen und eingehüllt in eine große Dunkelheit. Ich hatte dunkle Träume und höllische Schmerzen. Ich lag etwa sechs Wochen im künstlichen Koma, wo ich 22 Vollnarkosen bekam. Zwischendurch wachte ich auf und befand mich in einem großen dunklen Raum. Ich seufzte vor Schmerzen und ich sagte zu dem Chirurg: »Das schaffe ich nicht mehr.« Er antwortete mir: »Wenn Sie dies alles geschafft haben, schaffen Sie den Rest auch noch.« Dann fiel ich wieder in meinen Tiefschlaf. Ich hatte starke Halluzinationen und eine heiße Sonne verbrannte mich noch einmal, ja, ich wurde regelrecht noch einmal verbrannt. Ich wurde gewickelt wie ein kleiner Säugling, ich hatte Angst vom Bett herunterzufallen. Nach ein paar Wochen sollte ich auf der Bettkante sitzen. Dies war schrecklich für mich. Ich hatte mein Gleichgewicht verloren, und ich dachte, ich müsste sterben. Ich wurde einmal im Sitzen gewickelt, und ich schrie vor lauter Todesangst. Ich bekam ein Schmerzmittel, vielleicht war es Morphium, das mir in die Venen gespritzt wurde, da überkam mich ein wohliges, warmes Gefühl, das aber nicht sehr lange anhielt, und ich verlangte es immer wieder. Was mir sehr peinlich war, ich musste meine Notdurft in einem Topf verrichten. Ich konnte nicht auf der Kloschüssel sitzen, mir wurde schwindelig.

Da war ein sehr lieber Pfleger, Jens, der mich mit seinem freundlichen Wesen unterstützte, wo er nur konnte. Er kam jeden Tag an mein Bett und machte mit mir mit einem Gummiband gymnastische Übungen.

Nach ein paar Wochen konnte ich selbständig essen. Ich konnte meine Hände wieder bewegen. Jens sagte mir, er habe mir, während ich im Koma lag, Witze erzählt u. a. von Heinz Erhardt. Jens war 25 Jahre alt, und ich glaube, dass es kein Zufall war, ausgerechnet ihn als meinen Physiotherapeuten zu bekommen. Ich glaube fast, seinetwegen, durch seine Liebe, habe ich überlebt. Ich verliebte mich in ihn und schrieb ihm ein Liebesgedicht. Ich wollte es ihm schenken, aber er sagte, ich solle es bei mir behalten. Er erzählte mir von seiner Freundin, die er sehr liebte, und ich gönnte es ihm. Einmal weinte ich wegen meines körperlichen Zustandes und weil ich nicht mehr attraktiv war für einen Mann. Er tröstete mich und sagte: »Wenn Einer Sie wirklich liebt, ist Ihr Körper kein Hindernis für ihn.« So sollte es auch kommen. Als ich nach dem Klinikaufenthalt in Ludwigshafen in die Psychiatrie nach Zwiefalten kam, lernte ich Daniel kennen, meine große Liebe. Ich vergaß die Forensiker. Ich hatte meine große Liebe gefunden, und ich wollte ihn, Daniel, glücklich machen. In dieser Beziehung lebte ich regelrecht auf, alle Sorgen und alles Leid waren vergessen, und ich sah mich als erlöste Prinzessin, die ihren Königssohn gefunden hatte, als erlöstes Schneewittchen, Dornröschen, Aschenputtel. Endlich durfte ich einem Mann meine Liebe schenken und meine Kinder retten vor der zu starken »Übermutter«.

Noch einmal zurück nach Ludwigshafen.

Als ich von der Intensivstation auf die Normalstation gelegt wurde, hatte ich noch lange furchtbare Schmerzen, und ich bekam öfters eine Schmerztablette, die aber nicht viel half, und ich sehnte mich so sehr wieder das Morphium zu erhalten, das ich aber nicht bekam. Ich hatte eine schreckliche Hitze in mir und ich war eingebettet in Schaumstoff, der die Hitze in meinem Körper staute, und ich musste viel Hitze aushalten. Ein Physiotherapeut beugte meine Knie, die vom Liegen im Koma steif wurden, das tat höllisch weh. Allmählich sollte ich wieder meine Morgentoilette selbständig verrichten, Zähne putzen, das Gesicht waschen, mit der Zeit ging das auch wieder.

Jeden Morgen war Visite, die Ärzte, die einen Mundschutz um hatten, sahen mich mit traurigen Augen an, weil eventuell eine Beinamputation anstand. Ich sollte einen Schein unterschreiben, dass mir das linke Bein amputiert würde, aber ich konnte mich kaum bewegen und schreiben konnte ich erst recht nicht, meine rechte Hand war zu versteift. Die Krankenschwester meinte, ob ich Analphabetin sei, nachdem ich ihr sagte, ich könne nicht schreiben.

Der Pflegedienstleiter, Jürgen, war ein sehr gläubiger Mann. Als er mich nach dem Baden verband – ich wurde jeden zweiten Tag in einem Kamillenbad gebadet – beteten wir den 23. Psalm: »Der Herr ist mein Hirte.« Ich schämte mich wegen meines verbrannten Körpers, ich hatte von den Narkosen kaum noch Haare auf dem Kopf, mein Freund Jens machte mir ein Mäschchen in die noch übriggebliebenen Haare. Seine Kolleginnen lachten ihn aus und sagten, er hätte doch besser Friseur werden sollen. Mich packte der Ehrgeiz und ich meldete mich mit dem Rollstuhl beim Friseur an. Ich schminkte mich, und gleich sah ich anders aus, und es wurden mir von mehreren Seiten Komplimente gemacht.

In dieser Klinik war ein Psychologe. Ich sagte ihm, ich hätte Angst vor dem Aufzugfahren, und einmal, als ich nackt im Zimmer stand, riss er, ohne anzuklopfen, die Türe auf – ich wurde gerade gesalbt und versorgt – ich schrie laut, er erschrak und machte die Türe wieder zu. Er wollte mit mir Aufzugfahren üben, meine Station war im achten Stock, aber es kam nie dazu. Ich bin schon oft Aufzug gefahren, habe schon oft meine Angst überwunden und muss dies auch heute noch tun, mein Freund Daniel wohnt im 7. Stock. Verhaltenstechnisch kann ich vieles, jedoch bei mir handelt es sich um meine Gefühlswelt, die zerstört ist, und ich mache vieles, obwohl ich Angst davor habe. Eine Schwester in Ludwigshafen, Gaby, konnte mich nicht leiden, auch der junge Pfleger Stefan nicht. Sie waren von oben herab, weil sie, so wie auch die Ärzte, meinten, ich hätte Selbstmord begehen wollen.

Das mag objektiv gesehen so scheinen, meine subjektive Meinung allerdings war eine andere. Ich wollte ein Opfer bringen für Jesus, ja, ich wollte mein Leben hingeben für eine gute Sache, so wie es meine Oma mich gelehrt hatte: alles Leid Jesus aufopfern. Als die Flammen an mir hochstiegen, schrie ich nach Jesus, ich schrie: »Nimm mein Leben für die Menschen, für die Wahrheit!«

Wie gesagt, einige konnten mich nicht leiden und verspotteten mich sogar. Ich hatte einen aufgeschwemmten Bauch, und eine rothaarige Schwester spottete: »Ein Kind von einer Verbrannten!«

Ich sah dort viel Elend, als ich meine Runden mit dem Rollstuhl drehte. Einmal kamen ehemalige »Rammsteinopfer« zu Besuch, die auch dort behandelt wurden. Ihre Gesichter waren teilweise entstellt, aber sie freuten sich, dass sie noch am Leben geblieben waren. Sie wurden herzlich begrüßt, und es war eine riesengroße Freude. Das Leben ist das Kostbarste, das innere Kind, das eigene Selbst, die Wahrheit, aus der heraus die Klarheit, Liebe und Friede entspringen. Solche Werte sind nicht mit Geld zu bezahlen, sie sind nicht käuflich, und vor allem sind sie unvergänglich und beim Ablegen unserer Hülle existieren sie weiterhin. Dies ist meine Wahrheit. Für diese Wahrheit habe ich mein Leben gelassen. Kaum einer versteht meine Beweggründe. Doch ich denke, der Eine oder Andere kann mein Leid und meine Absicht nachvollziehen.

In der Verbrennungsklinik war ein junger jüdischer Arzt, der mir im Liegen meine Haare wusch, ich unterhielt mich ganz angeregt mit ihm, er war sehr freundlich zu mir und ich mochte ihn sehr. Ich sah dort viele Menschen, die mit Apparaten zugange waren, um die verbrannte Haut zu dehnen.

Mit am schlimmsten war: Ich sollte mich duschen. Dies wurde im Liegen gemacht, ich hatte brennende Schmerzen, als mir das Wasser über die offenen Fleischwunden lief. Es wurde sogar ein Foto von meinem verbrannten Körper gemacht.

Jens, mein Psychotherapeut, besuchte mich auch wieder auf der Normalstation, wir waren richtig gute Freunde. Er erzählte mir, er wolle nach Düsseldorf umziehen und auf den Beruf »Pharmareferent« umschulen. Ich war enttäuscht, hatte ich doch so schlechte Erinnerungen an Pharmareferenten, die in die Kliniken kommen und ihre Produkte bei den Ärzten vorstellen. Mit Anzug und Krawatte, geschniegelt und gebügelt, mit einem Lederköfferchen unter dem Arm. Wie sie an den Kranken vorbeihuschen ohne ein Lächeln, ohne ein grüßendes Wort, kalte Gesichter. Wir, die Patienten, sind die Abnehmer ihrer Produkte, und wir werden nicht mal beachtet. Solch einen Beruf wollte »mein Jens« ergreifen, unglaublich! Ich teilte ihm meine Meinung mit, worauf er antwortete, er würde hier in der Klinik und auch in anderen Kliniken als Physiotherapeut sehr wenig verdienen, er wolle eine Familie gründen, und aus diesen Gründen wolle er den Beruf ausüben. Wir verließen das Krankenhaus zeitgleich, ich und er machten im März die Fliege. Als ich mich von ihm verabschiedete, standen Tränen in seinen Augen. Ich sagte ihm, er solle seine Frau von mir grüßen, ich sah ihm an, dass er sehr gerührt war. Vielleicht laufe ich ihm doch noch einmal über den Weg, man sagt ja, dass man sich im Leben mindestens zweimal begegnet. Noch auf der Intensivstation wurde ich auf ein Brett geschnallt, und Jens fuhr mich mit dem Brett, das Rollen hatte, hinaus ins Freie, und er zeigte mir den Hangar. Ich fragte ihn, was das sei, er sagte, dies sei die Garage für die Hubschrauber. Ich war erstaunt; doch bald war es mir zu viel, Jens rollte mich wieder in mein Zimmer und half mir ins Bett. Allmählich machte ich kleine Fortschritte, ich kam auf die Normalstation.

Noch zurück zum Aufwachen. Als ich aus dem Koma aufwachte, sah ich meine Kinder schemenhaft wie ein paar Schachfiguren an meinem Bett stehen. Ich sah lauter Wasserflaschen, die über meinem Kopf schwebten. Ich hatte solch großen Durst und wie ein Verdurstender wollte ich sagen: »Ich habe so Durst, SOS ich verdurste!« Die Schwester hörte mein Flehen, und ich bekam einen Schluck Wasser. Ich überlebte. Meine Familie besuchte mich fast jedes Wochenende, und mein Mann brachte mir eine Kiste mit Rote Bete Saft, den ich verlangte, um ein gutes Blut zu bekommen. Ich hatte, nachdem ich einige Flaschen getrunken hatte, gute Blutwerte. Jeden Tag machte ich im Flur meine Runden mit dem Rollstuhl, meine Muskeln wurden allmählich stärker, später dann ging ich an Krücken und übte das Gehen. Ich holte mir einen Krankenhausvirus, der sehr hartnäckig war, wochenlang musste ich, wenn ich auf dem Korridor spazieren ging, einen Mundschutz tragen. Es wurde mir eine Salbe gegeben, die ich in die Nase einführte, und nach ein paar Wochen war ich den Virus los.

Ich hatte eine Bettnachbarin, sie war schon alt, etwa 80 Jahre, ihr wurde ein Bein amputiert. Sie hatte solche Schmerzen beim Verbinden ihres Beinstumpfes. Ein junger Assistenzarzt fiel eines Morgens, als sie versorgt wurde, in Ohnmacht wegen des Geruchs, sagte er zu mir; er habe nichts gefrühstückt. Nachdem ich etwa ein halbes Jahr in der Klinik war, war meine Verlegung geplant. Ich dachte, wo soll ich hin, wer nimmt mich auf, soll ich arbeiten gehen? Ich konnte mich doch kaum bewegen, ich hatte Angst. Der Psychologe des Hauses und eine Sozialarbeiterin fuhren mich eines Tages in die Wohnstätte nach Nürtingen. Diese Wohnstätte war für psychisch kranke Menschen. Ich hatte noch einen Schlauch am linken Fuß, der die Lymphe abtransportierte, und ich wurde freundlich empfangen. »Da willst du bleiben, das ist der richtige Aufenthalt für dich«, dachte ich. Noch eine Transplantation war geplant, danach wurde ich entlassen und nach Zwiefalten gefahren, wo ich Daniel kennenlernte.

Im Mai 2002 kam ich nach Nürtingen stationär in die Wohnstätte. Ich wurde mit offenen Armen empfangen, ich fühlte mich wohl trotz der Schmerzen, hatte ich doch 47 % meiner Haut verbrannt. In der Wohnstätte, in der ich jetzt wieder wohne, sind lauter sehr liebe chronisch kranke Menschen, die ich sofort ins Herz geschlossen habe. Ich war die Nummer 1, und ich wurde zur Heimbeirätin gewählt, ich hatte eine Aufgabe. Ich gab Französisch- und Englischkurse, übte englische Weihnachtslieder mit den Bewohnern ein, und vor allem hatte ich keine Angst mehr. Die Angstneurose schien überwunden.

Doch es sollte nochmals anders kommen. Ich fühlte mich so stark mit meinem Daniel, der mit mir in ein ambulant betreutes Wohnen zog, der mir mit Rat und Tat zur Seite stand, der aufrichtig und ehrlich zu mir war. Ich kündigte die Betreuung, jedoch ich bekam in dieser Wohnung eine Psychose nach der anderen, und ich kam immer wieder in die Klinik. Ständig kamen die Botschaften von Dr. Schrott in mir auf, ich war weiterhin fremdgesteuert von seinen Glaubenssätzen, und diese Botschaften vermischten sich mit meinen Gefühlen, die ich gegenüber Daniel empfand. Ich fühlte mich allmählich beziehungsunfähig, ich konnte einfach keine erfüllte Partnerschaft leben. Immer dachte ich an Schneewittchen, Dornröschen und Aschenputtel, ich dachte, Daniel sei mein Prinz, und ich arbeitete mit Fleiß an unserer Beziehung. Die Welt kam uns dazwischen. Ich musste Medikamente einnehmen, die meine Libido stark beeinträchtigten. Ich hatte ausgetrocknete Schleimhäute, erhöhte Temperatur, starken Speichelfluss, Sehstörungen etc. Auf dies alles gingen die Ärzte nicht ein, ich wurde stur und aggressiv. Ich wehrte mich, wo ich nur konnte, und ich dachte immerzu, dass Gott mir beistehen würde.

Jetzt bin ich wieder auf meinem Zimmer und schreibe. Heute Vormittag war ich außer Haus bei der Krankengymnastik. Ich bin sehr zufrieden mit der Behandlung, eine sehr geistig frische Frau massiert mir die verbrannten Stellen am Rücken und an den Beinen. Ziel ist es, das Bindegewebe zu lockern und mittels eines Saugnapfes die Haut, die an dem Bindegewebe haftet, von dem Gewebe zu lösen. Dank meiner Krankenkasse, der AOK, bekomme ich eine Dauerbehandlung. Es tut mir immer sehr gut, mich unter Menschen aufzuhalten, die es gut mit mir meinen. Mein Selbstbewusstsein steigert sich, wenn ich jemanden in der Stadt anspreche. Die meisten Menschen unterhalten sich mit mir, und ich stelle fest, dass auch »normale« Menschen ihre Probleme, Ängste und Sorgen haben. Ich freue mich, dass ich ein Buch schreiben darf, das viele Menschen lesen und das ihnen zeigt, worauf es im Leben ankommt. Die Freude ist das Allerkostbarste, jedoch man kann sie auch durch widrige Umstände zeitweise verlieren. Da heißt das Allheilmittel »Geduld«, die man nur in der Dunkelkammer des Lebens erlernen kann. Dies wusste schon Hermann Hesse.

Nun lebe ich schon acht Wochen in diesem Heim, und langsam geht es mit mir wieder ein bisschen bergauf. Ich kann auch schon wieder malen mit kräftigen Farben auf Leinwand. Es sind Aquarell- und Acrylfarben, die ich auf Leinwand bringe. Wenn ich alleine auf meinem Zimmer bin, schaue ich meine Bilder an, die an der Wand hängen, dann geht es mir gleich besser. Vor zwei Tagen malte ich ein Bild 50 × 70 cm Aquarell mit Ölkreide mit dem Titel »Mohn im Sommerwind«. Es sind zwei Blüten in Rot, der Hintergrund ist gelb, es gefällt mir sehr gut, es strahlt so viel Freude und Wärme aus, da geht einem für einen Augenblick das Herz auf. Dieses Bild bringe ich meinem Apotheker, der meine Bilder ausstellen will. Er freut sich immer, wenn ich eines nach dem anderen vorbeibringe.

Er schenkte mir einen Kalender, ein paar Geschenktäschchen von Weleda und mehrere Pröbchen, worüber ich mich sehr gefreut habe. Wenn sich in dieser gefühlskalten Welt Wärme zwischen den Menschen entwickelt, hüpft mein Herz vor Freude. Man kann mit einem Lächeln auf den Lippen die kleine Welt um sich herum verändern. Würden Viele unter uns die Körpersprache beherrschen und deren Auswirkungen wahrnehmen, könnte auch die »große Welt« davon profitieren. Nur Lächeln reicht nicht immer aus, man sollte auch tatkräftig und aktiv das Gute umsetzen. Viele Politiker lächeln in die Kameras und lächeln sich gegenseitig an, aber da ist nichts dahinter, es sind Schauspieler. Ein Lächeln von Herz zu Herz ohne Hintergedanken setzt sich in Wellen fort. Der Mensch fühlt sich, wenn auch nur für kurze Zeit, angesprochen und kann diesen kleinen Gruß der Freundlichkeit an andere weitergeben. Wir Menschen sind Mitschöpfer unserer Realität; wenn wir Impulse setzen, können wir tatsächlich unsere Welt erschaffen. Stellen wir fest, dass wir Fehler gemacht haben, Entscheidungen getroffen haben, die sich im Nachhinein als falsch herausgestellt haben, können wir umschalten und versuchen, eine vorteilhaftere Lösung zu finden. Es ist nie zu spät für die Umkehr, das Leben ist ein immerwährender Prozess, eine Ansammlung an Erfahrungsgut, mit der der Mensch nach seinem Tod weiterlebt, das heißt mit Hilfe dieses Schatzes kommt er bei der Wiederverkörperung als Seele mit viel Wissen genau an die Stelle, die ihn in seinem neuen Leben weiterbringen wird. Das was ich jetzt schreibe, weiß ich von vielen Büchern, die ich gelesen habe, und natürlich habe ich auch selber nachgedacht, so dass ich zu dem Schluss kam, dass das, was ich gelesen habe, wahr ist. Die Ewigkeit ist wie ein Kreis, wo man an seinen Ursprung zurückkommt, besser ausgedrückt, eine Spirale, die nach ob geht, die Vertikale ist immer die gleiche, auch nach dem Tod. Man kommt wieder auf die Welt, nur eine Stufe höher, besser. In meinem Leben beschäftigte ich mich oftmals mit dem Tod, er hatte etwas so Endgültiges, so Schwarzes, Bedrohliches. Das kommt daher, dass, als ich noch bei meiner Großmutter lebte, viele alte Menschen gestorben sind. Ich wollte nicht im Bett sterben. Ich dachte als Sechsjährige, wenn ich sterben muss, lege ich mich nicht ins Bett, sondern springe auf die Gasse, dem Tod davon. Ich dachte oft als kleines Kind ans Sterben, weil ich nicht leben durfte und weil ich mit Todesangst erzogen wurde. Gibt es heutzutage außer Herrn Drewermann einen guten Therapeuten, der mit viel Sorgfalt und Mitgefühl vorgeht und dem es nicht um seine Vorteile geht, sondern wo das Wohl des Patienten an erster Stelle steht? Nun ein paar Sätze in Gedichtform:

Nichts ist was nicht schon war.
Nichts war was jetzt nicht ist.
Vor Dimensionen Jahren längst beschlossen,
sind wir zu dem geworden, was wir jetzt sind,
um das zu werden, wozu wir längst bestimmt.

Anfang und Ende, Ursprung und Ziel,
Ursache, Wirkung – wo liegt der Sinn?

Wenn unser Ziel, das wir erreicht, sich dankend
seinem Ursprung neigt entgegen,
wenn Wirkung und der Grund dafür
sich ständig neu beleben,
wenn Alter sich der Jugend verständnisvoll entsinnt,
wenn Freude erst durch Leiden den vollen Wert gewinnt,
wenn wir bewusst ein Lächeln dem anderen Menschen
schenken
und mit gespannter Hoffnung an seine Wirkung denken,
so war das Leben hier auf Erden ein ständiges Wachsen,
ewiges Werden;
und selbst das Sterben birgt noch das Bestreben:
Neues zu wirken, Neues zu leben!

Bald ist Heilig Abend. Ich bin bei meinen Kindern eingeladen, ich freue mich schon darauf. Es gibt etwas Vegetarisches, ich lasse mich überraschen. Meine Kinder können gut kochen, und meine

Franzi backt für ihr Leben gern, das hat sie von mir. Am zweiten Weihnachtstag besuche ich Daniel, dort gibt es auch etwas Köstliches – aber ohne Fleisch. Vor einiger Zeit noch war Fleisch meine Lieblingsspeise, aber seit ich die Videos von den Schlachttieren gesehen habe, ist mir der Appetit auf Fleisch vergangen. Wir nehmen übers Fleisch viele Giftstoffe auf, die besonders in den Innereien zu finden sind, sowie die ganzen Stresshormone, die die Tiere, wenn sie Todesangst haben, ausschütten. Vegetarisch kochen und essen macht großen Spaß. Man kann seiner Fantasie freien Lauf lassen. Inzwischen ist vegetarisch kochen »in«. Die Bevölkerung wird zu immer mehr Bewusstsein gebracht. Das Internet hat nicht nur schlechte Seiten, sondern dient auch der Aufklärung, der breiten Masse kommt immer mehr Information zu, und jeder kann sich in Minutenschnelle informieren über alles Mögliche.

Das führt aber auch zu einer gewissen Bequemlichkeit. Man schreibt ganz schnell eine E-Mail, ich habe schon seit Jahren keinen handgeschriebenen Brief mehr erhalten. Auch muss man keine Briefmarken mehr kaufen, die sind auch draufgeklebt. Die Technik macht immer mehr Fortschritte, der Mensch geht nicht mehr »back to the roots«, also zu den Wurzeln zurück, sondern entfremdet sich in Windeseile von seinen Wurzeln in Richtung weg von der Erde hin zu einem anderen Planeten, der mehr Lebensqualität verspricht. Die Erde wird nicht vor dem Verhungern gerettet, das, was ist, wird nicht mehr wahrgenommen, die hungernden Kinder mitsamt den Eltern werden ignoriert, und es wird an einer Zukunft gearbeitet, die gar keine Perspektive aufweist. Die Erde hat so viele Schätze, es müsste niemand Hungers sterben, es gäbe keine Kriege mehr, es würde an der Zufriedenheit eines jeden Volkes gearbeitet, und die Würde eines jeden Menschen wäre sichergestellt. Es würde auf die Selbständigkeit eines jeden Staates geachtet, auf dessen Unabhängigkeit von reicheren Nationen. Das Helfersyndrom aus schlechtem Gewissen heraus würde aufhören zu existieren, und der Schuldkomplex zum Beispiel der Deutschen würde aufgelöst. Die Umstrukturierung in eine neue Weltordnung würde Arbeitsplätze schaffen. Wenn die Würde des Menschen an oberster Stelle stände, würden viele Probleme gelöst werden. Je bewusster die Menschheit leben und geistige Werte als wichtig und richtig erachten würde, desto mehr wäre erreicht in Bezug auf eine gute Erde, auf der sich jeder wohlfühlen könnte und auf der nicht nur Geld hin und hergeschoben würde, wo Hilfe zur Selbsthilfe von den besser funktionierenden Staaten gefördert würde.

Ich sitze jetzt wieder hier in meinem kleinen Zimmer und schreibe. Heute Morgen war ich in der Ergotherapie beschäftigt, und die Struktur tut mir gut. Auch wenn ich hier in diesem Heim mehr arbeiten muss als in meinem betreuten Wohnen, ist es besser für mich, wenn ich angewiesen werde und wenn ich danach meine wohlverdiente Pause habe.

Noch einmal zurück.

Als ich meine Therapie abbrach, kam ich in eine gefährliche Lage. Tag und Nacht hatte ich Selbstmordgedanken, und ich war voller Hass gegenüber meinem Therapeuten. Ich wandte mich an die Ärztekammer in Stuttgart und beschwerte mich über ihn. Ein Brief kam zurück mit der Antwort, ich solle noch einmal zu ihm gehen und mich von ihm ablösen. Dr. Schrott sei ein sehr guter Arzt. Nun war ich wieder alleine gelassen mit meinen Problemen. Ich sitze jetzt noch fest in einer Depression, und ich suche einen geeigneten Traumatherapeuten, der sich viel Zeit nimmt, um meine schwere Vergangenheit zu beleuchten.

Ich möchte nun mit dem Schreiben meines Buches aufhören, vielleicht habe ich das eine oder andere vergessen. Ich möchte mich ganz herzlich bei den Lesern bedanken, dass sie die Lektüre dieses Buches verkraftet haben, die Spritze mit der Nebenwirkung

Depression werde ich auch noch überwinden, so wie ich mein Schicksal immer wieder angenommen und überwunden habe. Die Herzen der Menschen, die dies lesen und die mich lieben, werden mir dabei mit ihren guten Gedanken helfen. »Gedanken sind Kräfte.«

Liebe Grüße an euch alle, Gottes Segen auf all euren Wegen wünscht euch eure Roswitha Madeleine.